신의 나라
신영진 장편소설 ①

초판 인쇄 | 2012년 12월 27일
초판 발행 | 2013년 01월 01일

지은이 | 신영진
펴낸이 | 신현운
펴낸곳 | 연인M&B
기　획 | 여인화
디자인 | 이희정
마케팅 | 박한동
등　록 | 2000년 3월 7일 제2-3037호
주　소 | 143-874 서울특별시 광진구 자양로 56(자양동 680-25) 2층
전　화 | (02)455-3987　팩스 | (02)3437-5975
홈주소 | www.yeoninmb.co.kr
이메일 | yeonin7@hanmail.net

값 13,000원

ⓒ 신영진 2013 Printed in Korea

ISBN 978-89-6253-123-7 04810
ISBN 978-89-6253-122-0 04810(전5권)

신영진 장편소설

①

대제국

신의 나라

백성을 보호하지 못하는 나라는 나라가 아니다…

참으로 명언중에 명언이외다.

첫 번째 전쟁

배달국 백성들이여!
우리는 삼국을 통일하고 저 대륙까지 뻗어 나가
찬란한 민족의 영광 시대를 열겠노라!

연인M&B

차 례

서장(序章)

　대낮인데도 커튼이 드리워진 실험실 공간은 어두웠다. 간헐적으로 불꽃이 튈 때마다 한 사람의 윤곽만 언뜻언뜻 보일 뿐, 이런 광경이 벌써 서너 시간이나 계속되고 있었다.

　그 후로도 얼마의 시간이 흘렀을까? 한동안 어둠이 계속되다가 '픽!' 하는 소리와 함께 번개와도 같은 빛이 비쳤다. 잠시 후 슬리퍼 끄는 소리에 이어 커튼이 활짝 열렸다. 유리창을 통해 햇빛이 빗살처럼 쏟아져 들어왔다.

　빛을 받아 더욱 하얗게 느껴지는 실험용 가운을 걸친 보통 체구의 40대 초반으로 보이는 중년 사나이는 눈이 부신지 손바닥을 이마에 대며 눈을 질끈 감았다. 잠시 시간이 흐르고 밝음에 익숙해진 사나이는 손바닥으로 그늘을 만든 채 창밖을 내다보며 고개를 끄덕였다.

2층 창문을 통해 보이는 정경은 한눈에 대학의 교정이라는 것을 알 수가 있었다. 초록빛 나뭇잎이 오후 햇살을 받으며 바람에 한들거리고 있었다. 그렇지만 이따금 지나가는 젊은이들은 한결같이 활기라고는 찾아볼 수 없는 굳은 얼굴로 발걸음을 재촉하고 있었다.

오랜 동안 교정의 풍경을 내다보던 남자는 몸을 돌려 방 안에 널려져 있는 크고 작은 실험 기구들을 쳐다보면서 혼잣말로 뇌까렸다.

"이제 끝인가? 백 번을 해 봐도 결론은 똑같으니…… 흠…… 역시 이 연구는 하지 말았어야 옳았는가?"

허탈함과 씁쓸함이 교차하는 얼굴로 천천히 가운을 벗어 옷걸이에 걸고는 옆방으로 자리를 옮겼다.

교실 2개를 터놓은 것보다 더 큰 실험실과는 달리 교실 반 크기인 10평 남짓한 방에는 업무용 책상이 놓여 있었고, 책들이 빼곡히 채워진 책장들은 방 안을 더욱 비좁아 보이게 하고 있었다. 책상 위에는 〈교수 물리학 박사 박상훈〉이라고 쓴 명패가 놓여 있었다.

박상훈! 그렇다면 이 사람이 바로 21세기 한국이 낳은 세계적인 천재 박상훈이란 말인가! 그는 지난 5년 동안 계속해서 세계 100인의 물리학자에 이름이 올라 있었고, 특히 물리학과 에너지 역학 분야에서는 세계 제일이라고 자타가 공인하는 사람이었다.

와이셔츠 차림의 박상훈은 옷장에서 신사복 윗도리를 꺼내 입고는 주머니에서 핸드폰을 꺼내 들고 버튼을 눌러, 잠시 신호음을 듣더니 대화를 시작했다.

"아, 이 연구원인가?"

"……"

"그래 독크(dock)*의 준공검사는 끝났나?"

"……."

"응, 사용승인까지 됐다고? 알겠네. 뭐라구? 엔진도 입고됐어? 하하하! 잘됐군. 알았네! 진 교수를 만난 다음 곧장 가겠네."

그리고는 핸드폰을 닫아 주머니에 넣으면서 밖으로 나갔다. 문 밖에는 균형 잡힌 몸매에 절도가 몸에 배어 보이는 한 사나이가 서 있었다. 그는 박상훈이 나서자 깍듯이 고개를 숙이고는 물었다.

"박사님, 외출하시게요?"

"조 경감, 오늘은 내가 진 교수를 만나기로 한 날이요. 경호를 안 해도 될 것 같소만……."

"아하! 나사모(나라를 사랑하는 모임) 모임이시군요. 경호를 안 하다니요? 그렇지 않아도 요사이 시국이 어수선하니 경호에 각별히 신경 쓰라는 대장님 지시가 있었습니다."

"허허! 그래요? 경호대장의 지시라니 어쩔 수는 없겠구려. 그렇지만 하루 이틀도 아니고…… 늘 번거롭구려."

"이해는 합니다만, 그만큼 박사님께서 나라에 중요한 분이라는 뜻이 아니겠습니까? 불편하시더라도 양해하십시오. 저희들이 편하게 해 드리려고 최선을 다하고 있습니다만, 늘 불편해하시니……."

무척이나 송구스러운 표정으로 말끝을 흐리며 조 경감은 말을 했지만 박상훈은 찌푸린 얼굴을 펴지 않았다. 이어 조 경감이 작은 소형 무전기로 차를 대라고 지시하는 모습을 지켜보던 박상훈은 생각난 듯이 물었다.

---

*독크(dock): 선박을 건조하거나 수리하기 위해 조선소·항만 등에 세워진 시설.

"흠, 조 경감은 아직 미혼이라 했지요?"

"네, 그렇습니다."

"허허! 잘생긴 미남이 오늘 같은 날 이렇게 일에만 매달리니 애인 사귈 시간이나 있겠소? 유능한 분이 성실하기까지 하시니……."

"……."

대화를 나누며 천천히 1층으로 내려와 현관을 나서자 검은색 리무진이 앞에 와서 멈춰 섰다. 조 경감은 얼른 뒷좌석 문을 열고 박상훈이 타기를 기다렸다.

작은 몸집의 박상훈이 차에 오르자 이어 자신도 운전석 옆자리에 타고는 운전을 하는 자에게 명령조로 말을 했다.

"이 경사! 분당으로 가지."

"예! '한국학중앙연구원' 말씀이지요?"

되묻는 말 속에는 평소에도 자주 그곳에 갔었다는 것을 알 수가 있었다.

"음!"

짧은 대답과 동시에 자동차는 서서히 출발했다. 교정을 나서 상습 정체 구간인 양재동을 지나면서 차창 밖을 내다보고 있던 박상훈의 눈에는 하나같이 움츠려진 시민들의 표정과 곳곳에 걸려 있는 일본을 규탄하는 플래카드들이 꽤나 을씨년스럽게 보였다. 요사이 나라 안팎의 정세가 불안하니 당연하다고 생각했다.

자신 역시 예외가 아니었다. 지난해 북한이 중국에 흡수되고 나서부터는 한국에 있으면 위험하니 미국으로 오라는 제안을 그곳 학계에서뿐만 아니라 백악관으로부터도 수차례 받고 있는 중이었다.

5년 전, 그가 〈변형 탄소 결정을 통한 고효율 역학적 에너지〉라는 연구 논문을 발표하자 전 세계는 경악했다. 이 변형 탄소 결정은 연료로서는 사양길에 접어든 유연탄이나 무연탄과 같은 석탄류를 특정한 공정을 거쳐 구조 성분도 변화시키고 크기도 보통 석탄류 8톤 트럭 1대 분을 가지고 성냥갑 정도의 크기로 압축시킨 것이었다.

그동안 휘발유나 석탄과 같은 에너지 자원에 의존하던 세계 각국은 탄소를 농축하여 작은 결정체로 만든다면 원자력 에너지처럼 고열량의 에너지를 장기간 얻을 수 있다는 발표에 비상한 관심이 쏠리는 것은 당연한 일이었다.

게다가 현대의 에너지로 각광받던 원자력이 일본의 대지진으로 인한 방사능 누출 사고로 안정성이 없다고 판단되자, 각국은 원자력 발전소 건설을 유보하고 대체에너지를 찾기 위해 고심하고 있던 참이었다.

그런데 이 변형 탄소 결정물은 같은 양의 전력을 얻는데 기존에 알려진 발전 설비의 1,000분의 1 정도 크기면 가능했고, 매연이나 오염 등의 문제가 전혀 없다는 점이 산업혁명에 견줄 만한 파장을 몰고 왔다.

박상훈은 고농축 변형 탄소 결정체를 만드는 방법에 대해서만큼은 공표를 유보하고 지적재산권을 대한민국 정부에 귀속시켰다. 이에 따라 세계 각국은 한국 정부로부터 이 기법을 얻어 내기 위해 온갖 외교적 노력을 기울이기 시작했다.

그러나 한국 정부는 그동안 원유 생산국이 원유를 가지고 큰소리 치던 것을 누누이 보아 온 터라 농축 기법 제공은 일체 사양하고 완

제품으로 된 농축 탄소 연료만 국제시장에서 판매하겠다고 공표했다. 몸이 단 미국은 외교적 압박만으로는 되지 않자, 대통령이 직접 대한민국을 방문하여 농축 기술의 제공을 요청했다.

결국 기술 이전료로 현금 5백억 달러와 향후 10년 동안 매년 이와 관련된 수입의 5%를 대한민국 정부에 지불하겠다는 약속을 하고서야 간신히 얻어 갈 수 있었다.

덧붙여 대한민국의 허가 없이는 세계 어느 나라도 농축 시설을 설치하지 못하도록 미국이 책임진다는 양해각서까지 교환하고야 이루어진 일이었다.

대한민국 정부의 입장에서는 미국 대통령까지 나서서 압박을 가하는 바람에 어쩔 수 없이 양보한 타결이었음에도 미국 언론에서는 실속은 얻었으나 자존심을 구겼다고 한동안 시끄럽질 않았던가!

이 연구 발표로 박상훈은 그해 가장 유력한 노벨 물리학상 후보에 올랐으나, 그는 스스로 스웨덴 한림원의 노벨상 위원회에 편지를 띄워 자신이 노벨상 후보에 거론되는 자체를 사양한다고 표명함으로써 또 한 번 세계인의 주목을 받았다.

이렇게 되자 국민들의 자부심을 한껏 고양시킨 박상훈에 대하여 정부는 정부대로 국회는 국회대로 박상훈의 연구를 지원하기로 의견을 모았다. 물론 이러한 움직임은 국민 여론에 떠밀려 이루어진 측면도 없질 않았다.

정부는 당초 미국으로부터 받은 기술 이전료 5백억 달러의 1%에 해당하는 5천억 원을 연구 포상금으로 지급하려 했다. 그러나 그는 돈보다는 개인이 구입할 수 없는 연구에 필요한 물품을 조건 없이 제공해 달라는 제안을 했고, 정부는 포상금을 1백억 원으로 낮춰 지급하는 대신 그 제안을 받아들였다.

국회는 국회대로 정부의 이러한 결정을 법적으로 뒷받침하기 위해 '박상훈 연구지원 특별법'을 통과시켰다.

이러한 지원에 힘입어 박상훈은 에너지 분야에 있어서 세계 제일의 권위자로 만들어 준 '변형 탄소 결정을 통한 고효율 역학적 에너지' 연구에 이어 최근에는 '태양광 에너지의 고집적—태양 광자 박막 집적 유사 결정체'라는 연구를 시작했다.

이는 그동안 집열판을 사용하여 태양열을 모아 전기에너지나 열에너지로 전환해 사용하던 수준의 기술이 아니라, 태양빛에서 나오는 광자(光子)를 얇은 판 사이에 농축시키는 방법이었다.

태양빛에서 에너지를 모아 주사위만한 결정체로 만들어 이를 승화*시킨다면 보통 가정에서 사용하는 전력으로 환산하여 1백 가구가 1개월을 사용할 수 있는 전력량이 생산된다는 것이다.

문제는 태양 광자 결정체를 만드는 과정에서 발생하는 섭씨 15,000도 이상의 고열을 견뎌 낼 내열 금속이 없다는 점이었다. 그래서 아직까지는 실험 수준에 머물러 있는 상태였다. 내열 금속으로 만든 우주 비행선이 대기권에 진입할 때 발생하는 열이 섭씨 약 3,000도 정도인 것을 감안해 보면 쉽게 이해가 가는 일이었다.

물론 이 연구는 아직까지 박상훈 박사가 혼자서 연구를 진행하는 중이었기에 어느 누구도 그 내용을 아는 사람은 없었다. 연구지원

---

* 물리학에서 물질이 고체에서 액체 상태를 거치지 않고 기체로 바뀌는(또는 그 반대) 현상. 한 예로 드라이아이스(CO_2의 고체 상태)가 기화하는 현상을 들 수 있다.

특별법에 근거하여 정부에서는 그가 편히 연구할 수 있도록 화성시 마도면에 1만 평 규모의 연구 시설을 조성해 주었다. '해동연구소'라고 명명된 연구소였다.

그러나 박상훈은 크게 탐탁지 않았다. 우선 거주하는 곳이 강남이기 때문에 이사한다는 것도 내키질 않았고, 멀리 다니기가 불편했기 때문이었다. 그렇지만 정부의 배려를 마다하는 것도 그렇고, 자신이 맘껏 연구하고 실험할 넓은 공간도 필요하였기 때문에 불편을 감수할 수밖에 없었다.

그 커다란 연구소에는 일시적으로 상주하는 연구원이나 기술자들은 적지 않았지만 실제 상주하는 연구원은 박상훈과 그의 조교인 이휘조 둘 뿐이었다.

정부에서는 보안과 경호 문제로 연구소에서만 연구해 줄 것을 권했으나 박상훈은 대학원 교수로서 강의와 연구를 병행하겠다는 뜻을 굽히지 않았다.

결국 일주일에 닷새는 연구소에서 연구를 하되, 나머지 이틀은 연구와 강의를 위해 대학교 연구실을 사용하는 것으로 양해가 되었다. 다만, 국가의 1급 경호 대상자로 결정된 그는 정부에서 제공하는 방탄 차량과 경호를 받아야 한다는 부분은 감수하기로 했던 것이다.

차창 밖을 내다보던 박상훈은 문득 앞자리에 앉아 있는 조영호에게 눈길이 미쳤다. 참으로 든든하고 성실한 사람이라는 생각이 들면서, 국가 주요 인사의 경호 업무를 담당하는 서울경찰청 제22경호대장이 그를 처음 데리고 왔을 때가 문득 기억에 떠올랐다.

그는 정예 군사 1개 대대 병력의 전력과 맞먹는 특수요원이라고 경호대장이 자신 있게 소개할 정도였다. 게다가 국가정보원에서 근무하고 있던 그가 자신의 경호를 맡게 되기까지의 사연을 듣고는 얼마나 미안스러웠던가.

원래 박상훈은 경호를 한답시고 여러 명의 경호원이 우르르 따라다니는 것은 꼴사납다고 생각해서 한두 명만을 요구했었다. 그러자 대안으로 제시된 것이 일당백의 능력을 가진 경호 요원을 찾아내는 일이었다.

그런 사람을 물색하게 된 경호대에서는 여러 명의 후보 중에서 조영호가 가장 적임이라고 결론을 냈으나 그는 당시 국가정보원에 근무하고 있었다. 경호대에서는 국가정보원에 조영호를 넘겨 달라고 요청했지만, 유능한 요원을 넘겨줄 수 없다는 이유로 거부를 당했다.

양쪽의 팽팽한 줄다리기 속에 일은 점점 커져 경찰청장과 국가정보원장과의 파워 싸움으로까지 비화될 조짐을 보이기 시작했다. 이러한 움직임은 결국 청와대에까지 보고되었고, 최종적으로 대통령의 결단까지 가는 우여곡절을 겪으면서 그가 경호를 맡게 된 것이었다.

박상훈은 경호원이라는 존재가 귀찮았지만, 이런 사연을 알게 된 후부터 가능한 조영호의 경호 의견을 존중해 주고 있었다.

최근에는 박상훈의 연구 결과로 유가가 폭락한 산유국들이 그 보복으로 국제 암살범을 고용하였다는 정보도 있었고, 강대국들은 나름대로 군사 장비의 내연기관을 소형화시킬 수 있는 기술을 알기 위해 그를 납치하려 한다는 소문까지 나돌고 있었다. 이러한 첩보들을 입수한 국가정보원은 충분히 신빙성이 있다는 판단에 따라 경찰청 22경호대로 알려 주었다.

이런 정보에 따라 요사이 조영호는 바짝 긴장해서 경호에 임하고 있었다. 거기에 맞물려 최근의 나라 안 사정도 어수선하기가 이를 데가 없었다.

북한은 통치자인 김정일이 사망한 이후로 그의 셋째 아들인 김정 은에게로 통치권이 넘어간 이후 10년이 넘는 기간이 흘렀지만, 결국 극심한 경제난과 식량난을 해결하지 못해 전국 곳곳에서 폭동이 일 어나기 시작했다.

처음에는 군대를 동원해 막는 듯했으나, 정권의 핵심인 충성 당원 들만 거주하는 평양 도심에서까지 폭동이 걷잡을 수 없이 번지자 김 정은은 더 이상 견디지를 못하고 주요 인사들과 함께 중국으로 피신 을 했다.

중국으로서는 호박이 넝쿨째 굴러들어온 셈이었다. 그들은 이 호 기를 놓칠세라 즉각 혼란과 무질서를 바로잡는다는 명목으로 대규 모 군대를 파견해 전광석화와 같이 북한 지역을 장악해 버렸다. 그 러고는 북한 주민들에게 과분할 정도의 식량과 생필품을 배급하여 민심을 안정시키고는 전격적으로 중국 편입에 대한 가부를 묻는 전 국 인민투표를 실시했다.

투표 결과는 뻔했다. 찬성 85%로 북한 인민들은 중국 편입을 찬성 했고, 이 결과에 따라 북한은 평양성이라는 이름으로 중국의 24번째 지방정부인 성(省)으로 편입되었다. 이렇게 되어 졸지에 휴전선은 중국과의 국경으로 변해 버렸고, 그것은 불과 1년 전의 일이었다.

대한민국 정부에서는 이런 청천벽력과 같은 결과에도 제대로 된 대책 하나 내놓지 못하고 우왕좌왕하고 있었고, 국회는 국회대로 여야가 서로 책임 공방이나 일삼으며 허송세월을 보내고 있었다. 그러는 사이에 설상가상으로 이번에는 일본이 독도를 무력 점거하는 사태가 일어나고야 말았다.

불과 3개월 전에 일어난 이 사건으로 인하여 대한민국은 걷잡을 수 없는 소용돌이 속으로 빠져들어 가고 있었다. 국회는 국회대로 대통령 탄핵 결의안을 발의 중에 있었고, 국민들은 각 지역 국회의원 사무실에 돌을 던지는 사건이 수시로 일어나고 있었다.

박상훈이 한숨을 내쉬며 그런 생각들로 젖어 있는 사이에 차는 '한국학중앙연구원' 이라는 간판이 붙은 정문에 도착했다.

정문 경비실에서 간단한 신분 확인을 마치고, 자동차는 미끄러지듯 여러 건물들을 지나쳐 교수 연구동이라고 쓰여진 2층 건물 앞에서 멈춰 섰다.

조영호 경감은 익숙한 듯 먼저 차에서 내려 박상훈이 내리기 쉽도록 자동차 뒷문을 열어 주고는 앞장서서 2층으로 올라갔다.

여러 방들 중에 '진봉민 교수 연구실' 이라고 쓰여 있는 방문을 노크하자 안으로부터 40대 초반의 말쑥한 사람이 나와 환한 얼굴로 박상훈을 맞으며 손을 내밀었다.

"어! 박 국보, 어서 오게. 다들 기다리고 있었네."

"허…… 이 사람아, 그 국보라는 말 좀 빼게. 진 교수, 자네는 내가 그 말을 싫어한다는 것을 잘 알면서 계속 심술을 부리는구먼!"

"하하하! 나라의 보물을 국보라고 하는데 누가 뭐라나? 자네는 누가 뭐래도 우리나라의 보배야. 나야 뭐, 늘 그 타령이지. 어서 들어

감세."

"그러세!"

대답하면서 조 경감을 돌아보자, 눈치를 챈 그가 먼저 입을 열었다.

"박사님, 저는 신경 쓰지 마시고 어서 들어가십시오. 저는 제가 알아서 하겠습니다."

"그러시겠소?"

평소에도 그랬다는 듯이 간단히 대답을 한 박상훈은 진봉민을 따라 안으로 들어갔다. 찻잔들이 놓인 소파에 둘러앉아 있던 비슷한 연령대의 세 사람이 박상훈이 들어가자 다들 일어나면서 악수를 청했다. 간단한 인사들이 오가고 모두 자리에 앉았다.

곧 여직원이 박상훈 앞에 찻잔을 내려놓고 나가자, 맞은편에 앉은 군복 차림의 사나이를 쳐다보면서 입을 열었다.

"강 대령, 비상근무라더니 이제는 끝난 건가?"

강단 있는 모습에 대령 계급장을 단 군복 차림의 사나이가 대답을 했다.

"끝난 게 뭔가? 벌써 석 달째 계속되고 있구먼. 사실, 여기도 거리가 가까우니 잠시 짬을 내서 나올 수 있었지. 이 조차도 쉽지 않은 일이네."

"흐음, 그렇군!"

그는 나라를 사랑하는 모임 멤버 중의 하나로 대한민국 육군 7군단 기계화부대 연대장인 강철 대령이었다.

이때 옆자리에 앉아 있던 예쁘장한 얼굴에 깔끔한 신사복 차림인 사나이가 동의한다는 듯 고개를 끄덕이며 맞받았다.

"사실이네. 부끄러운 말이네만 나도 자네를 팔아 잠시 시간을 낼수 있었네. 오죽하면 헬기를 타고 왔겠나?"

그 말에 박상훈이 눈을 휘둥그레 뜨고 되물었다.

"아니? 홍 대령, 나를 팔다니?"

"음, 자네는 세계적인 과학자가 아닌가? 그런데도 다른 나라에서 국빈으로 모셔 가겠다고 해도 안 가는 애국자라는 것은 알 만한 사람은 다 알거든. 특히 우리 함대 사령관이 자네라면 껌뻑하네. 그래서 자네를 만난다고 했더니 두말 않고 외출을 허락했다네. 하하하!"

그는 서해 함대의 이순신함 함장인 홍석훈 대령이었다.

"허참! 사람 싱겁기는……."

"그래도 우리 서해 쪽은 좀 낫다고 하던데, 동해 쪽에 있는 장교들은 일본과 사생결단을 내겠다는 각오인 모양이야."

그 말에 묵묵히 듣고만 있던 진봉민이 혼잣말처럼 중얼거렸다.

"아니? 북쪽을 통째로 집어삼킨 중국에는 제대로 입도 뻥끗 못하더니 어쩐 일로 일본이 저지른 일에는 이 난린지……? 게다가 요사이 독도 앞바다에 중국 함대가 초계 중이라며?"

"그렇다네! 바다를 지키는 군인으로서 창피한 말이지만 지금 독도 근방에는 우리보다도 중국과 일본 군함이 더 많아."

이번에는 옆에서 잠자코 듣고 있던 퉁퉁한 체격의 사나이가 입을 열었다. 그는 국내 굴지의 기업인 오성물산 생산부장인 조성만이었다.

"나라가 어찌 되려고 이러는지……? 남들이 우리 안방에 들어와서 설쳐대도 꼼짝 못하고 있으니 참으로 울화가 치미네. 혈맹이라던 미국은 이제 한국을 포기한 것이 확실해 보이고……."

이때 인터폰이 울리고 잠시 후, 세 사람이 앞서거니 뒤서거니 들어왔다. 그들은 농진청 특작 책임연구원인 김민수와 국방대학 교수인 장지원 그리고 동방특수강 제작소장인 강진영이었다. 모두들 반가운 얼굴로 인사를 나누고는 자연스럽게 자리에 끼어 앉았다.

"무슨 재미난 얘기들을 하고 있었나? 혹시 내 험담을 하고 있던 건 아니지? 히히히!"

자리에 앉자마자 역시 평소처럼 강진영이 장난스럽게 우스갯소리를 건네자 먼저 와 있던 조성만이 얼른 말을 받았다.

"하하하! 어떻게 알았지? 이 사람들이 자네와 내 흉을 보고 있던 참이었네. 뭐? 너무 뚱뚱해 돼지가 형님이라고 할 거라는 둥……."

"흥, 내가 그럴 줄 알았지. 나쁜 사람들! 뭐…… 그렇지만 뚱뚱한 게 사실인 걸 어쩌겠나?"

늘 소탈하면서도 농담을 잘하는 강진영이었다.

그들의 모습을 웃음 띤 얼굴로 바라보던 박상훈은 여직원이 그들 앞에 찻잔을 놓고 나가자 입을 열었다.

"사실은 나라 걱정을 하고 있었다네."

"아참! 오면서 뉴스를 들으니 중국 당 서기가 역사적으로 한반도는 자신들의 변방이었다고 발표했더군. 그 의도가 뭐겠나? 이제 노골적으로 남한까지 먹겠다는 속셈 아니겠어?"

"아니? 장 교수! 그게 정말이야?"

진봉민이 화들짝 놀라며 되물었다.

"응, 사실이네. 오늘 강의를 끝내자마자 이리로 오고 있는데 긴급

속보로 전하더군. 게다가 웃기는 게 미국이 곧바로 멘트를 내놨는데 뭐라고 한지 아나? 글쎄 일본에 악영향이 있을까 우려한다는 한마디 뿐이더군."

결국 미국의 멘트는 일본만 안전하면 그만이라는 말이 아닌가! 중국이 북한을 장악했을 때도 미국은 침묵으로 일관했고, 그 후 일본이 독도를 점령하자 백악관의 동아시아 태평양 담당 보좌관인 오다 브라운이 독도 문제는 일본과 한국 두 나라 사이에 해결할 문제라고 발을 빼 버렸다. 대한민국은 한마디로 고립무원의 처지로 변한 것이다.

국방대학 교수인 장지원이 전해 주는 말을 듣고는 모두 놀란 입을 다물지 못하고 있었다. 이때 다른 사람과 달리 점퍼 차림에 머리가 벗겨진 김민수가 좌중을 둘러보면서 심각하게 물었다.

"앞으로 이 나라가 어떻게 될 것 같은가?"

"……."

"……."

아무도 그 말에 시원스런 대답을 하는 사람이 없었다. 아니 물으나 마나한 말이라고 해야 옳았다.

잠시 시간이 지나자, 진봉민이 이 정적을 깨고 입을 열었다.

"자! 자! 다들 죽을상을 하고 있으면 뭐하겠나? 우리가 그동안 모임을 가져온 이유가 무엇인가? 바로 나라를 사랑해서 모이는 것이 아니겠나? 다행히 오늘 빠진 사람은 없군. 이 시점에서 우리가 할 수 있는 일을 허심탄회하게 말씀해 보시게."

그 말에 강철이 대꾸를 했다.

"옳은 말씀이야. 허지만 아까 홍 대령 말마따나 군인인 나조차도

이 나라를 온전히 지켜 낼 수 있을지 걱정이 되는 현실일세. 그래도 일 년 전 북한이 중국에 넘어갔을 때 정부조차도 입을 다물고 있던 순간에 우리가 나사모 이름으로 애국심을 고취시키는 신문광고를 냈던 일은 지금 생각해도 뿌듯한 일이었어."

그제야 다들 고개를 끄덕이며 얼굴에 화색이 돌았다.

국방대학 교수인 장지원이 투덜거리듯이 말을 했다.

"사실, 나라꼴이 이렇게 된 것은 다 자업자득이야. 정치가들은 눈앞에 표만 의식해서 선심성 사업에나 예산을 써 왔고, 국민들도 나라를 생각하기보다는 자기 이익에만 열중해 온 것도 사실이잖나……."

"일리 있는 말이야. 우리 해군도 그렇지만 군 전체의 국방 예산을 깎아 제 돈인 양 선심성 예산으로 돌린 것이 어제 오늘 일도 아닌데 뭘?"

홍석훈의 말이 끝나자, 오성물산 생산부장 조성만이 말을 받았다.

"국방산업체 간부 자격으로 다행히 자네들과 함께 국방대학 국가전략 과정을 수료한 덕분으로 이 모임 멤버도 됐지만, 그 후로는 나라를 먼저 생각하게 되더군. 하여튼 지난번처럼 우리 모임 이름으로 신문광고라도 해서 국민들에게 나라의 위기를 실감시키는 것도 좋을 것 같네만……."

박상훈이 그 말에 고개를 갸웃거리며 입을 열었다.

"글쎄? 정치와 담쌓고 사는 나 같은 과학자도 지금 나라가 위기를 맞았다는 것을 아는데 새삼 광고를 할 필요가 있을까 싶네. 차라리 국방헌금 모금운동 같은 것이 실속이 있질 않겠나?"

말이 끝나자 모두들 이구동성으로 그것이 좋겠다고 찬성을 했다. 이어 구체적인 방법에 대한 의견이 오가고 일단 회비에서 1천만 원을 방송사에 가져다 주면서 모금운동을 촉발시켜 보자고 결론을 맺었다. 물론 평소 알고 지내는 언론인들을 동원해 거국적인 운동이 되도록 하자는 데까지 의견이 모아졌다.

의논이 마무리되자, 강진영이 홍석훈을 쳐다보면서 평소 농담을 잘하는 사람답지 않게 심각한 표정으로 물었다.

"해군 쪽에서는 일본과 전쟁도 불사할 각오인가?"

"글쎄…… 심정적으로야 그렇지만 객관적인 전력으로 말하면 우리가 일본과 맞붙었을 때 한 달도 채 버티기 힘들 것으로 보네."

"아니? 우리나라가 세계 삼대 군사력이니 사대 군사력이니 하던 말은 다 속빈 강정이란 말인가? 그 정도밖에 안 되다니……."

"현존 군사력만 비교한다면야 육군은 수적으로나 무기로나 한번 해볼 만하겠지만, 공군이나 해군은 상대가 안 돼! 우리가 크게 열세야."

"흠, 우리가 그토록 열세인가?"

"그렇다네. 저들은 섬나라 특성상 해군력이 강할 수밖에 없고…… 우리도 나름대로는 전력 증강 사업을 해 왔다지만, 그동안 국민들도 설마 전쟁이야 나랴 하는 생각들이었지. 정치가라는 작자들도 대부분 아까 말대로 선심성 사업에나 눈독을 들였지 득표하고는 관계없는 국방 예산에는 상대적으로 관심이 적었거든. 그러니 무슨 할 말이 있겠나?"

"음…… 결국 중국이건 일본이건 지금 우리 힘으론 속수무책이란 말이군."

"……."

차마 그 말에는 누구도 대꾸를 할 수가 없었다.

이때 강철이 진지하게 한마디를 했다.

"그나마 여기 있는 박 박사 덕분에 우리가 가진 중화기들이 업그레이드된 것은 사실이잖은가? 비록 우리 병기가 중국이나 일본처럼 최신형은 아니지만 기동성만큼은 그들보다 훨씬 낫거든."

"호오! 농축 탄소 연료 때문에 그런 건가?"

"응, 기존 장비들을 농축 탄소 연료 엔진으로 교체하고 나서부터는 연료 보급에 신경 쓰지 않아도 되고, 특히 가벼워졌기 때문에 훨씬 움직임이 빠르지. 내 판단에는 그들의 최신형 기갑 무기와 일대일로 붙는다 해도 우리 쪽이 이길 거라고 보네."

그 말을 들은 김민수가 무릎을 '탁!' 하고 치면서 감탄을 했다.

"허어! 그 정도로인가? 대단하이. 확실히 박 박사는 천재야! 천재."

그 말을 들으면서 눈길이 자신에게 쏠리자, 쑥스러움을 감추기 위해 피식! 웃으며 핀잔을 줬다.

"사람들…… 갑자기 왜 가만히 있는 나를 들먹이는 겐가?"

"사실, 맞는 말이지 뭐…… 그 정도가 되니 우리 함대사령관도 박 박사라면 껌뻑하는 게 아니겠나? 아! 그런데 내가 듣기로 박 박사 연구소에서 군함의 엔진 교체를 할 거라고 하던데……."

홍석훈이 사실이냐는 투로 묻자,

"음, 엔진을 교체할 계획인 것은 맞지만, 연구소 내에서 하는 것이 아니라 근처에 있는 연구소 전용 도크에서 할 거라네. 뭐…… 도크도 오늘에야 준공이 됐지만…….”

“그럼, 어느 군함을 하는 겐가?”

“아직 어느 배를 하는지는 결정된 것이 없네. 다만 해군에서 보내 준 자료를 참고해서 설계한 엔진을 출력별로 만들어 놓기는 했네.”

강철이 금시초문이라는 표정으로 물었다.

“아니? 그럼, 자네가 연료만 발명한 게 아니고, 그것을 사용하는 엔진 설계까지 했다는 말인가?”

“허허허! 자네 부대에 있는 탱크나 장갑차도 실은 내가 설계한 엔진이 달려 있는 거라네. 엔진번호가 SH로 나가는 게 내 이름자 이니셜을 딴 거니까.”

“그래? 허참! 나는 까마득히 몰랐군.”

“뭐…… 아는 사람도 별로 없네. 처음에 국방과학연구소에서 설계한 엔진을 보니 연료의 장점을 제대로 살리지 못했기에 내가 장난삼아 설계를 해 봤는데 출력 효율이 훨씬 높게 나오더군. 국방부에서 그걸 알고는 설계를 구입해 간 거라네.”

“허! 그런 일이 있었군.”

“히히! 그런데 말이야. 그것조차도 장난삼아 한 것이라 마음에 안 들어서 다시 새로 설계를 했거든. 특히 헬리콥터와 군함 엔진 설계를 해 봤는데 그런대로 마음에 들기에 H중공업에 제작 발주를 해서 납품을 받았지. 국방부에 헬기 세 대하고, 군함 한 대를 연구소로 보내 달라고 해서 먼저 보내 준 헬기에는 이미 엔진을 탑재 중이고, 배는 정박시킬 도크가 필요해서 우선 도크부터 만든 거라네.”

그 말을 듣고 강철이 놀랐는지 다시 물었다.

"엔진이 한두 푼짜리도 아닐 텐데…… 아! 역시 연구지원 특별법 덕분이겠군."

"그렇기도 하지만, 웬만한 건 내가 받은 보상금으로 우선 지불하기도 하고…… 국방부로부터 엔진 설계비도 짭짤하게 받았거든……."

말을 듣던 홍석훈이 지나가는 말처럼 중얼거렸다.

"이 기회에 우리 군함 엔진이나 교체를 했으면 좋겠구먼……."

"후후! 그것도 좋겠지. 허지만 그렇게 큰 배는 우리 도크에서 못한다네. 천 오백 톤 이하만 가능해."

그런 대화의 분위기를 깬 것은 국방대학 교수인 장지원이었다.

"박 박사가 그렇게 애쓰면 뭐하나? 나라가 이 꼴인걸…… 일본이 독도를 점령한 것은 그나마 작은 일이라고 보네. 문제는 중국이야. 미국까지 손을 뗀다고 했으니 얼씨구나 하고 그들은 불원간 우리 쪽으로 군사를 몰아올 거야."

"……."

아무도 대꾸가 없자 그는 계속 투덜댔다.

"쳇! 우리가 왜 제 놈들 변방이야? 에잇! 할 수만 있다면 과거로 가서 모조리 무릎을 꿇려 보고 싶구먼…… 제기랄!"

그 말을 들은 박상훈의 눈빛이 갑자기 반짝하고 빛났다. 그러고는 툭하고 한마디를 던졌다.

"물론 홧김에 하는 말이겠지만, 허허! 자네 정말로 과거로 보내 준다면 가기는 가겠나?"

"당연하지! 아무리 농담이라고 헛말하는 줄 아나? 그렇게만 할 수 있다면 나는 가겠네. 암, 가구 말구! 자네들은 어떤가?"

이렇게 시작된 화두는 한참이나 계속되었다. 과거로 간다는 말이 실현 가능성이 없다고 가볍게 생각해서 그런지는 몰라도 누구 하나 가지 않겠다는 사람은 없었다. 심지어 동방특수강 제작소장인 강진영은 정말로 과거로 갈 수 있다면 힘 있는 나라를 만드는데 자기 한 몸을 불살라 보고 싶다고 기염을 토했다.

사실, 그가 그렇게 자신 있게 말하는 것도 허풍은 아니었다. 특수강은 보통 탄소강이라고 하는 쇠에 니켈이나 망간 등의 원소를 배합해서 강한 것, 질긴 것, 녹이 잘 슬지 않는 것 등 특별한 용도로 사용될 수 있도록 만든 금속을 일컫는 것이다. 특수강을 잘 만든다는 것은 그 나라의 금속 기술 수준이 높다는 것을 의미했다. 그러니 특수강을 만드는 기술은 어느 나라도 쉬쉬하면서 가르쳐 주지 않는 고도의 정밀 기술이기도 하였지만, 공정 또한 복잡했다.

그런데 강진영이 선진국에서 생산되는 것보다 월등한 특수강을 만들어 내면서도 공정 또한 단순화시켜서 한국의 금속 기술을 세계에 과시했다. 그는 그 공로로 금탑산업훈장을 수상했고, 국가의 유능한 인재에게 기회가 주어지는 국방대학 국가전략 과정을 수료한 인재인 것이다.

모두 한결같이 과거로 갈 수 있다면 마다하지 않겠다고 말하는 것을 의미심장한 표정으로 듣고 있는 사람은 박상훈이었다.

이때 쓸데없는 한담을 정리할 때가 됐다고 생각한 진봉민이 입을 열었다.

"자자! 오늘 결정한 대로 내일이라도 그동안 모아 놨던 회비 중에서 나사모 이름으로 천만 원을 국방헌금으로 보내겠네. 자네들도 각자 언론계 인사들에게 이런 뜻을 널리 알려 주게."

다들 그러마 하고 대답을 하자, 계속 말을 이었다.

"요사이 돈 좀 있다는 졸부들이나 심지어는 정부 고관들 중에도 가족들을 은밀히 외국으로 피신시키는 자들도 있는 모양이네만, 적어도 우리만큼은 평소에 신념대로 부끄럽지 않게 행동하세나. 좀 더 자리를 함께했으면 좋겠지만 특히 군에 있는 강 대령이나 홍 대령은 한시가 급한 것 같으니 오늘은 이만 모임을 끝낼까 하네. 혹시 더 할 말이 있으면 하시게나."

아무도 말이 없자 홍석훈이 먼저 자리에서 일어나며 입을 열었다.

"이제 얘기가 끝난 것 같으니, 내가 먼저 일어나겠네."

그러자 강철 대령도 자리를 털고 일어나며 같은 대답을 했다.

"나도 이만 자리를 떠야겠네. 양해하게."

그들에 이어서 장지원과 강진영도 일이 있어 가 봐야겠다고 자리에서 일어나자 조성만과 김민수도 엉거주춤 따라 일어났다.

진봉민과 박상훈은 그들을 전송하고 다시 들어왔다.

"이보게 진 교수!"

"왜 그러나?"

"자네, 내일 시간 좀 나나?"

"내일? 흠…… 오전에 과천 정부청사에서 특강 한 시간 하는 것 외로는 별일이 없네. 왜?"

"그럼, 내일 오후에 좀 봤으면 하네. 내 연구소로 와 줄 수 있겠나?"

"뭐…… 그러지. 심각한 얘긴가?"

"그럴 수도 있고…… 이제 나도 그만 일어나겠네."

박상훈은 진봉민의 전송을 받으며 차에 올랐다.

올 때는 화창하던 날씨가 변덕이라도 부린 듯이 지금은 흐려져 있었다. 외각 순환고속도로를 따라 연구소로 향하는 차창 밖을 내다보면서 올 때와 마찬가지로 요사이 시국을 다시 한 번 생각해 보았다.

어느 시대나 세계 질서는 힘 있는 나라에 의해 만들어지고, 평화도 힘이 있을 때 평화지 힘이 없으면 다 빛 좋은 개살구였다. 약육강식의 정글에 살고 있다는 생각을 잊고 살다가 결국 이 꼴을 당한다고 생각하니 한없는 자괴감이 들었다.

이런 생각이 꼬리를 물면서 만약에 역사를 거슬러 올라갈 수 있다면 고구려 때처럼 강한 나라로 바꾸어 보고 싶다는 신념에 찬 강진영의 말이 귓가에 맴돌았다.

"흐음……."

거의 신음에 가까운 침음이 입 밖으로 흘러나왔다. 그러자 바로 앞자리에 앉아 있던 조영호 경감이 뒤를 돌아보면서 물었다.

"혹시, 어디 불편하신 데라도 있으십니까?"

이 말에 퍼뜩 정신을 차린 박상훈은 대꾸를 했다.

"아니요! 잠시 무슨 생각을 좀하다가……."

"네에, 저는 박사님께서 어디 편찮으신 줄 알았습니다."

그 말을 들은 박상훈은 문득 자신의 경호를 위해 파견되어 벌써 오랜 동안 함께한 조영호 경감과 별로 대화를 나눈 적이 없었다는 생각이 들었다.

"조 경감! 만약에 말이요, 역사를 거슬러 올라갈 수 있다면 조 경감은 어찌하겠소?"

"무슨 말씀이신지……?"

"우리가 말이요, 시간을 거꾸로 올라가 고조선 시대나 삼국시대로 갈 수 있다면 조 경감은 가겠냐는 말이요?"

"글쎄요? 갑작스럽게 물으시니……."

"조 경감도 요사이 시국을 잘 알겠지만, 아까 모임에서 나라를 걱정하면서 나온 농담이오. 과거로 가서 제대로 된 역사를 만들 기회가 주어진다면 다들 가겠다고 하기에……."

"아! 예, 그런 말씀이셨군요. 그런 경우라면 당연히 가야죠. 저도 마다하지 않겠습니다."

"그래요? 이곳에 쌓아 놓은 모든 것을 팽개치고 말이요? 거기 가서 뜻을 이룬다는 보장도 없는데?"

"세상에는 한세상 편히 사는 것에 뜻을 둔 사람도 있지만 더러는 어떤 큰 목적을 위해서 자신을 희생하는 사람도 있으니까요. 여태껏 겪어 보지 않은 세상이라 위험은 따르겠지만, 역시 해 봄직한 일이 아니겠습니까?"

그 대답을 듣자 조영호 경감이 의지가 굳은 사람이라는 것을 새삼 느끼면서 다시 물었다.

"조 경감은 특공대 출신인 걸로 알고 있소만?"

"아닙니다, 특전사 교관으로 잠시 근무했었습니다."

"오…… 안 되면 되게 하라는 구호를 가진 그 검은 베레 말씀이요?"

"예, 그렇습니다."

"하하하! 내가 개인 신상에 대해 갑자기 너무 많은 것을 묻는 것 같소만 사관학교 출신이시겠구려."

"네, 웨스트포인트(West Point)를 나왔습니다."

"웨스트포인트라니, 그럼 미 육군사관학교 말씀이요?"

"그렇습니다."

"호오! 그런데 미군에 근무하지 않고 어떻게 한국 특전사에 근무하시게 되었소?"

"거기를 졸업하고 미 특수부대 장교로 근무하다가 한국 특전사 교관으로 초빙되었습니다."

"아하! 그렇구려. 그리고 국가정보원에도 근무했던 것으로 들었는데……."

"네, 특전사 교관으로 근무하다가 국가정보원 요원으로 발탁되어 잠시 근무했었습니다. 이후 대통령 각하의 명에 의해 박사님을 경호하는 경호대로 옮긴 것입니다."

"흠! 대단한 분인 것은 알았지만, 조 경감의 경력이 그렇게 화려한지는 오늘 처음 알았어요. 그래 주 전공은 무엇이요?"

"박사님으로부터 그런 말씀을 듣기에는 부끄럽습니다. 웨스트포인트에서는 통신공학을 전공했습니다만, 특수부대는 사실 전공이랄 것도 없습니다. 모든 상황에 대처할 수 있어야 하기 때문입니다. 폭발물 조작에서부터 각종 총기를 다루는 일과 심지어는 작전에 필요한 비행기 조종까지 모든 것에 능숙해야 작전에 나가 목숨을 부지하니까요."

"호오! 비행기 조종까지 능숙하다니…… 빈말이 아니라 정말 대단하시오. 듣고 보니 더 큰 일을 해야 할 조 경감이 기껏 내 경호나 말고 있다니 나야말로 부끄럽구려."

"기껏이라니요? 천만에 말씀입니다. 솔직히 박사님의 경호를 맡게되면서 처음에는 의아하다는 생각도 없질 않았습니다. 그렇지만 박사님에 대해서 알면 알수록 제가 맡은 일이 막중한 것을 깨닫고 자랑스럽게 생각하고 있습니다. 더욱이 늘 나라를 걱정하시는 박사님 모습이 존경스럽기까지 합니다."

"허! 허! 그래요? 그렇게 생각해 준다면 고맙구려."

"다만, 저는 박사님께서 불편하시더라도 안전을 먼저 생각해 주셨으면 하는 바람뿐입니다."

"알겠소, 노력하리다."

대화를 나누는 사이에 승용차는 봉담 인터체인지를 벗어나 국도로 접어들었다. 드문드문 차량이 지나는 가시리 마을 앞을 막 지나쳐 얕은 언덕길을 오르는 순간, 앞에 앉아 있던 조영호가 다급한 목소리로 소리를 질렀다.

"이 경사! 덤프 피해! 박사님, 몸을 낮추세요."

박상훈은 얼떨결에 몸을 숙이며 순간 정면을 쳐다봤다. 덤프트럭이 왕복 1차선의 좁은 도로에서 중앙선을 침범해 총알처럼 돌진해 내려오고 있었다.

"이 경사 뒤쪽도 조심해! 덤프 피한 다음 속력을 높여!"

어느새 꺼내들었는지 오른손에 권총을 들고 쉴 새 없이 앞뒤를 번갈아 살피고 있는 조영호를 본 순간 '꽝!' 소리와 함께 덤프트럭이 방탄 리무진의 측면을 치고 지나갔다.

차는 도로 밖 낭떠러지로 떨어지기 일보 직전에 핸들을 급히 꺾었는지 몸이 한쪽으로 쏠리면서 다시 차도로 들어왔다. 그때서야 박상훈이 뒤쪽을 돌아보니 부딪쳤던 덤프트럭은 멀어져 가고 있었지만 뒤쪽에는 충돌하려는 의도가 분명한 또 다른 지프 1대가 바짝 따라붙고 있었다. 두 차는 경주를 하듯이 한참 동안 질주를 계속했다.

가벼운 충돌이 여러 차례 있고 나서 참다못한 조영호가 창문을 열고 따라오는 지프를 향해 권총을 발사하기 시작했다. 그러자 뒤따라오던 차는 속도를 늦추고는 더 이상 따라오지 않았고, 그때서야 비로소 위기를 벗어났다고 생각했는지 조영호가 뒤쪽을 돌아보며 물었다.

"박사님, 놀라셨죠? 어디 불편하신 데는 없으십니까?"

"괜찮소만, 허참! 백주 대낮에 이런 일이 일어나다니……."

대답을 들은 조영호는 운전을 하고 있는 이 경사에게 A대학병원으로 가자고 말하고는 급하게 본부로 연락을 취하는 것이었다.

급박한 순간에도 언제 그런 것까지 살필 겨를이 있었는지 두 차량의 차량번호와 차종 그리고 범인들 중에 2명의 인상착의까지 설명을 하고 있었다.

총기까지 사용했는데 보도 통제가 되겠느냐고 반문하는 것으로 보아 본부에서는 보도 통제를 하라고 지시하는 모양이었다.

통화가 끝나자, 뒤를 돌아보면서 말을 했다.

"박사님, 불편한 데가 없으시더라도 한 이틀 병원에 계시고 연구소에는 가시지 않는 것이 좋을 것 같습니다."

"흠, 꼭 그래야 하겠소?"

"예, 아무래도 연구소 안팎을 샅샅이 조사해 봐야겠습니다."

"음……."

박상훈은 처음 당하는 일에 길게 침음을 내뱉었다.

언뜻 밀러를 통해 보이는 운전원인 이 경사의 얼굴은 한눈에 보기에도 겁에 질려 불안해하는 표정이 역력한 반면에 조 경감은 전혀 그런 기색을 찾아볼 수 없었다.

'참 대단한 사람이야!'

하고 속으로 감탄하고 있는데 조영호가 입을 열었다.

"박사님, 정말 대단하십니다. 웬만한 사람은 아까 같은 상황에 기절을 했을 텐데 전혀 그렇지를 않으시니 제가 마음이 놓입니다."

"허허허! 내가 할 말을 조 경감이 하는구려. 나는 오히려 조 경감을 보면서 속으로 감탄하고 있었구먼……."

"……."

박상훈은 막상 위기를 벗어났다 생각해서인지 목이 뻣뻣하고 허리에 통증까지 느껴졌다.

차는 곧장 수원 시내를 통과해 A대학병원으로 들어갔다. 병원 정문 앞에는 본부로부터 연락을 받고 절차를 밟아 놨는지 사복 경찰이 나와 있다가 곧장 병실로 안내했다. 같은 1인실 중에도 가장 전망이 좋고 한적한 방이었다.

박상훈은 연구소에 전화를 걸어 아무 일이 없다는 것을 확인하고 나서 환자복으로 갈아입고 엑스레이 촬영 등 세밀한 검사를 받았다. 다행히 목뼈 부분과 허리 근육이 충격을 받았지만 며칠 요양을 하면 괜찮을 거라는 의사의 소견을 듣고, 편한 마음으로 병실 소파에 앉아 TV를 켰다.

그런데 이게 웬일인가! '세계적인 물리학자 박상훈 박사 대낮 피습! 안전 여부 확인 불가!' 라는 자막이 화면 밑에 계속 떠서 스쳐 지나가고 있었다.

불과 30여 분 전에 일어난 일이었고, 누구인지도 모를 텐데 어떻게 저토록 정확하게 자막이 나오는지 놀라운 일이었다.

조금 있으니 핸드폰 번호를 아는 지인들이 안전을 묻는 전화가 계속적으로 쇄도했다. 특히 오늘 모임에서 만났던 진봉민 교수를 비롯해 나사모 친구들도 모두들 괜찮은 거냐고 걱정스럽게 물어 왔다.

다행히 핸드폰을 통해 보여지는 자신의 모습에 별 이상이 없어 보였는지 그만하길 다행이라고 안도하면서 내일 시간을 맞춰서 함께 문병을 오겠다는 말을 하고는 전화를 끊었다.

요사이는 핸드폰 기술이 발달해서 통화 상대방의 모습이 눈앞 허공에 홀로그램으로 보이기 때문에 서로 마주하고 대화하는 것과 큰 차이가 없었다.

문득 한쪽 구석에 말없이 앉아 있는 조영호가 눈에 띄었다. 그의 표정은 몹시 굳어 있었다. 평소에는 자신이 통화를 한다거나 일을 하면 문밖으로 나가는데, 오늘은 사적인 통화를 하는데도 병실 안에서 꼼짝도 않고 있었던 것이다.

"조 경감, 혹시 내게 무슨 할 말이 있으시오?"

그때서야 정신이 드는지 퍼뜩 자리에서 일어나며 대꾸를 했다.

"아, 아닙니다. 제가 잠시 딴 생각을 하느라 실례를 한 것 같습니다. 죄송합니다. 실은…… 우리 경호대의 정보 수집 능력이 그 정도밖에 안 되나 싶어서 저 혼자 화가 났던 겁니다. 대낮에 이런 일을 저지를 정도의 외국인이라면 적어도 요주의 인물로 충분히 파악이 가능했을 텐데, 전혀 낌새도 못 채고 있었다는 것이 너무 어이가 없어서 그렇습니다. 시국도 이런 판국에……."

"……."

충분히 이해가 가는 말이었다.

"이제 본부도 믿을 수 없다는 생각입니다. 제가 최선을 다해 박사님을 경호하는 수밖에요. 이 시간 이후 이 방을 출입하는 사람에 대해서는 제가 밖에서 일일이 확인하겠습니다. 그 점은 양해해 주시기 바랍니다."

"뭐, 경호를 위해 필요하다면 그렇게 해야지 별수 있겠소? 조 경감이 알아서 하세요. 아! 내일 아마 나사모 회원들이 문병 차 올게요."

"알겠습니다. 그분들이야 제가 잘 아는 분들이니 불편을 드리지 않도록 하겠습니다. 그럼, 저는 나가 보겠습니다. 편히 쉬십시오."

"고맙소."

조영호가 나간 후, 박상훈은 가져온 식사도 하는 둥 마는 둥 하고 물끄러미 병상에 걸터앉아 생각에 골몰했다.

'이것이 과연 잘하는 일일까? 한 입 건너 두 입이라고, 이 내용이 세간에 알려진다면…….'

생각하기도 싫은지 고개를 가로저으며 몸서리를 쳤다.

'차라리 아무도 모르게 폐기시키는 것이 옳지 않을까? 그렇다고 없애 버리기엔 너무 아깝지 않은가?

그는 고심에 고심을 거듭하며 밤이 깊도록 쉽사리 잠자리에 들지 못하고 있었다.

불안한 결심

　이튿날이 되자, 기자들이 냄새를 맡고 취재를 하기 위해 몰려온 것을 조영호가 몸싸움을 하다시피 해서 돌려보냈다. 이후 간단한 검사와 진찰을 받고 나자 시간은 벌써 오후에 접어들고 있었다. 마침 그때 진봉민이 찾아왔다.

　"어서 오게. 다른 친구들하고 같이 온다더니 혼자 왔나?"

　"응, 어제 자네가 나한테 연구소로 와 달라고 하질 않았나? 연구소로는 갈 필요가 없으니 여기로 한발 먼저 왔네. 다른 친구들은 두어 시간쯤 후에 올 것이네. 그건 그렇고 대낮에 그런 일이 일어나다니 어이가 없네 그려. 그만하길 천만다행일세."

　"하하하! 우선 앉게. 연구소에서 보기로 했는데 병원에서 보게 됐군. 글쎄 나도 어이가 없긴 마찬가지네. 그렇지 않아도 암살이나 납치를 하려는 무리가 있다는 말을 듣긴 들었네만, 설마 하고 흘려들었는데……."

박상훈은 냉장고에서 캔 음료를 꺼내 건네주고는 소파에 마주 앉았다.

"허! 그런 정보가 있긴 있었군."

이어 박상훈은 어제 위험했던 상황을 간단하게 설명을 해 준 다음 자리에서 일어나 밖에 있던 조영호를 불러들였다.

"조 경감, 진 교수와 단 둘이 긴히 할 얘기가 있는데, 얘기가 끝날 때까지 아무도 들여보내지 않았으면 좋겠소."

"알겠습니다, 염려 마십시오!"

"부탁하오."

조영호가 나가고 나자 다시 자리에 앉은 박상훈은 한참 동안 말이 없었다. 진봉민은 속으로 무슨 말이기에 이토록 뜸을 들이나 싶었지만, 궁금한 것을 참아 가며 잠자코 말을 꺼내기를 기다렸다.

다시 한참을 망설이던 박상훈이 입을 열기 시작했다.

"내가 자네를 믿기 때문에 말은 하지만, 솔직히 불안한 것은 사실이네."

"……."

"지금부터 내가 하는 말을 듣고 나면, 왜 이러는지 이해를 할 걸세."

하더니 음료수로 입을 축이는 것이었다.

"대체 무슨 얘긴데 그래?"

의아스러운 얼굴로 재촉하는 진봉민이었다.

"음…… 자네, 오늘 내가 말한 것은 어떤 결론이 날 때까지 무덤까지 가져갈 수 있겠는가?"

"어허! 이 사람 싱겁기는…… 엄청난 일인가 보구먼! 알겠네, 내 약속함세."

"그럼, 결론부터 말하지. 어제 자네 연구실에서 나눴던 말 기억하지?"

"무슨 말?"

"거 있잖아. 역사를 거슬러 올라간다는 거……."

"아! 그거? 과거로 갈 수 있다면 가겠다고 했던 그 말? 그게 어디 가능한 일인가?"

진봉민이 고개를 가로저으며 반문하는 말에 잠시 뜸을 들이던 박상훈이 선언하듯이 말을 했다.

"가능하다네!"

"뭐라고? 아니 그럼, 자네가 타임머신을 만들었다는 게야?"

진봉민도 놀랐는지 자연히 목소리가 높아졌다.

"어허! 이 사람, 언성 좀 낮추게. 듣는 사람은 없겠지만……."

"미안하네. 너무 놀라운 말이라서 잠시 냉정을 잃었네. 그런데 사실인가?"

"음, 불행하게도 사실이네."

"그렇다면 그 연구는 천지개벽을 할 만한 발견이구먼, 불행하다니?"

"사람…… 참! 생각해 보게. 이 연구 결과로 초래될 엄청난 문제들을…… 예를 들어 살인자 같은 범죄자나 인류를 패망시킨 전쟁범죄자들이 도피하는 방편으로 사용한다면? 아니 그보다도 연구 결과 자체가 면면히 이어 온 역사를 뒤죽박죽으로 만들지 않겠는가?"

"흠, 하긴 듣고 보니 그럴 법도 한 일이군!"

"그래서 나는 이 연구 결과를 없애 버리기로 결심했었네. 그러는 것이 오히려 인류를 구하는 길이라 생각했기 때문이지."

"흠, 이해가 되네. 그런 결심이라면 그냥 없애 버리면 될 것을…… 나를 보자고 한 이유가 무언가?"

그 말에 박상훈은 차분히 이유를 말하기 시작했다.

이미 그 연구 결과가 인류에게 해악이 된다는 것을 깨닫고 폐기시켜야 한다고 결심을 했지만 그동안 연구해 왔던 것에 대한 미련과 아쉬움 때문에 아직까지 없애지 못하고 있었다는 것이었다.

그런데 어제 모임에서 과거로 갈 수 있다면 역사를 한번 바꿔 보고 싶다는 장지원 교수의 말에 망치로 뒤통수를 얻어맞은 기분이 들었다고 했다. 그래서 농담을 가장하여 모두의 의견을 들어봤던 것이었는데, 기회만 된다면 다들 가겠다는 말에 용기를 내서 평소에 매사를 신중하게 처리하는 진봉민과 상의를 해 보고 싶었다는 요지였다.

"음……."

잠시 침묵이 흘렀다.

이윽고, 진봉민이 입을 열었다.

"언제부터 그런 연구를 시작했나?"

"그런 연구를 하고자 해서 한 게 아니라네. 사실, 오 년 전에 변형 탄소 연료에 대한 논문을 발표하고 난 후에 새로 태양광 에너지에 대한 연구를 시작했다네."

"태양열 발전 같은 것 말인가?"

"응, 그런 셈이지. 쉽게 설명하면 태양빛에는 열량을 발생하는 광자라는 물질이 들어 있네. 그 광자를 모아서 에너지를 얻는 연구였다네."

"그렇다면 그것은 변형 탄소보다 훨씬 더 진보된 것이겠군. 햇빛은 무한한 자원이니 말일세. 계속해 보게나!"

"그렇지! 원래 석탄이라는 것도 따지고 보면 태양빛에서 만들어진 거라네."

"무슨 말이야? 석탄이 태양빛에서 만들어지다니?"

"석탄이 무언가? 나무 같은 식물들이 지각변동에 의해 땅속에 묻혀서 만들어진 화석의 일종이 아닌가?"

"그렇지! 식물이 땅속 깊이 묻혀서 오랫동안 열과 압력을 받아 변한 것이 석탄이라고 알고 있네만."

"옳거니! 그런데 식물이라는 것이 바로 태양빛을 빛아 광합성 작용을 통하여 만들어지고 성장한 것이란 말일세."

"그렇지!"

"그러니 알고 보면 식물도 햇빛이 뭉쳐진 것이고, 이러한 식물들이 땅속에서 변화되어 석탄이 된 것이니. 결국은 석탄도 햇빛 에너지의 다른 형태라는 생각에서 힌트를 얻었네."

"논리적으론 일리가 있군!"

"그래서 그 근본 에너지인 햇빛을 인위적으로 뭉쳐서 덩어리로 만들 수 있지 않을까 하는 가정 하에 연구를 시작했네."

"그거야 이미 태양광 발전소도 있질 않은가?"

"그렇기는 하네만, 그런 것과는 차원을 달리하네. 내가 연구하기 시작한 것은 그 햇빛 알맹이를 특정한 공간 속에 가두어 놓고 건전

지처럼 꺼내 쓰려고 한 거지."

"호오! 그것 참 기발한 아이디어일세."

"그런데 그것을 연구하는 중에 이상한 것을 발견했다네. 햇빛 속에는 광자라는 알맹이가 있는데 그것이 휘어지는 현상은 이미 오래전에 발견된 것이네만, 나는 연구를 하면서 그것보다 더 특별한 현상을 발견하게 되었네."

"특별한 현상이라니?"

박상훈의 설명은 이러했다.

그 특별한 현상이라는 것이 누구도 발견하지 못했던 빛과 시간은 성질이 똑같다는 것을 발견했다는 것이다. 호기심이 발동한 그는 당초에 목적하던 연구를 제쳐 두고 빛이 휘어지는 굴절 현상을 이용해서 시간도 휘어 보면 어떨까 하는 생각에 연구를 시작했다는 것이다. 그렇지만 형체가 없는 시간을 잡아낼 수가 있어야 휘든지 말든지 할 것이 아닌가!

얼마 동안 고민하던 그는 역시 불가능한 일이라고 결론을 맺었는데 우연히 어느 날 회의에 참석했다가 호텔 로비에서 다른 사람들이 나누는 대화 중에 '그 일은 시간이 해결해 줄 거야.' 하는 말을 들었다는 것이다. 이때 문득 꼭 시간을 잡아내려고 매달릴 필요가 없다는 생각이 머리를 스치면서 모든 사건이나 사물은 시간이라는 요소를 포함하고 있다는 사실을 깨닫게 되었다는 것이다.

그래서 시간과 성질이 같은 햇빛이 액체를 통과할 때 휘듯이, 시간적 요소가 포함된 결과물인 사람이나 사물도 특정한 물질을 통과시키면 결국 시간을 휘는 것과 같은 효과를 얻지 않을까 하는 생각으로 발전하더라는 것이다. 그런 가정 하에 연구와 실험을 계속했는데 과연 예상한 대로의 결과가 나오더란 것이다.

　박상훈은 그동안의 과정을 남의 일처럼 차분히 설명하고는 놀라운 표정을 지은 채, 듣고 있던 진봉민을 바라보았다.

　"흠…… 잘 들었네. 후! 참으로 놀라운 일이네만, 특정한 물질에 사람이나 사물을 통과시킨다고 했는데, 어떤 물질에 어떻게 통과시키는지 그 부분이 이해가 가지 않는군."

　"그걸 설명하자면 여간 복잡하질 않네. 간단히 말하면 인위적으로 블랙홀(black hole)과 비슷한 사차원의 물질 통로를 만들었다네."

　"사차원 통로라……? 그건 그렇다 치고 실제로 사람이나 물체로 시간 이동을 해 본 것은 아니질 않은가?"

　"아닐세! 처음에는 여러 번 동물로 실험을 해 보고, 내가 그 통로를 통해 직접 과거를 두 번이나 가 보았다네."

　"과거를 가 보았다고? 그것도 두 번씩이나?"

　"가 보았지. 그러니 내가 이렇듯 걱정하는 거야."

　"허어! 과거를 가 보았다?"

　"응!"

　"자네가 나한테 빈말을 할 리는 없을 테고…… 그럼, 과거로 갔다가 다시 정확히 이 시간대로 돌아올 수는 있나?"

　"한마디로 말해서 돌아오는 건 안 된다네. 나도 그것을 여러 차례 실험해 보았지만, 가능하지 않았네."

　"자네는 과거로 가 보았다고 하지 않았나? 과거로 가면 다시는 이 시간대로 못 오는데 어떻게 자네는 여기에 있는 것인가? 도대체 뭔

소린지 모르겠군!'

"음…… 그건……."

하고 박상훈은 그 질문에 설명을 하기 시작했다.

인위적으로 만든 통로는 눈에 보이지 않는 가상 통로라는 것이었다. 그 통로의 출발점이 현재이고 맞은편이 가장 먼 과거라고 하면서, 좌우를 불문하고 휘는 각도에 따라 과거 어느 때인지 시간대가 정해진다고 했다. 그러니 미래로 가는 것은 불가능하다는 것이다.

과거로 갔던 자신이 되돌아오지 못하는데도 지금 진 교수를 만날 수 있는 것은 실제로는 과거 그 시간대에 있던 진 교수를 만나는 것이라는 설명이었다. 그 설명을 듣고서야 진봉민은 이해를 하기 시작했다. 물론 과거로 올 때 그 시간과 지금 이곳 시간대와의 차이가 크지 않기 때문에 가능한 일이라는 말까지 덧붙였다.

"이제야 이해가 되네! 자네가 먼 과거로 갔다면 우리는 이렇게 만날 수 없을 거라는 말이군."

"그렇지! 백 년 전에는 자네가 없었을 테니까……."

"그럼, 자네는 얼마 정도 과거로 가 봤던 건가?"

"그렇게 물으면 틀린 질문일세. 하하! 얼마나 미래에서 왔느냐고 물어야 옳을 것이네. 한 달이네. 자네는 앞으로 다가올 한 달 후에서 온 나를 만나고 있는 셈이지."

"흠…… 지금 자네는 한 달 미래에서 온 자네라는 말이질 않은가? 그럼, 자네가 미래에서 왔을 때, 이곳에도 이미 과거의 자네가 있었을 텐데 그 과거의 자네는 어디로 간 건가?"

진봉민은 박상훈의 말에 커다란 모순을 발견했다는 듯이 캐물었다.

"내가 막상 과거로 왔지만 이곳에 있어야 할 과거의 나는 없더군. 정확하게는 나도 이유를 모르겠네. 내가 잠정적으로 '유일성의 원리'라고 정의했는데, 즉 같은 시간대에는 나는 유일하게 하나만 존재한다는 것이지."

"아하! 이제야 이해가 되네. 흠, 얘기를 다 듣고 보니 대단한 발견이기도 하지만, 한편으로는 나 역시 두렵다는 생각을 지울 수가 없군. 자네가 말을 꺼내기 전에 긴장했던 이유도 알겠고 없애 버리려는 이유도 충분히 알겠어."

"그렇지? 이 연구가 악용된다면……? 생각하기도 싫은 결과지. 그래서 연구를 해 나가면서도 결론에 다가갈수록 두려웠다네. 그렇지만 탐구의 욕심이 연구를 계속하게 만들었고, 막상 과거로 가 보는 실험을 할 때는 차라리 내가 죽더라도 실험 결과가 잘못되었으면 하는 바람도 있었다네."

고개를 잘래잘래 흔들며 내뱉는 그의 말 속에는 뼈 속에서 울어 나오는 두려움을 내포하고 있었다.

"흠, 충분히 공감이 되네. 그러니까 자네 뜻은 이 연구를 활용해 우리 모두 과거로 가 보자는 것이로군."

"사실, 어제 역사를 바꿔 보겠다는 그 말이 나오기 전까진 나도 생각을 못했었네. 그렇지만 다들 가겠다면 나도 마다하지 않겠네. 나름대로 각 방면에 전문 지식이 있는 우리 여덟 명이 간다면 뭔가 되지 않겠나?"

"글쎄? 좀 더 생각을 해 봐야겠지만, 우리 여덟 명으론 부족하지 않을까 생각하네."

두 사람의 대화는 계속되었다.

일단 진봉민이 나사모 친구들과 상의를 해 보고, 가능한 빨리 가부를 결정하기로 했다. 만약 과거로 가는 것이 어렵다고 결론이 나면 즉시 연구 결과를 폐기하기로 했다.

웬만큼 얘기가 끝났을 때, 마침 강철을 비롯해 나사모 친구들이 왔다. 어제의 긴박했던 상황을 간단히 말해 주자, 모두 이구동성으로 그만하기가 다행이라고 위로를 하는 것이었다. 물론 조영호에 대한 칭찬도 아끼지 않았음은 물론이다.

한참 얘기가 무르익어도 먼저 와 있던 진봉민은 굳은 표정으로 말이 없자 이를 눈치챈 홍석훈이 입을 열었다.

"아니? 진 교수는 둘이 나눌 얘기가 있다고 먼저 오더니, 어째 별말이 없어?"

그 말에 얼른 정신을 차린 진봉민은 빙그레 웃으며 대꾸를 했다.

"아! 잠시 다른 생각 좀 하느라고……."

"꼭, 얼이 빠진 사람 같아 보이네 그려."

"허허허! 그렇게 보였나? 그런데 자네나 강 대령은 다른 친구들보다 더 시간 내기가 어려웠을 텐데 다행히 시간을 냈군."

다시 한참 동안 일상적인 대화가 오가고 나서 이제 무사한 것을 확인했으니 돌아가 봐야겠다고 하고는 자리에서 일어났다.

병원 현관까지 배웅하겠다는 박상훈의 말에 극구 사양한 그들은 복도 끝으로 사라져 갔다.

국가가 박상훈 박사에게 만들어 준 해동연구소.

담장이 쳐진 연구소 안에는 집무실과 연구실이 붙어 있는 아담한

2층 건물 한 채와 돔형 지붕인 작은 체육관만한 두 채의 실험동 건물이 있었다. 잔디가 깔려 있는 정원에는 군데군데 설치된 사각의 태양열 반사판이 오후 햇살을 받아 반짝이고 있었다.

박상훈은 지난 사흘 동안 병원에 있다가 지금 막 연구소로 돌아온 것이다. 자신이 병원에 있는 동안 경찰청 폭발물 감식반과 도청 장비 탐지반이 연구소 안팎을 철저히 조사했는데도 다행히 아무런 이상이 없었다는 말을 조영호로부터 이미 들었던 터였다.

차가 현관 앞에 도착하자마자 문을 열어 주며 반갑게 맞는 사람은 연구원인 이휘조였다. 그는 2층 집무실로 올라가는 박상훈을 뒤따르며 그동안에 있었던 일을 자세히 설명했다. 군함 엔진 교체 작업을 할 시설인 도크가 완성되어 사용 승인이 떨어졌다는 것과 헬기 엔진을 교환하는 작업이 마무리 단계에 있다는 것이었다.

"박사님! 그리고 며칠 전에 말씀하신 가동 건물의 승압 공사는 다음 주에 완료해 주겠답니다."

"음, 그래? 예상보다 빨리 되는구면, 그런데 내가 설계한 가압기가 늦으니 걱정이군."

"다음 달 초나 되어야 납품할 수 있답니다. 아직도 보름은 족히 기다려야 할 것 같습니다."

"그러게 말일세."

"H중공업 간부 말로는 가압기 종단 노즐 부분에 들어가는 공업용 다이아몬드가 너무 커서 간신히 구했다고 합니다. 과기부에서도 도대체 무슨 기계냐고 물으면서 너무 비싸다고 투덜거리던데요."

"그렇기야 하겠지. 흠, 모든 연구를 지원하겠다고 약속해 놓고 기

계 하나 만들어 달라는데 엄살을 떨면 어쩌겠다는 게야? 허참! 과학
기술부가 너무 짜단 말이야."

"박사님, 그게 우리나라 현실인걸요. 박사님이 안 계신 동안에도
미국에서 여러 번 전화가 왔었습니다. 제발 와 달라고 조르다시피
하는데 차라리 가시는 게 낫질 않겠습니까?"

"어허! 이 사람! 무슨 말을 하는 게야! 그렇게 가고 싶으면 자네나
가게."

호된 꾸지람에 아차! 실수했다 싶은지 이휘조는 겸연쩍은 얼굴로
사과를 했다.

"죄송합니다, 박사님! 앞뒤 생각 없이 박사님을 위해서 드린다는
말이……."

잠시 노여움을 가라앉힌 박상훈은 한결 부드러운 목소리로 말을
했다.

"자네는 학부 시절부터 나를 봐 왔으면서 그런 소릴 하는 겐가? 다
른 사람도 아니고, 벌써 십여 년 이상 나와 함께 지낸 사람이 나를 몰
라서 그런 소리를 하는가 말이네."

"네, 잘 알고 있습니다. 제가 대학 시절부터 시작해서 대학원의 석
사과정을 이수하고 박사과정을 밟고 있는 지금까지 누구이 나라가
있고 나서야 내가 있다고 하신 말씀 귀에 박히도록 들었습니다. 허
지만 누구보다 애국자이신 박사님을 정부에서 너무 몰라준다 싶어
서 그랬습니다."

"허! 석사면 뭐하고 박사면 뭐해? 철이 없기는…… 쯧! 쯧! 쯧! 이
사람아! 애국이라는 것이 누가 알아준다고 하는 건가? 그리고 나는

내가 애국자라고 한 번도 생각해 본 적이 없네."

"그렇기는 합니다만…… 고아인 저를 교수님께서 대학 시절부터
오늘까지 보살펴 주신 것을 잘 알고 있습니다. 여러 번 말씀드렸지
만 앞으로도 박사님 곁에서 연구를 도우면서 살아갈 겁니다. 그런데
그런 저보고 가라 하시면 제가 갈 데가 어디 있다고 그러십니까?"

징징대는 아이처럼 말을 하는 이휘조를 쳐다보면서 보일 듯 말 듯
미소를 머금은 박상훈은 조용히 말을 했다.

"하긴 처음으로 내가 좀 심한 말을 했지? 자네만큼 내 연구나 생각
을 잘 아는 사람도 없다고 생각해 왔는데 그런 말을 하니 화가 나서
그런 걸세."

"네, 잘 알고 있습니다."

"그럼, 됐네. 자, 실험동이나 가 볼까? 작업이 얼마나 이루어졌는
지 보고 싶네."

하는 말과 함께 자리에서 일어났다.

"헬기를 보시게요?"

"음."

이휘조는 아래층으로 내려와 실험동을 향하는 박상훈의 뒤를 따르
며 물었다.

"박사님, 오늘도 댁에는 안 들어가십니까?"

"음…… 좀 더 살펴볼 것이 있어서 오늘도 집에 가기는 어려울 것
같네. 며칠 병원에 있는 바람에 일을 못했으니 마저 해야지. 왜? 자
네 어디 나가 볼 데가 있나?"

"아니에요. 박사님께서 병원에 입원하시기 전에도 댁에 못 들어가

신 지가 일주일이 넘었었기에 여쭈어 봤습니다."

"별 걸 다 신경 쓰는군."

"저어⋯⋯."

"왜? 할 말이 있는가?"

"여쭈어 봐도 괜찮을지 모르겠습니다만, 제가 알기로는 박사님께서 연구하시는 것이 태양광 분야로만 알고 있었는데, 작년 초부터는 그 분야와 동떨어진 실험을 자주 하시는 것 같아서요⋯⋯."

말끝을 흐리는 이휘조는 무척이나 궁금해하는 눈치였다.

이휘조의 말에 빙그레 웃음을 띤 박상훈이 고개를 끄덕이며 대답을 했다.

"흠, 자네도 눈치를 챘나 보군. 사실, 태양광을 연구하다 작년 초에 이상한 현상을 발견하여 계속 그 부분을 연구해 왔네. 이젠 결과물도 웬만큼 얻었고⋯⋯ 나중에 때가 되면 말해 주겠네."

"네! 박사님 말씀을 들으니 굉장한 연구물인 것 같습니다."

그 말에 빙그레 미소만 지을 뿐 긍정도 부정도 하지 않은 채, 박상훈은 더 이상 할 말이 없다는 듯이 휘이휘이 걸음을 재촉했다.

실험동 가동이라고 쓰인 팻말이 붙어 있는 건물 안으로 들어서니, 2층에 있는 집무실에서 볼 때와는 달리 어마어마하게 넓었다. 안에는 엔진 부분이 뜯어진 채 대형 치누크 수송 헬기 1대와 2대의 수리온* 헬기가 자리를 잡고 있음에도 아직 여유 공간이 많이 남아 있었다.

＊수리온: KHP(Korea Helicopter Program)에 의해 대한민국이 개발한 한국형 기동 헬기(KUH : Korean Utility Helicopter)의 명칭이다. 방위사업청의 '최초 국산 헬기 새 이름 지어 주기 국민 공모'를 통해 2009년 7월 10일 '수리온'이란 별칭이 정해졌다.

"박사님, 수리온 헬기 두 대는 거의 엔진 교체 작업이 마무리되었고, 치누크는 어제 막 엔진룸에 엔진을 올려놨습니다."

이휘조의 말에 고개를 끄덕인 박상훈이 물었다.

"음…… 수리온 엔진은 시험 가동을 해 보았나?"

"예, 어제 육군 항공단장이 직접 기술 장교들을 데리고 왔었습니다. 자기들이 직접 가동해 보고 나서는 기존 엔진보다 작고 가벼우면서도 출력은 팔십 퍼센트 정도 더 높게 나온다고 좋아하던데요. 오히려 엔진 출력대로 헬기를 가동시키면 프로펠러에 무리가 있지 않을까 염려하고 갔습니다."

"허! 사람들…… 좋아도 걱정이군."

"후후! 그러게요…… 아! 제가 깜빡했었는데 저 헬기를 가져가고 나서 다음에 보낼 헬기는 신품이라던데요."

"글쎄? 그렇게 가르쳐 줬으면 이제 노하우도 생겼을 텐데, 엔진을 가져가서 자기들이 교체하지, 굳이 왜 여기로 헬기를 보내겠다는 건지……?"

"박사님, 그거야 우리 연구소 예산으로 만든 엔진이니 그렇지 않겠습니까? 가져가려면 엔진 값을 내야 되지만, 여기서 교체하면 눈치는 보여도 엔진 값은 내지 않아도 되니 그런 것이 아니겠습니까?"

"하하하! 그런 겐가?"

"그럼요! 자기들이라고 가져가서 하고 싶지 않겠습니까? 엔진 값이 한두 푼이라야 가져가던지 말든지 하지요."

"그거야 다 국방 예산이 부족한 탓이 아니겠나?"

"그 덕분에 이제 저도 헬기에 대해선 그런대로 알게 되어 엔진쯤은 충분히 교체할 수 있게 되었습니다."

"허! 그래? 그렇다면 엔진 값을 톡톡히 받은 셈이군 그래."

"히히! 그런 계산도 있군요?"

"그럼! 세상에 공짜가 어디 있나? 비싼 수업료 내고 배운 것일세."

농담을 주고받으며 헬기들을 살펴본 두 사람은 실험동 건물을 나왔다.

이휘조가 박상훈에게 물었다.

"도크도 가 보셔야죠?"

"당연히 가 봐야겠지. 걸어가면 한 삼십 분 정도 걸리지 않을까? 천천히 걸어가 보세."

"안 됩니다. 박사님! 삼십 분에는 가지도 못하지만 그보다도 박사님께서 외부에 절대로 노출되지 않게 하라고 조영호 경감이 신신당부를 했습니다."

박상훈은 며칠 전의 피습 사건을 생각해 보니 구태여 위험을 무릎쓸 이유도 없겠다 싶었다.

결국 조영호에게 연락하여 가까운 거리였지만 차로 이동하게 되었다. 그런데 그동안 운전 겸 경호를 하던 이 경사가 아닌 다른 사람이 운전을 하고 있었다. 처음에는 의아했지만, 조영호가 무슨 말이 있겠지 생각하며 모른 척했다.

전곡해양산업단지가 바라다보이는 고렴지구의 한적한 바닷가에 연구 도크가 설치되어 있었다. 이중으로 된 육중한 정문 앞에서 해군 병사들이 경비를 서고 있다가 사전에 교육을 받았는지 박상훈의 차를 알아보고는 자기들의 사령관을 맞이하듯이 우렁찬 구호와 함께 경례를 했다. 중위 하나가 경비실에서 뛰어나와 이곳 경비 책임을 맡았다고 자신을 소개하고는 안으로 안내를 했다.

해군 공병단에서 공사를 해서 그런지 박상훈이 보기에도 선박을 고치는 데는 적절하게 잘 만들어진 것으로 보였다. 특히 마음에 드는 것은 시설 전체를 울타리로 막아 외부에서는 안쪽이 전혀 보이지 않도록 해 놓은 것이었다. 군인들이 만든 시설이라 역시 보안에 신경을 썼다는 것을 알 수가 있었다.

사실, 이 시설은 '박상훈 연구지원 특별법'의 덕분으로 만들어진 것이었다. 박상훈이 연구에 필요하여 정부 각 기관에 요구하는 사항에 대하여는 특별한 사유가 없는 한, 즉시 지원하여야 한다는 내용이 이 법의 골자였다.

이 법이 국회에서 통과된 이후, 지난 5년 동안 정부로부터 적지 않은 지원을 받았지만 박상훈도 나름대로 그 가치의 수백 배에 달하는 연구 결과물을 정부에 무상으로 귀속시켜 왔다. 탱크나 군용 차량의 엔진 설계도 그중에 하나였다.

시설을 둘러본 일행은 아담하게 지어진 단층 건물 안에 있는 방으로 들어갔다. 방 안에는 업무용 책상과 소파가 놓여 있고, 책상 위에는 해동연구소 부설 선박과학연구소 소장이라는 직함과 함께 자신의 이름이 쓰인 명패가 놓여 있었다.

박상훈은 피식! 웃음이 났다. 자신도 처음 보는 생소한 직함이었기 때문이다. 이를 눈치챘는지 곁에 있던 이휘조가 겸연쩍은 얼굴로 입을 열었다.

"국가에 사업 요구를 할 때 이곳 시설 이름이 딱히 마땅한 게 없어 그냥 대충 붙였었습니다."

"후후후! 그런대로 괜찮구먼…… 자, 다들 앉으십시다."

하고 말하면서 자신이 먼저 소파에 털썩 주저앉았다.

안내하던 해군 중위는 어려운 자리라고 느꼈는지 자기는 나가 있겠다고 말하곤 밖으로 나갔다.

박상훈이 맞은편에 앉아 있는 조영호에게 물었다.

"조 경감!"

"예, 박사님."

"공사 중에는 나하고 몇 번 와 봤지만, 완성된 시설을 보니 어떻소?"

"하하하! 보기에는 잘 만든 것 같습니다만, 제가 뭘 알겠습니까? 그런데 이곳 관리는 누가 합니까?"

"아, 평소 관리는 해군에서 할 거요. 필요하면 기술 인력도 제공해 주기로 했소. 우리 연구소에서 쓸 일이 없어지면 시설을 해군으로 넘기기로 하고 사전에 그렇게 얘기가 된 것이오."

"예, 저는 연구를 하기에도 바쁘신 박사님께서 이런 시설 관리까지 신경을 쓰시면 얼마나 힘드실까 싶어 걱정스러워 여쭤 본 겁니다."

"허허허! 그렇게 염려해 주니 고맙구려."

"그런데 박사님께 말씀드릴 것이 있습니다."

"음? 말씀해 보시오."

"사전에 말씀드렸어야 하는데 죄송합니다. 그동안 박사님을 모시던 이 경사를 교체했습니다. 엊그제 사건에서 보니 겁이 많고, 순간 판단력이 기대 이하라 교체 요구를 했더니 본부에서도 긴장했는지 이렇게 빨리 교체해 줄 줄은 몰랐습니다. 사전에 말씀드리면 마음이 여리신 박사님께서 허락을 하지 않으실 것 같아 제 독단으로 그렇게 했습니다. 죄송합니다."

"흠…… 그렇게 된 일이구려. 날 위해서 그렇게 한 걸 어쩌겠소?"

"이해해 주셔서 감사합니다."

그런 얘기로 잠시 숨을 돌린 일행은 연구소로 돌아왔다.

혼자 집무실에 앉아서 생각해 봐도 새로 만든 도크가 무척이나 흡족했다.

'흠, 이제 해군사령관에게 엔진을 교체할 군함과 기술 인력을 보내라고 해야겠군.'

그런 생각을 하면서 막 핸드폰을 꺼내는데 갑자기 벨이 울렸다.

진봉민이었다. 버튼을 누르자 진봉민의 모습이 눈앞에 나타났다.

"진 교수, 반갑네."

"그래, 퇴원은 했나 보군. 그래도 소파에 앉아 있는 것을 보니 마음에 여유도 있어 보이고…… 그건 그렇고…… 병원에서 한 얘기…… 전화상으로 말할 수는 없고, 저녁에 시간 있으면 수원쯤에서 만나는 게 어떻겠나?"

"글쎄……? 내 입장이 좀 그러네. 저번 사건으로 조 경감이 외출도 조심하라고 신신당부를 하는 통에 말이야. 어렵겠지만 자네가 이리로 와 주었으면 싶네만."

"흠, 알겠네. 연구소에는 몇 시까지 있을 건가?"

"오늘은 계속 여기 있을 거네. 늦어도 상관없네."

"알겠네, 늦게라도 가겠네. 문전박대나 안 당하도록 정문에 잘 말해 놓게나. 하하하!"

"허허허! 알겠네. 요새 자네 농담이 많이 늘었군."

"그런가? 하하하! 그럼, 끊겠네. 이따 보세."

통화를 끝낸 박상훈은 좀 전에 해군사령관에게 하려고 했던 전화를 다시 하려다가 직접 만나서 얘기하는 편이 낫겠다고 생각하고는 핸드폰을 주머니에 다시 집어넣었다.

자리에서 일어난 그는 창문 가까이 다가가 밖을 내다보았다. 이때 연구원인 이휘조가 작업 도구로 보이는 물건을 들고 실험동으로 들어가고 있었다. 박상훈의 입가에는 자신도 모르게 미소가 어렸다.

처음에는 자신이 태양광 연구를 하고 있다고만 알고 있던 그가 연구와는 동떨어진 실험이 계속되는 것을 눈치챘던 모양이었다. 그동안 얼마나 묻고 싶은 것을 참았을까 생각하니 미소가 어리지 않을 수 없었던 것이다.

사실, 이휘조는 지난 두어 달간 헬기의 엔진 교체 작업으로 눈코 뜰 새 없이 바쁘게 움직이고 있었다. 게다가 연구소 운영에 관련된 많은 행정적인 일도 그가 도맡다시피 하고 있었다.

그런 덕분에 자신은 연구에만 매달릴 수 있었다. 벌써 몇 달 전의 일이지만, 변형 탄소 연료를 사용하는 몇 가지 새로운 엔진을 설계하고 나서 그 설계대로 엔진을 주문했다.

그 엔진 중에는 헬기 엔진도 있었다. 자신이 설계한 엔진 성능을 시험해 보고 싶어진 박상훈은 육군 항공단에 공격용 헬기 2대와 수송용 헬기 1대를 빌려 달라고 부탁했다.

처음에는 항공단 측에서 엔진 연구용으로 쓰겠다는 말에 탐탁해하지 않았지만, 그렇다고 연구지원 특별법이 있으니 이에 응하지 않을 수 없었던 것이다. 그렇게 되어 국산 수리온 헬기 2대와 치누크라고 불리는 대형 수송 헬기 1대가 연구소로 오게 된 것이다.

막상 헬기를 가져오기는 했지만, 엔진 교체 작업을 하기 위해서는 전문 기술자가 여러 명 필요했다. 결국 박상훈이 직접 비행단장을 찾아가서 헬기를 가져간 이유를 설명하고 기술 인력을 지원해 달라고 요구할 수밖에 없었다. 그의 말을 듣고 난 비행단장은 호기심이 발동하자 연구소를 방문했다.

그렇게 되어 변형 탄소 연료를 사용하는 새로운 헬기 엔진을 보게 되었고, 그날 이후로 비행단장은 연구소에서 필요하다면 자신의 간이라도 빼서 줄 정도로 협조를 아끼지 않아 왔다.

첫 번째 헬기의 엔진을 교체할 때는 이휘조가 항공단에서 파견한 조립 기술자들을 도와주는 입장이었다. 그러던 것이 두 번째 헬기부터는 이휘조가 작업을 주도해 나가고 있는 것이었다.

박상훈의 뇌리에는 이휘조에 대한 생각들이 주마등처럼 스쳐 지나갔다. 그는 미혼모인 생모에 의해 고아원에 맡겨졌다는 것만 알지 지금까지도 부모가 누구인지 모르고 살아온 사람이었다. 그런 여건 속에서도 근면하고, 성실하여 고아원장의 아낌을 받았고, 남달리 총명해서 대한민국의 최고 대학에 합격을 하였다.

대학원 교수이던 박상훈은 학부 과정 물리학과 신입생을 위한 특강에 초청을 받아 강의를 한 적이 있었다. 그때 강의 마지막에 질문 기회를 주자 유난히 눈망울을 빛내며 한 학생이 일어나더니 강의한 내용의 핵심을 찌르는 질문을 하여 그를 놀라게 했다. 그 학생이 바로 이휘조였다.

박상훈은 그 이후로 후배 물리학부 교수들에게 부탁까지 하면서 늘 그에게 관심을 기울였다. 덕분인지는 몰라도 이휘조는 대학을 수석으로 졸업하고 대학원에 진학을 하여 박상훈과 스승과 제자로서 만나 오늘에 이르게 된 것이었다.

정부에서 해동연구소를 제공해 줄 때도 그를 유급 연구 요원으로 추천하여 자신의 곁에서 연구를 돕도록 했다. 그런 그에게조차도 시간 연구에 대하여는 입도 뻥끗하지 않았으니 궁금해할 법도 한 일이었다. 이런 생각에 젖어 있다가 문득 진봉민과 약속이 생각나자, 인터폰의 버튼을 눌렀다.

조영호가 사용하는 대기실은 집무실과 연구실이 붙어 있는 바로 옆방이었다.

"네, 박사님!"

"아! 조 경감, 별일은 아니고, 아마 오늘 한국학중앙연구원의 진 교수가 방문할 거요. 정문에 말해 놔 주시오."

"알겠습니다. 그런데 몇 시쯤 오시기로 하셨습니까?"

"시간 나면 온다고 하였으니 몇 시에 올지는 모르겠소. 하지만 오기는 올 거요."

"네, 알겠습니다."

인터폰 통화를 끝낸 박상훈은 진봉민을 기다리면서 시간이 흐를수록 마음은 착잡해져 갔다.

날이 어둑해질 무렵 인터폰의 멜로디가 울렸다.

"박사님, 진 교수님께서 지금 막 들어가셨습니다."

"아! 그래요? 알았어요."

인터폰을 끝낸 박상훈은 방을 나서 아래층으로 내려갔다. 현관 앞에 검은색 승용차가 서고 운전석에서 진봉민이 내렸다.

"진 교수, 어서 오게."

"잘 있었나?"

"응, 어려운 시간을 낸 것은 아닌지 모르겠네. 차가 밀리지는 않았나?"

"퇴근 시간 이후라 그런지 괜찮았네."

박상훈은 그를 2층 집무실로 안내했다.

박상훈은 소파에 자리를 잡고 앉은 진봉민을 향해 물었다.

"마실 것 좀 줄까?"

"음, 좋지. 커피나 한잔 주게."

그러자 서랍에서 인스턴트커피 봉지를 꺼내 2개의 잔에 각각 집어넣더니 온수기에서 뜨거운 물을 따라 저은 다음 탁자에 내놓았다.

커피 잔을 든 진봉민이 농담을 했다.

"여직원 좀 두지…… 여기 오면 그 점이 늘 불편하단 말이야. 국보께서 손수 타 주는 커피를 먹는 것이 황송해서…… 하! 하! 하!"

"또, 그놈의 국보 소리는…… 여직원 없이도 크게 불편한 것이 없네. 연구비를 아껴야지. 그리고 보안 문제도 있고……."

"연구비야 나라에서 넉넉히 주지 않나?"

"액수로야 적은 편이 아닌데 실험 도구비가 장난이 아니라네. 그나마도 거액이 들어가는 실험 도구는 별도로 나라에서 받아 내는데도 그래. 이번에 내가 설계한 물질 압축용 가압기를 과기부에 만들어 달

랬더니 H중공업에 맡겼나 봐. 그런데 그게 자그마치 팔십억 원이라네."

"허어! 뭐가 그렇게 비싸. 가압기야 시중에도 있질 않나?"

"그런 가압기가 아닐세. 내가 발명한 변형 탄소 연료를 만드는 가압기라네. 정확히 말하면 변형 탄소 연료 생산 기계지. 내가 정부에 넘겼던 초기 설계 제품보다 훨씬 뛰어나다네. 물론 나 이외로는 아직 아무도 기능과 작동 요령을 모르지만…… 하하!"

"호오…… 그런가? 나야 기계에 대해서는 잘 모르네만 대단한 것인가 보군."

"응, 초기 설계에서는 두 가지 공정이 필요했고 기계도 두 개였거든. 간단히 설명을 하자면 변형 탄소를 만들어 내는 기계와 만들어진 작은 변형 탄소 덩어리들을 크게 뭉치는 기계지."

"그런데?"

"이번에 새로 설계한 것은 그냥 석탄을 인입구에 계속 집어넣으면 내부에서 압축된 변형 탄소가 연속적으로 뭉쳐지도록 했으니 기계 한 개로 다 할 수 있고, 기계 부피도 더 작아질 수밖에……."

"얼마나 크기가 줄었는데?"

"어떻게 설명해야 자네가 쉽게 알아들을까? 흠…… 발전소 크기로 설명하면 되겠군. 같은 양의 전기를 만들어 낸다고 가정하고 인천 화력발전소 크기가 컨테이너만해진다면 이해가 되겠나? 전에 만들었던 설계는 컨테이너 박스 네 개 정도 크기였는데 이번 설계로 만든 것은 컨테이너 크기보다 오히려 작아. 그럼에도 성능은 전보다 월등하지."

"허허! 그렇구면! 그렇다면 비쌀 수밖에 없겠네, 그려."

감탄하는 그를 쳐다보던 박상훈이 입을 열었다.

"얘기가 다른 데로 흘렀군. 그래 지난번에 얘기했던 것에 대해 말할 것이 있다고 하지 않았나?"

"어허! 사람 숨 돌릴 틈도 안 주는군. 음, 실은……."

하면서 진봉민이 말을 시작했다.

병원에 있던 박상훈을 문병하고 나오면서 그는 나사모 친구들을 데리고 조용한 곳으로 갔다는 것이다. 그러고는 죽을 때까지 입 밖에 내지 않는다는 다짐을 받고 과거로 갈 수 있다는 얘기를 했다는 것이다.

모두들 놀라워하는 것은 당연했고, 아무래도 그 자리에서 결정을 내리라고 하기에는 쉽지 않은 일이라고 판단해서 사흘간의 시간을 주었다는 것이었다. 물론 그들은 자신에게 많은 질문을 했다는 것과 자기가 아는 범위에서는 답변을 해 주었다는 말도 덧붙였다.

"아! 그런데 말이야, 정작 가장 중요한 것을 자네에게 듣지를 못했네. 얼마나 과거로 갈 수 있는지 말이야. 홍 대령이 그 질문을 해서 난감했었네. 얼마든지 원하는 시간대로 갈 수 있다고 얼버무리긴 했지만……."

"맞는 대답을 했구먼. 계산상으로는 지구가 태어난 사십육억 년 전으로도 갈 수가 있으니 말일세. 사흘 말미를 줬다니 내일쯤이면 답변들이 있겠군?"

"아닐세! 이미 답변들을 해 왔네. 모두 가겠다는군. 물론 나도 갈 결심이네!"

"그래?"

박상훈으로서는 예상 밖이었다. 물론 지난 번 나사모 모임에서 모두들 기회만 있으면 가겠다고는 했지만, 그거야 농담 삼아 한 말이고 막상 닥치면 발뺌을 할 것이라고 생각했었다.

"응, 그래서 일단 빠른 시간 내에 다시 모이기로 했네만, 그 자리에서 얘기를 나누려면 뭔가 대충이라도 계획이 있어야 하지 않겠나? 그런데 계획을 세워 보려니까 궁금한 게 있어 오늘 보자고 한 걸세."

"다들 많은 생각과 고민을 했을 텐데 모두 가겠다니 예상 밖이군. 물론 계획을 세워야겠지. 그래? 궁금하다는 게 무언가?"

"물론 나 역시도 밤잠을 설치고 고민을 했는데 그 친구들도 마찬가지였겠지. 아, 자네한테 몇 가지 묻기 전에 우선 내 생각을 말해 줘야겠군."

"음, 좋지. 들어 보세."

"그럼, 먼저 내 생각을 말하겠네. 역사학도로서 내가 생각하기에는……."

이렇게 서두를 꺼낸 진봉민은 기왕지사 제대로 된 나라를 만들어 보기 위해서는 삼국시대 중에서도 서기 600년대 전후가 가장 좋을 것 같다는 말이었다. 인원도 8명으로는 어렵고 적어도 각 분야의 전문가로 20명 정도가 필요하다고 했다. 그리고 일단 어느 시대로 갈지가 결정되면 그 시대에 대한 지식을 사전에 알고 가야 한다고 말했다.

"박 박사, 이게 내 생각이네."

박상훈이 고개를 끄덕이며 동조를 했다.

"음, 자네 말에 일리가 있네."

"일리가 있다니 다행이군. 그럼, 이제 몇 가지 물어보겠네. 사람이 가는 거야 문제가 없다지만, 물건도 가지고 갈 수가 있나?"

박상훈은 그의 질문에 당연하다는 표정으로 대답을 했다.

"물론이지! 지금은 대학원 연구실에 들어갈 크기의 물건들만 가능하지만, 다음 주에는 저 밖에 있는 실험동에 들어갈 수 있는 물건은 다 가져갈 수가 있네."

"그렇다면 건물 안에서만 가능한 모양이군."

"그건 아니네. 몇 가지 장치와 고압 전류만 있다면 어디라도 상관이 없네. 다만 다른 사람의 눈을 의식해서 그러는 것일 뿐이네."

"물건을 가져갈 수 있다니 내가 쓸데없는 고민을 했군. 한 가지 더 묻겠네. 원하는 시간대로 정확히 갈 수가 있나?"

"물론이네! 분초 단위까지 맞추는 것은 자신을 못하지만 적어도 시간 단위까지는 자신을 하네."

"허! 그래? 그럼, 또 궁금한 점 하나가 해결이 됐고…… 자네도 생각을 해 봤을 테니 마지막으로 하나만 더 물어보겠네. 우리가 과거로 간다면 무엇이 가장 필요하다고 자네는 생각하나?"

그 말에 박상훈은 고개를 갸웃하며 대꾸를 했다.

"글쎄? 자네한테 말은 했지만, 솔직히 친구들이 정말로 가겠다고 할 줄은 기대를 안 했네. 그래서 깊은 생각도 안 해 봤고…… 다만 언뜻 생각에 현대 무기를 많이 가져가야 하지 않을까 하네만…… 물론 시간이 지나면 만들 수는 있겠지만 그건 나중 문제고 그때까지가 문제라고 보는데……."

진봉민이 고개를 끄덕거리며 말했다.

"일리 있는 말이야, 알겠네. 그렇게 알고 오늘은 돌아가겠네. 앞으로 여러 번 모임이 필요할 텐데 주로 내 연구실에서 모이겠지만 이곳도 종종 이용했으면 하네만, 괜찮겠나?"

"물론이지. 그럼, 첫 모임은 여기서 하게나."

"그럼세, 대강 계획이 잡히는 대로 여기서 모이는 것으로 하겠네. 그동안 자네도 생각해 보고 그때 좋은 의견을 많이 내주게."

이렇게 부탁하면서 진봉민은 떠나갔다.

준비(準備)

일주일이 지난 늦은 오후 무렵이었다.

해동연구소 본관 건물의 현관 앞에서 정문 쪽을 초조하게 쳐다보던 박상훈의 눈에 3대의 차량이 들어오고 있었다. 곧, 승용차가 먼저 도착하고 이어 육군이 쓰는 얼룩무늬 험비에 뒤이어 해군용인 흰색 험비가 들어왔다. 원래 미군이 주로 사용하던 험비는 험한 한국 지형에 맞는다고 하여 10여 년 전부터 한국군도 사용하고 있었다.

먼저 도착한 승용차에서는 진봉민 교수와 오성물산 조성만 부장에 이어 강진영이 내리자 박상훈이 반갑게 그들을 맞았다.

"어서들 오게. 허! 얼굴 본 지 벌써 열흘이 지났군. 반갑네!"

"응, 박 박사 오랜만이네. 반갑구먼!"

악수를 나누는 사이 뒤이어 도착한 육군 군용 차량에선 군복 차림의 강철 대령의 뒤에 호리호리한 체격의 신사가 내리자 역시 박상훈이 다가가 인사를 건넸다.

"강 대령, 장 교수 어서들 오게. 반갑네!"

그러자 강철이 거들었다.

"응, 오늘 국방부에서 회의가 있었기 때문에 함께 올 수 있었네."

"아하! 그랬구면."

인사를 나누는 사이 마지막에 도착한 흰색 차량에서는 해군 정복 차림의 홍석훈 대령과 점퍼 차림의 머리칼이 거의 없는 사나이가 내려 박상훈이 인사를 나누고 있는 앞쪽으로 걸어왔다.

박상훈이 그들을 보자 역시 반갑게 맞으며 인사를 했다.

"하! 하! 어서 오게. 어떻게 김민수 박사는 홍 함장하고 같이 오는 겐가?"

박상훈의 물음에 김민수가 대답을 했다.

"응, 홍 함장이 함대사령부인 평택에서 출발한다기에 수원을 들러 함께 오자고 했네."

"오호라, 홍 함장이 농진청을 들러서 함께 온 거군. 반갑네!"

그는 농업진흥청 특용작물 책임연구원인 김민수였다.

진봉민이 직접 운전한 승용차를 제외한 군용 차량들은 운전병들에게 사전 지시가 있었던 듯 정문 쪽으로 돌려 나갔다.

서로 간에 인사가 끝나자 박상훈은 앞장서 2층 집무실로 그들을 안내를 했다. 원래 2층 집무실에는 4인용 소파가 놓여 있었기 때문에 자리가 부족할 것을 예상해서 접의자를 준비해 놓았었다.

모두 소파나 접의자에 자리를 잡자 박상훈은 한쪽에 있는 냉장고에서 캔 음료를 꺼내 하나씩 나누어 주었다.

"하! 하! 대접할 게 없어 미안하네. 간단히 음료수로 때우겠네."

"허허!"

"하하!"

그 말에 다들 웃음으로 화답했다.

웬만큼 자리가 정돈됐다고 생각한 진봉민이 박상훈에게 물었다.

"박 박사, 자네 경호원들은 어디에 있나?"

무슨 뜻인지 알아챈 박상훈이 대답을 했다.

"음…… 아마 대기실과 경비실에 있을 거야. 자네들이 오는 것을 알고 있으니 이 방 근처에는 얼씬도 하지 않을 걸세."

참석자들은 모두 그 말의 의미를 알고 있었고, 표정마저 자못 심각해졌다. 진봉민이 고개를 끄덕이고는 앉아 있는 사람들을 쳐다보며 입을 열었다.

"오늘 이렇게 모인 이유는 다들 알 것이네. 궁금한 것이 많으리라 짐작은 하네만, 우선 자네들의 결심에 변함이 없는지 다시 한 번 묻고 싶네!"

그러자 강철이 먼저 대답을 했다.

"그건 물으나 마나라고 생각하네. 우리가 한두 살 먹은 어린애도 아니고 나름으로는 고민 끝에 내린 결단이네. 그렇지 않았으면 이 자리에 오지도 않았을 것이네!"

"나도 강 대령과 생각이 같네!"

"나 역시……."

모두 하나같이 결심에는 변함이 없다는 뜻을 비쳤다.

"그렇다면, 여기 있는 박 박사의 연구 결과를 듣고, 자네들에게 제안을 했던 입장이니 내가 대화를 진행해야 할 것 같군. 괜찮겠나?"

그러자 홍석훈이 얼른 맞장구를 쳤다.

"뭘 물어보시는가? 다들 바쁜 시간을 내서 왔구먼. 얼른 진행해 보게."

그 말에 진봉민이 고개를 끄덕이면서,

"그럼, 요 며칠 동안 내가 생각했던 것을 간략하게 말해 보겠네. 질문과 각자의 생각은 내 말이 끝난 다음에 해 주기 바라네. 우리가 갈 시대는 삼국시대인 서기 육백 년대가 가장 좋을 것 같네. 그곳에 가서 강한 나라를 만들어 보자면 군사 분야를 필두로 농업, 공업, 상업뿐만 아니라 교육, 행정, 의료 등 각 분야에 전문성이 있는 스무 명 정도의 인원이 필요하다고 생각하네. 물론 사람만 가면 아무 소용이 없네. 각자는 자기 분야에 해당하는 물건을 준비해서 가져가야 한다는 것이네. 특히 군사 무기와 그 설계도 그리고 각종 씨앗을 비롯해 심지어는 적어도 일 년 동안 우리가 쓸 생활필수품까지 준비해야 한다는 말이지."

잠시 앞에 놓인 캔 음료로 목을 축인 그는 계속 말을 이었다.

"가장 중요한 것은 우리가 언제 출발하느냐 하는 문제일세. 준비 기간도 생각해 봐야 하고, 각자 알아서 하겠지만, 자네들이 없어도 생활할 수 있도록 가정도 신경을 써 놔야 한다는 것이야. 내 말은 여기까지네."

진봉민의 말이 끝나자, 국방대학 교수인 장지원이 입을 열었다.

"진 교수의 말을 들어 보니, 우리가 간다고 하면 어느 시대로든지 문제없이 갈 수가 있는 것 같군. 우선 한 가지만 물어보세. 어째서 서기 육백 년대가 좋다고 생각한 건가?"

그 질문에 진봉민이 대답을 했다.

"역사적으로 볼 때, 그때가 수(隋)나라가 망하고 당나라가 들어서는 격변기이기 때문이네. 하루빨리 대륙에 뿌리를 내리자면 그때가 가장 좋다고 생각했네."

"그렇군! 역시 역사를 전공한 사람 생각이라 그런지 일리가 있네. 그런데 우리가 그곳에 가면 기존 왕조에 들어갈 것인지 아니면 독립된 나라를 만들 것인지도 결정해야 한다고 보는데……."

장지원은 정보학에 대한 전문가일 뿐 아니라 행정에 대해서도 일가견이 있는 사람답게 말은 부드러웠지만 질문은 예리했다.

그 질문은 모두에게 해당되는 것이라고 생각했는지 각자 한마디씩 던지는 말에 분위기는 금방 소란스러워졌다. 그들의 의견을 주의 깊게 듣고 있던 강철이 조금 큰 소리로 분위기를 가라앉혔다.

"자자! 들어 보니 다행히 모두 기본 왕조보다는 독립된 나라를 만들자는 의견인 것 같네. 역시 맞는 말이네. 권력 암투가 심한 기존 왕조에 들어간다면 목숨을 부지하기 위해 뜻을 꺾는 경우가 비일비재할 텐데 그럴 거라면 차라리 가지 않느니만 못하다고 보네."

그 말에 모두들 당연하다는 듯이 고개를 끄덕였다.

이번에는 대머리가 벗어진 김민수가 웃으며 말을 했다. 그 요지는 독립된 나라를 만든다면 왕정(王政)으로 할 것인지 민정(民政)으로 할 것인지 그리고 조직 체계는 어떻게 할 것인지 그 많은 것을 이 자리에서 정한다는 것은 어려우니 행정에 대해 잘 아는 장지원 교수가 계획을 세워 보는 것이 어떻겠느냐는 의견이었다.

그 제안이 옳다고 생각한 일동은 모두 동의를 하여 그렇게 결정되었다. 이어 가져갈 수 있는 물건의 크기와 양에는 문제가 없는지에 대한 질문에 박상훈이 바깥에 있는 1천 평 규모의 돔형 건물인 실험동을 가리키며 저 안에 들어갈 수 있는 크기면 가능하고 여러 번에 걸쳐 보낼 수 있으니 양은 전혀 문제가 없다고 답변했다.

그 외에도 여러 가지 질문과 의견들이 오갔고, 중요한 것은 토의를 거쳐 몇 가지 결정을 내렸다.

첫째로 가는 것은 삼국시대인 서기 600년대로 하고,

둘째로 여기에 참석한 8명 외에 전문적인 기술을 가진 믿을 수 있는 사람을 10명 정도 추가로 참여시키며,

셋째로 각자는 자기 분야에 필요한 전문적인 지식을 노트북에 저장하여 가지고 가며, 물자나 장비도 각자 마련하여 출발 하루 전날까지 이곳에 도착시킨다는 것과,

넷째로 출발은 넉 달 후인 9월 10일 오후 8시로 하되,

다섯째 그때까지 모든 진행 사항의 총괄 관리는 비교적 시간적인 여유가 많은 진봉민 교수가 맡기로 했다.

여섯째 보안에 특별히 유의하고 중요한 협의는 전화나 메일 등 근거가 남을 수 있는 수단을 사용하지 말고 직접 만나서 하며,

마지막으로 가족에게조차도 절대 비밀을 유지하되 각자의 주변은 각자가 알아서 정리하기로 한다는 내용이었다.

의논이 모두 끝나자, 요사이 시국 때문에 비상근무 중인 강철과 홍석훈 그리고 장지원이 서둘러 그곳을 떠났다. 그들을 마중하고 난 나머지 다섯 사람은 다시 들어와 소파에 앉았다. 강진영이 먼저 입

을 열었다.

"그 시대로 가면 필요한 게 한두 가지가 아닐 텐데 걱정이군."

그러자 섬유와 의류를 생산하는 회사인 오성물산에서 생산부장으로 근무하고 있는 조성만이 동조를 했다.

"맞아, 나도 마찬가지네. 그 시대에는 목화도 없고, 섬유라고는 누에고치로 만든 비단이나 삼베뿐일 텐데……."

그 말을 들은 진봉민이 한마디 거들었다.

"그러니 우리가 단단히 준비를 해서 가야 할 거야. 목화씨도 가져가고, 요사이는 인체에 무해한 화학섬유도 많으니, 그것들을 만드는 방법뿐만 아니라 기계와 재료까지 가지고 간다면 뭐가 문제야?"

"물론 그렇기는 하지만, 기계를 가져간다 쳐도 그것이 저절로 돌아가는 게 아니질 않은가? 전기가 있어야지."

옆에 앉아 가만히 얘기를 듣고 있던 박상훈이 거들었다.

"그건 염려 말게. 가자마자 전기는 넉넉할 테니…… 여기서 발전기를 가져갈 생각이네."

"오호, 그렇지! 자네가 발명한 변형 탄소 연료가 있었지……."

"저쪽 실험동 안에는 변형 탄소 발전기가 있다네. 물론 내가 설계해서 만들어 놓은 것이지만, 이렇게 사용하게 될 줄은 몰랐네. 제일 큰 건 인천 화력발전소가 생산하는 발전 용량의 절반에 가까운 오십만 킬로와트짜리네. 저거면 일단은 충분할 거라고 보네만…… 그 외에도 오만 킬로와트짜리 두 대와 만 킬로와트짜리가 몇 대 더 있으니……."

"아니, 저 안에 그런 기계들이 들어 있다고? 허어!"

놀라는 오성물산 조성만 부장을 쳐다보며, 박상훈은 계속 말을 이었다.

"저 기계들은 내가 국가로부터 포상금으로 만든 기계 중에 하나네만, 재미있는 사실은 내 설계에 따라 기계를 만든 회사들도 무슨 기계인지는 어렴풋이 짐작하지만, 정확한 성능은 모른다는 점이네."

"허허! 그럼, 세계 최첨단 제품이란 말이군."

"그런 셈이지. 지금 여기서도 최첨단 발전기인데 그것을 과거로 가지고 간다니 웃기질 않나?"

"푸하하하! 그렇기는 하군."

박상훈의 말에 다들 웃었다.

진봉민이 동방특수강 강진영 소장과 오성물산 조성만 부장을 쳐다보며 말을 했다.

"조 부장은 아까 말한 대로 각종 섬유류 제조 방법과 기계들을 준비하면 될 것이고, 강 소장도 마찬가지네. 물론, 당시에도 철제 무기를 만들었으니 나름대로는 제철 기술이 있었겠지만 현대 지식과 각종 관련 기계들을 꼼꼼히 챙겨 보게."

"허! 그거 큰일이군. 어디서 기계를 도둑질해 올 수도 없고, 한두 푼짜리도 아닌데……."

고민스럽게 말하는 강진영의 말에 그 자리에 있는 모두는 무엇보다도 그것이 현실적으로 제일 큰 문제라는 생각이 들었다. 개인 사재를 턴다 하더라도 한계가 있을 뿐만 아니라, 남아 있을 가족들의 생계도 염두에 둔다면 그것도 쉽지 않은 일이었다.

이때, 박상훈이 입을 열었다.

"방법이 아주 없는 것은 아니네."

그 말을 들은 진봉민을 비롯한 일동은 듣던 중 반가운 말이라는 듯, 박상훈을 쳐다보며 귀를 세웠다.

"무슨 좋은 방법이 있겠나?"

"음…… 자네들이 한 보름쯤 과거로 가면 되네."

"보름쯤 과거로 가다니? 그게 무슨 말인가?"

"음, 자! 들어 보게. 여기서 지난 보름 동안 주식 가격이 가장 많이 오른 종목을 알아 가지고 보름 전으로 가서 그 주식을 사면 되네."

그러자 그 말뜻을 금방 알아듣는 사람은 역시 간략하게라도 과학적 설명을 들었던 진봉민이었다.

그는 고개를 끄덕이며 말을 했다.

"음, 그 방법이 좋겠군. 종잣돈이 많이 필요하겠네만 확실한 방법이긴 하군. 다만, 사재기를 해야 하니 상한가를 칠 종목이더라도 소형주보다는 대형주를 사야겠군."

"그렇겠지…… 이왕이면 종잣돈을 넉넉히 가져가서 장비 구입비뿐만 아니라 여기 남아 있을 가족들을 챙겨 줄 돈도 좀 마련하면 좋겠지."

"투자할 돈만 있다면야 얼마가 되던 땅 짚고 헤엄치기지만, 많은 돈을 금방 변통한다는 게 어려울 것 같군."

"내게도 포상금으로 받은 돈과 군사 장비 설계도 값으로 받은 돈이 백억 가까이 남아 있으니 종잣돈으로 쓰세. 이것은 나 개인에게 준 돈이니 문제될 것도 없고……."

"그러면 되겠군!"

박상훈과 진봉민이 주고받는 말을 듣는 다른 사람들은 도대체 무슨 말을 하고 있는지 이해할 수가 없었다.

그들이 궁금해하자 진봉민이 빙그레 웃으며 말을 했다.

"지금은 이해가 잘 안 되겠지만, 자네들한테는 나중에 따로 설명을 해 주겠네. 필요한 기계 살 돈을 마련해 줄 터이니 염려하지 말게나. 혹시 빠뜨려서 나중에 후회하지 말고 목록이나 꼼꼼히 적어 놓게."

"알겠네, 그러지."

그들은 이해가 되지 않았지만, 무슨 수가 있나 보다 생각하며 대답을 했다.

진봉민이 자리에서 일어나며 인사말을 했다.

"이제 우리도 일어나세. 가 봐야지. 박 박사는 오늘부터 맘 편히 지내게."

그러자 앉아 있던 세 사람도 따라 일어났다.

현관으로 나오니 저녁 해는 서산으로 뉘엿뉘엿 넘어가고 있었다.

그들이 탄 차들이 정문 쪽으로 사라지는 것을 물끄러미 바라보던 박상훈은 왠지 모르게 피곤함을 느끼고 숙소로 발걸음을 옮겼다.

숙소에는 단출하게 침대와 작은 소파가 한 세트 놓여 있을 뿐이었다. 잠시 소파에 앉아서 이 생각 저 생각을 하고 있는데, 노크 소리와 함께 작은 말 소리가 들렸다.

"박사님, 여기 계세요?"

"여기 있네. 들어오게."

그러자 연구원인 이휘조가 들어왔다.

"손님들은 다들 가셨습니까? 저녁 식사들도 안 하시고…… 박사님께서 식사 말씀이 없으셨지만 모시고 나가려고 왔습니다."

"음, 그래? 그럼, 나가 보세. 뭘 먹을까?"

"박사님 좋아하시는 민물 게장이 어떠실지?"

"그러세, 입맛이 나겠군. 오죽하면 참게장을 밥도둑이라 하겠는
가? 이왕이면 조 경감도 함께 가자고 하게."

"어차피 박사님이 외출하시면 따라 나올 사람들인데요. 그래서 이
미 연락해 뒀습니다."

"허허허! 그랬나? 잘했구면."

두 사람이 현관 앞으로 나가자 이미 대기한 차 옆에서 조영호 경감
이 기다리고 있었다.

"어서 오세요. 오늘은 손님들이 여러분 오셨던데요."

"음…… 조 경감도 다 아는 분들일게요. 나사모 친구들이니……
요새 시국 걱정 때문에…… 나라를 아끼는 분들이라 앞으로도 자주
올 것이요."

"네에, 다들 대단한 분들이라는 것을 잘 알고 있습니다."

그들이 탄 자동차는 천천히 정문을 빠져나갔다. 10여 분 만에 당도
한 집은 참게장을 전문으로 하는 식당이었다.

네 사람은 별말 없이 식사를 마치고 다시 연구소로 돌아왔다.

박상훈은 인터폰으로 다른 방에 있는 이휘조 연구원을 자신의 방
으로 오라고 불렀다. 저녁 식사를 하면서도 아무 말씀이 없으시더니
웬일로 부르시나 궁금해하면서 박상훈의 방으로 들어왔다.

"앉게."

"네!"

이휘조가 소파에 앉자 박상훈도 맞은편에 앉으면서 입을 열었다.

"무슨 말부터 꺼내야 할까? 자네 나를 어찌 생각하나?"

"……."

묻는 말뜻을 몰라 멀뚱히 쳐다보는 이휘조에게 다시 물었다.

"자네 마음속에 나란 존재는 어떤 존재냔 말일세."

"저에겐 아버지나 큰 형님 같으신 분이죠."

"흠, 혹시 내가 자네에게 목숨을 걸고 중국 땅이 된 평양을 다녀오라고 한다면 갔다 오겠는가?"

"평양을요? 박사님께서 다녀오시라고 하신다면 다녀와야지요. 언제 가야 하는 건데요?"

망설임 없이 대답하는 이휘조를 물끄러미 쳐다보던 박상훈은 결심을 한 듯, 심각한 표정으로 입을 열었다.

"그 말은 농담이었네."

"……."

"본론을 말하지. 나도 십여 년 동안 자네를 자식이나 동생처럼 생각해 왔네. 지금부터 내가 하는 말은 절대 입 밖에 내면 안 되네. 이 사실이 알려지면 자네까지도 위험할 수 있네. 약속할 수 있겠나?"

"말씀하십시오. 박사님께서도 제 성격을 잘 아시겠지만 절대 그런 일은 없을 겁니다."

"흠…… 그럼, 말하겠네. 자네도 궁금해했던 내 연구에 관한 것이네."

"……."

"벌써 오 년이 흘렀군. 자네도 알다시피 오 년 전에 변형 탄소 연구 결과 발표 후에 태양에너지 연구에 착수했네. 그러다가 새로운 현상을 발견하고 그 부분에 대한 연구에 매달려 결국 결론을 얻게 되었네."

"……."

초롱초롱한 눈망울을 빛내면서 이휘조는 귀를 기울여 듣기만 했다.

"결론은 인간이 과거로 갈 수가 있다는 것이네."

그 말을 듣자, 갑자기 눈이 휘둥그레진 이휘조는 자신도 모르게 중얼거렸다.

"타임 트래블(time travel: 시간 여행)!"

"음…… 맞네."

"가설 수준이 아니라 실험적으로 검증된 것입니까?"

"실험적 검증 수준보다 단계가 높은 경험적 검증을 내가 했네. 그것도 두 번이나 경험적 검증을 통해 동일한 결과를 얻었네."

그렇게 대답한 박상훈은 논리적으로 설명을 하기 시작했고, 과학적 지식이 탄탄한 이휘조는 금방 알아들었다.

"……."

"그런데 결과를 얻고 보니, 이것이 인류에게는 전혀 도움이 안 되고 인류 역사를 파괴할 소지만 있었네."

그때서야 이휘조는 한마디 했다.

"말씀을 듣고 보니, 과학을 하는 저로서도 걱정스럽기는 합니다."

"그래서 연구 결과를 폐기하기로 결심했었는데, 나사모 친구들이 과거로 가서 민족 역사를 제대로 만드는데 활용해 보자고 해서 그렇게 하기로 했네. 물론 이곳에 있는 연구 데이터는 모두 파기해야겠지."

"……."

"오늘 자네에게 이 말을 꺼내는 이유는 자네는 어쩌겠는가 묻고 싶었네. 아니 내가 과거로 가더라도 자네가 필요하네. 그래서 같이 갈 의향이 없느냐고 묻고 싶었다고 해야 옳겠지. 그러나 그렇게 할 수 없는 이유는 어렵게 살아온 자네를 잘 알기 때문이네. 힘들게 공부해서 이룬 것을 제대로 이 세상에서 펼쳐 보지도 못했는데 차마 함께 가자는 말이 나오질 않더군."

"……."

"물론 자네는 그냥 여기 남아 있어도 전혀 아는 바가 없으니 문제될 것은 없네. 시간 이동에 대해서만 발설하지 않는다면 말일세. 내 얘기는 여기까지네."

"박사님, 그렇다면 출발은 언제고 어느 시대로 가는 겁니까?"

"넉 달 후 떠날 예정이고, 고대(古代)인 삼국시대로 갈 참이네."

시대적으로 고대라고 하면 고조선 시대부터 통일신라 때까지를 일컫는 말이었다.

"그렇다면 저도 가겠습니다."

"따라가겠다고 할 줄은 알았네만, 후회하지 않겠나?"

"박사님, 저도 한두 살 먹은 어린애가 아닌데요. 그런 결정을 감정으로 할 나이는 지났습니다. 그리고 기회를 주셔서 감사합니다."

"이 말을 자네에게 해야 하나 말아야 하나 고민을 많이 했다네."

"박사님이 말없이 행방불명이 되신다면 아마, 제 인생은 박사님을 찾느라고 다 보냈을 겁니다."

"허허허! 사람……."

"사실이니까요. 제 마음속에 어른은 딱 두 분이 계신데. 한 분은 돌아가신 고아원 원장님이시고 다른 한 분은 박사님이시니까요. 그런데 제가 준비할 것은 없습니까?"

"우선, 서기 육백 년대의 역사를 살펴서 자네가 필요하다고 판단되는 모든 자료를 노트북에 담게. 그리고 가져갈 기계나 재료 역시 꼼꼼히 챙겨야 하네. 아마 그 시대로 가면 볼펜 하나도 아쉬울 거야."

"물론 그렇겠지요. 알겠습니다. 그런데……."

"왜? 할 말 있으면 해 보게."

"조영호 경감도 데려가면 어떨까 하고 말씀드리는 겁니다."

"조 경감을?"

"예, 제 생각에 그때는 무력이 지배하는 시대니 특공훈련과 경호에 대해 잘 아는 사람이 필요할 것 같아서 말씀드리는 겁니다."

"생각해 보겠네. 자네가 조 경감을 형처럼 생각한다는 것도 잘 알고 있네. 그렇지만 내가 말할 때까지는 함구하게. 그리고 떠날 때까지 행동을 조심하고……."

"알겠습니다."

"이제 가서 쉬게나."

안녕히 주무시라는 인사를 하고 이휘조가 물러가자 박상훈도 전날보다는 편히 잠자리에 들었다.

이튿날, 박상훈은 교수로 근무하던 대학원에 휴직원을 제출했다. 깜짝 놀란 대학원장이 외국으로 떠나기 위해 그러냐면서 못내 서운

해했지만, 당분간 연구에 몰두하기 위해서라고 간단히 대답하고는 서둘러 연구소로 돌아왔다.

이제 제법 더위가 느껴지기 시작하는 5월 하순이었다.

연구소에는 세 사람이 찾아왔다. 진봉민 교수와 강진영 소장, 조성만 부장이었다. 그들은 삼국시대로 가져갈 물자나 기계 구입 자금을 마련하러 가기로 사전에 약속이 되었기 때문에 모인 것이었다. 물론 지난 보름 동안의 주식시세표와 각자 준비한 종잣돈을 품속에 간직하고 있었다.

박상훈은 그들과 함께 실험동으로 갔다. 그들이 들어간 실험동에는 3대의 신품 헬기가 엔진 부분이 뜯긴 채 놓여 있었다. 지난번에 엔진을 교체한 헬기들은 이미 항공단에서 가져갔고, 새로운 헬기가 들어와 엔진이 교체되고 있는 것이다. 그것을 본 진봉민이 궁금한 듯이 물었다.

"박 박사, 헬기 엔진을 교체한다더니 저것들인가?"

"응, 이미 세 대는 항공단으로 보냈고, 저것들은 새로 가져온 것들이네."

"이보게, 가능하다면 저것도 우리가 가져가면 좋겠군."

"쉿! 조용히 하게. 그렇지 않아도 그럴 요량이네."

그 대답을 들은 일행들은 속으로 놀라고 있었다. 자동차도 없던 시대에 헬기가 하늘을 날아다닐 생각을 하니, 자신들이 생각하기에도 어이가 없었다.

박상훈은 삼각 거치대가 10미터 정도 사이를 두고 마주 서 있는 구석 쪽으로 그들을 안내했다. 그 거치대 위에는 각각 쇠 파이프같이 생긴 물건이 놓여 있었고, 그 물건의 한쪽은 고압전선에 연결되어 있었다. 그 모양은 마치 10미터 거리에서 마주 물 호스를 쏘는 형태였다.

궁금증을 참지 못한 진봉민이 물었다.

"저게 그 기계인가?"

"응, 저 두 거치대 사이에 내가 말한 가상 통로가 만들어지는 거네."

"……."

진봉민은 말없이 고개만 끄덕거렸다.

박상훈은 일행에게 주의를 촉구하듯이 입을 열었다.

"이미 들어 알겠지만 우리들이 보름 전의 과거로 가면 거기에는 우리를 제외한 친구들이 있을 것이네. 그들은 우리가 보름 후에서 온 것을 모른다는 점을 염두에 두게. 우리는 그곳에 가서 지난 보름 동안의 주식시세표를 보고 상한가 칠 것만 사서 팔면 되네."

"흠……."

"물론 그다음 행동은 다들 알 것이네. 주식투자로 얻은 이익금을 장비 구입비와 각자의 가정에 보탤 수 있도록 나눠 주면 되는 거네. 자! 그럼, 출발하세나."

말을 마친 박상훈은 진봉민을 비롯한 세 사람을 두 삼각 거치대 사이에 세운 다음 실험동 벽면에 설치된 알 수 없는 몇 개의 박스를 조작하더니, 급히 그들이 서 있는 곳으로 뛰어와 리모컨 스위치를 눌렀다. 그러자 잠시 후 '퍽!' 하는 소리와 함께 무지개처럼 빛나는 안개가 서린다 싶더니 갑자기 몸이 어디로인지 빨려 들어갔다.

자신들의 몸에서 피가 빠져나가는 것 같은 아득하고 몽롱한 느낌에 그들은 정신을 잃었다. 얼마의 시간이 흘렀는지는 모르지만 어디엔가 내동댕이쳐진다는 느낌에 정신이 들었다.

곧 그들은 출발했던 그 실험동 안에 있는 자신들을 발견할 수 있었다. 출발할 때와 다른 점이라야 설치되어 있던 삼각 거치대라던가 고압전선이 보이지 않는다는 점과 그곳에 놓여 있는 헬기들의 위치와 상태가 조금 다르다는 것뿐이었다. 박상훈을 제외하고는 자신들이 정말 과거로 왔는지 의심이 들 정도였다.

일행은 집무실로 발걸음을 옮겼다. 안으로 들어간 박상훈은 자연스럽게 책상 위에 있는 컴퓨터의 전원을 켰다. 컴퓨터가 켜지자 제일 먼저 화면에 나타나는 날짜를 살핀 박상훈이 입을 열었다.

"지금이 오월 육일 열 시 이십사 분일세. 우리가 출발한 날이 오월 이십일 일이었으니 정확히 보름 전으로 왔군."

그들도 이미 컴퓨터의 화면 역할을 하는 홀로그램에 나타나는 날짜를 보고 있었다. 거기에는 분명히 2025년 5월 6일 월요일 10시 24분을 나타내고 있었다. 그렇지만 아직도 믿어지지 않는다는 표정들이었다.

그들의 표정을 읽은 박상훈은 미소를 지으며 포털 사이트를 열고는 주식시세를 보여 주었다. 그러자 누가 시키지 않았는데 각자 품속에서 주식시세표를 꺼내 대조를 하다가 조성만이 탄성을 질렀다.

"아! 정말 우리가 알고 온 시세와 무서울 정도로 똑같군. 일단 증권회사에 돈을 넣어야겠네. 우리가 개설해 놓은 증권회사에 얼른 입금을 해야지."

지난 모임 끝에 자금을 확보하자는 말이 나오자 바로 이튿날 박상훈은 이휘조를 시켜 계좌를 개설하게 했었다.

"그러게나! 일단 나는 여기에 있을 터이니 내 차로 이휘조 연구원하고 자네들만 다녀오게."

"아닐세, 뭐하러 다시와? 증권회사가 있는 수원까지만 우릴 데려다 주면 일을 보고 거기서 각자 돌아가겠네."

"그게 낫겠군! 그럼, 그렇게들 하게나. 이 연구원만 되돌아오면 되겠군."

그러면서 인터폰을 눌렀다.

"나요, 조 경감. 차 좀 대 주시오."

"예! 준비시키겠습니다."

"알겠소, 곧 나가리다."

서둘러 일행들과 함께 현관으로 나가자, 대기한 승용차 옆에 서 있던 조영호 경감이 진봉민 일행을 보고 놀라서 물었다.

"아니? 언제들 오셨습니까? 제가 계속 경비실에 있었는데, 오시는 것을 못 보았는데요."

그러자 상황을 파악한 진봉민이 능청스럽게 말을 받았다.

"하하하! 조 경감을 놀라게 하려고 몰래 숨어 들어왔소."

"……."

그 말을 들은 조영호는 낯빛이 흑색으로 변하면서 당황해하는 것이었다. 만약 그것이 사실이라면 경호를 하는 입장에서 책임 문제까지 거론될 중대한 사안이었던 것이다.

박상훈은 조영호 경감의 당황해하는 표정을 보자 입을 열었다.

"조 경감! 내가 외출하려는 것이 아니라 이휘조 연구원이 이분들을 모시고 일산을 다녀와야 하니, 조 경감은 따라가지 않아도 될 것이요."

"네."

일행들이 탄 자동차가 정문으로 나가는 것을 바라보던 박상훈이 조영호 경감을 쳐다보며 물었다.

"조 경감! 바쁜 일이 없으면 나하고 얘기 좀 나누면 어떻겠소?"

"네, 특별히 바쁜 일은 없습니다."

"자, 그럼 내 집무실로 올라갑시다."

그와 함께 집무실로 올라온 박상훈은 소파에 마주 앉자 잠시 생각을 하더니 결심한 듯이 입을 열었다.

자신이 태양열 연구를 시작하고 나서부터 오늘에 이르기까지의 과정을 차분히 설명하기 시작했다. 결국 시간 연구가 성공을 거두었지만 인류 역사를 파괴한다는 결론에 이르러 연구물을 폐기했다는 말로 설명을 마쳤다. 그리고 나서는 연구 결과를 활용하여 강한 나라를 만들어 보기 위해 뜻을 같이한 친구들과 함께 삼국시대로 갈 계획임을 밝혔다.

평소에는 별로 표정 변화가 없던 조영호도 박상훈이 말하는 도중에는 여러 번 표정이 변했다.

마지막으로 오늘 일어난 일은 준비물을 마련하기 위한 경비 조달을 위해서 자신들이 보름 정도 미래에서 왔기 때문에 발생한 현상임을 말해 주었다.

질문 한번 없이 듣기만 하던 조영호가 어이없다는 표정으로 중얼 거렸다.

"어떻게 그런 일이……!"

"자, 내 얘기는 여기까지요. 과거로 갈 수 있는 기회가 생긴다면 마다하지 않겠다고 조 경감이 전에 했던 말이 생각나서 위험을 감수하고 말해 주는 것이요. 우리 계획만 누설하지 않는다면 동참하지 않아도 상관없소."

박상훈이 하는 말을 다 들은 조영호 경감은 1분이 지나고 2분이 지나도 심각한 표정만 지은 채 말이 없었다. 그렇다고 채근할 일도 아니고, 오히려 생각할 시간을 줘야 된다고 판단한 박상훈도 역시 무심한 표정으로 앉아 있었다.

얼마의 시간이 흘렀을까 이윽고 조영호가 확신에 찬 어조로 말했다.

"박사님! 저를 믿고 그런 극비 계획까지 말씀해 주셔서 감사합니다. 허락하신다면 저도 함께 가겠습니다. 제가 망설였던 이유는 과연 제가 따라가서 무슨 일을 할 수 있을까 그 생각을 하느라고 그랬습니다."

"그 무슨 말씀이요? 그 시대에는 군사력이 우선하던 시대일 텐데 특수전을 잘 아는 조 경감이 할 일이 없다면 말이 되겠소?"

"그렇다면 다행이구요. 전에도 말씀드렸지만, 역시 사나이로 태어나서 한번쯤 해 볼 만한 일이라고 생각합니다."

"알겠소! 조 경감이 함께 가겠다니 안심도 되고, 든든하기도 하오. 기우이겠지만, 오늘의 대화 내용은 일체 입 밖에 내면 안 될 것이요. 앞으로 나사모 친구들이 자주 드나들 것이요. 가능한 이들이 왔던 사실은 경호대에 보고하지 않았으면 좋겠소."

"당연한 말씀입니다. 염려 마십시오."

박상훈은 그 외에도 삼국시대로 갔을 때 필요할 물품들을 챙겨 가야 한다는 것과 가능한 많은 현대 지식과 자료들을 노트북에 준비하라는 당부도 빼놓지 않았다.

나사모 멤버들 역시도 그들 주변에서 뜻을 함께할 만한 사람들을 물색하고는 있었지만 쉽지 않은 일이었다. 이 사람이다 싶으면 전문성이 없고, 저 사람이다 싶으면 믿을 만한 사람이라고 확신할 수가 없으니 섣불리 말을 꺼낼 수도 없었다.

그래도 시간은 기다려 주지 않고 흘러갔고, 그동안 어느 누구 하나 편하게 보내는 사람은 없었다.

해동연구소에는 박상훈이 새롭게 설계하여 제작을 요구했던 변형 탄소 연료 생산기가 완성되어 납품되었고, 엔진을 교체하고 있는 헬기도 항공단으로부터 기술 인력의 지원까지 받아 가며 출발 일자에 맞추려고 애쓰고 있었다.

오늘 연구소에 있는 박상훈의 집무실에서는 세 사람이 마주 앉아 대화를 나누고 있었다. 박상훈이 꼭 봐야겠다는 말에 어렵게 시간을 내서 헬기로 날아 온 홍석훈이었다. 연구동 앞에는 그가 타고 온 헬기가 착륙해 있었다. 홍석훈은 이미 동석하고 있는 조영호가 함께 가기로 한 것을 알고 있었다.

"바쁘다는 것을 뻔히 알지만 자네의 자문이 꼭 필요해서 보자고 했네."

"음, 서론은 생략하고 본론만 말하게. 내가 딱 두 시간만 시간을 내서 왔기 때문에 얼른 가 봐야 되네."

그는 무척이나 서둘렀다.

"알았네, 본론만 말하지. 다른 게 아니고, 러시아에서 이번에 퇴역시키는 군함을 판다고 하는데 구입해 올 가치가 있나 해서 자네 의견을 듣고 싶었네."

"그걸 뭐하게?"

"여기 있는 조 경감 말이 어차피 그 시대는 전자 장비 같은 것은 필요 없고 군사를 많이 태워 나를 수 있으면서 무장은 구형 함포 정도면 충분할 것 같다고 해서 말이야."

"아니? 그럼, 배도 보낼 수 있다는 말인가? 저 건물에 들어가는 것만 가능하다며?"

"그게 아니고……."

하고 말을 시작한 박상훈은 사람들의 눈을 의식해서 밀폐된 공간에서 보내려는 것이지 땅에 부착되지 않은 것은 모두 가능하다고 말해 주었다. 그런데 과거로 간다는 결정을 하고 나서 얼마 전에 준공된 도크를 보니 욕심이 생겼다는 것이었다. 그 도크에서는 수선 작업은 1,500톤급까지밖에 못하지만 접안은 3,000톤까지도 가능하니 그 정도는 충분히 보낼 수 있다는 것이었다.

처음에는 엔진을 교체할 우리 군함을 보낼까 했지만, 지금 나라 형편도 어려운데 작은 장비도 아니고 군함을 가져간다는 것이 마음이 편치를 않았다는 것이었다. 그래서 조영호와 상의해 보니 구태여 지금 쓰고 있는 군함을 가져갈 필요 없이 시대에 뒤떨어졌다는 이유로 퇴역시키는 군함이 오히려 낫다는 말을 듣고 의견을 들어 보려는 것이라고 했다.

박상훈이 하는 말을 다 들은 홍석훈은 고개를 끄덕였다.

"일리 있는 말이야. 아무리 노후화되서 퇴역한다고 해도 고도로 발전하는 무기 체계나 속도 등에서 뒤떨어져 퇴역하는 것이지 그 시대로 가져갈 수만 있다면 천하무적이지."

"그렇다면 사 와도 된다는 말이군."

"물론이네만, 시간도 얼마 남지 않았는데 가능하겠나?"

"이미 러시아 측과 우리 정부 측에는 웬만큼 얘기가 된 상태야. 다만 내가 조금 더 생각을 해 보고 결정하겠다고 해서 보류 중이거든."

"그럼, 서두르게. 허허허! 그 시대로 가서도 군함을 볼 수 있다니 내 입장에선 황송할 따름이네. 폐군함이니 함포라든가 그런 부착 장비는 다 떼고 넘겨주겠지만……."

"그런 문제가 있겠군."

"그것도 그거지만, 그걸 보낸다고 해도 당장 그 배를 접안시킬 항구도 없는데 어떻게 하려고 그러나? 잘못하면 침몰해서 바다 속에 가라앉고 말 텐데……."

역시 해군 장교다운 판단이었다.

"아! 그 생각도 했네. 우리가 가는 시간보다 이 년쯤 뒤에 도착하도록 시간을 맞춰 보내면 되네."

그 말에 홍석훈은 눈을 똥그랗게 뜨고 물었다.

"그렇게도 가능한가?"

"물론이지!"

"허허! 가능하다니 오히려 내가 욕심이 생기는군. 두세 척쯤 보내고 싶은 마음이 드네 그려."

"하하하! 그건 그렇고…… 그런데 내가 듣기로는 일본이 점거한 독도는 우리 쪽에서 포기하기로 했다는 말을 들었는데, 그런데도 자네는 왜 그렇게 바쁜 건가?"

박상훈의 물음에 홍석훈은 근심 어린 표정을 지으며 대꾸를 했다.

"지금 독도가 문제가 아니야. 중국이 우리 영해인 백령도뿐만 아니라 인천 앞바다까지 수시로 출몰하네. 깡패가 따로 없어. 이런 판이니 우리 해군은 하루가 어떻게 지나가는지 모를 정도라네."

"허어! 저런 황당할 데가……."

"아무래도 이 상태로 가다간 우리나라도 중국에 짓밟히는 것은 시간문제야. 오죽하면 우리 장병들이 너 나 할 것 없이 목숨을 버려서라도 나라를 지켜야 한다고 울분을 토해 내고 있겠나? 그렇지만 윗분들의 생각은 우리와 크게 다른 것 같아. 물론 믿었던 미국까지 나몰라라 하는 국제 상황 속에서 나라의 명맥이라도 유지해 보려고 그러는지는 모르겠지만, 얼토당토않은 중국의 행동에 대해서 눈치나 보며 나약한 태도로 일관하고 있다네. 물론 항공모함까지 가지고 있는 그들에게 힘든 것은 사실이라 해도 이건 너무 비굴하다 싶을 정도야……."

"……."

해군의 고급장교인 홍석훈이 상기된 얼굴로 뱉어 내는 말에 박상훈은 아무 말도 할 수가 없었다. 어쩌다 나라 꼴이 이렇게 됐나 싶을 뿐이었다.

"자! 용건은 끝난 것 같으니, 나는 바빠서 이만 돌아가 보겠네."

허탈한 표정으로 앉아 있던 박상훈은 얼른 고개를 끄덕였다.

"그러게나, 바쁜 시간 내줘서 고맙네."

그렇게 홍석훈은 서둘러 자리에서 일어났고, 그가 탄 헬기는 남쪽 하늘로 멀어져 갔다.

다시 집무실로 올라온 박상훈과 조영호는 마주 앉았다.

"조 경감, 아무래도 우리 둘이 러시아를 다녀와야 하지 않겠소?"

그러자 조영호는 고개를 절래절래 흔들며 만류를 했다.

"아니? 박사님 아까 홍 대령도 말씀하셨지만, 지금이 때가 어느 때입니까? 국내도 위험한데 적성국가나 다름 없는 러시아를 가신다니요? 퇴역 군함을 구입하시려고 그러신다면 다른 방법도 있지 않습니까?"

"……?"

"이번에 함께 가실 분 중에 오성물산 생산부장님이 계시지 않습니까? 그 회사가 의류생산도 하지만 종합상사로서 무역업도 하는 것으로 알고 있습니다. 그분께 맡기시면 박사님께서 직접 하시는 것보다 오히려 낫질 않겠습니까?"

박상훈은 무릎을 '탁!' 하고 쳤다.

"아하! 그렇구려. 내가 왜 그 생각을 못했을까?"

박상훈은 조영호의 제안에 감탄이 절로 나왔다. 그와 장시간 대화를 나누는 동안 그에 대해서 몰라도 너무 몰랐다는 것을 깨달았다. 각 분야에 기초 상식을 뛰어넘는 지식과 특히 예리한 판단력은 박상훈을 놀라게 하기에 충분했던 것이다. 역시 그를 동참시킨 것이 너무도 잘했다는 생각이 들었다.

조영호가 돌아간 후 박상훈은 즉시 오성물산 생산부장인 조성만에게 전화를 걸었다. 물론 내용은 러시아에서 팔려고 내놓은 퇴역 군함을 연구용으로 구입하고 싶다는 말과 함께 자신을 대신해 오성물산에서 그 일을 맡아 줬으면 좋겠다는 요지였다.

조성만은 일단 알아보겠다고 대답하고는 1시간쯤 후에 다시 연락을 해 왔다. 문제가 없다는 것이었다. 어느새 정부 쪽에도 알아봤는지 박상훈이 이미 연구용으로 구입하겠다는 언질이 있었다는 것까지 알고 있었다.

이튿날, 구체적인 내용을 협의하기 위해 자기 회사 무역부 직원과 함께 연구소를 방문한 조성만은 박상훈으로부터 과거로 가지고 갈 물건이라는 말을 은밀히 듣고는 그날로부터 바짝 서둘렀다.

일은 순조롭게 진행되어 박상훈이 예상했던 가격보다 훨씬 싼 가격으로 구매가 성사되어, 두 달 후에는 해동연구소 부설기관인 선박과학연구소 안에 있는 도크까지 가지고 오기로 한 것이다. 물론 구입 대금은 국가에서 받아 낸 돈이었기 때문에 박상훈은 속이 편한 것은 아니었지만 나름대로는 생각하는 바가 있었다.

시간은 흘러 출발을 두 달 반 남겨 놓은 시점에서 최종적으로 함께 갈 사람들은 모두 16명으로 확정되었다.

박상훈 박사와 진봉민 교수, 강철 육군 대령, 홍석훈 해군 대령, 조성만 부장, 강진영 소장, 김민수 농업연구원, 장지원 교수, 이휘조 연구원, 조영호 경감 외에 새로 우수기 육군 대위, 조민제 육군 대위, 박영주 해군 중위, 이일구 해군 중위, 민진식 육군 하사, 이수영 건축

설계사무소 소장이었다.

서로 친구 사이인 나사모 멤버들 외에 이휘조와 조영호는 일찌감치 박상훈이 추천을 한 것이고, 우수기와 조민제, 민진식은 강철의 부하들이었다. 또한 박영주와 이일구는 홍석훈의 부하였으며 이수영은 장지원이 추천한 사람이었다.

그들에게는 필요한 각종 기구나 물자를 마련할 만큼의 자금을 나누어 주었고, 별도로 가정이 있는 사람들에게는 남아 있을 가족들의 생활 자금까지 보태 주었다. 물론 그 자금은 대부분 주식투자와 박상훈이 받았던 연구 보상금이었지만, 어떻게 자금을 마련했는지 알고 있는 사람을 제외하고는 생각지도 못한 큰돈을 받고 그저 어리둥절할 뿐이었다.

준비 자금을 나누어 준 10일쯤 후부터 해동연구소에는 하루에도 몇 번씩 컨테이너 박스나 기계를 실은 트레일러들이 드나들었다. 각자 스스로 작성한 준비물 목록에 따라 구입한 기계나 도구 그리고 재료들을 해동연구소로 들여오고 있는 것이었다.

다행히 해동연구소에서 일어나고 있는 이런 움직임들을 외부에서는 아직까지 눈치채지 못하고 있었다. 설사 감지했다 하더라도 실험용 기계들을 들여오는 것이라고 변명하면 그만이었지만, 박상훈의 경호와 해동연구소 경비를 총 책임지고 있는 조영호 경감이 뜻을 같이하는 바람에 더욱 안전해진 것은 말할 나위도 없었다.

위기(危機)

모든 일은 계획한 대로 착착 순조롭게 진행되고 있었다.

그런데 해동연구소에 전혀 뜻밖의 일이 생겼다. 육군 7군단장으로부터 8월 28일부터 9월 11일까지 보름간 해동연구소 시설을 사용하게 해 달라는 협조 요청이 온 것이다. 게다가 어떻게 연구소의 시설을 정확히 알았는지 2개나 되는 그 큰 실험동을 모두 사용하겠다는 내용이었다.

공문을 자세히 읽어 본 박상훈은 그 기간이 자신들이 출발하고자 하는 날짜와 겹친다는 것을 깨닫고는 당황스럽지 않을 수 없었다.

하루 종일 그 문제로 생각을 거듭하며 고민하고 있는데 오후 늦게 강철로부터 연락이 왔다. 그 공문은 바로 자신이 지휘하는 연대의 상륙 훈련으로써 일부러 그곳을 사용하는 것으로 계획을 했다는 것이었다.

박상훈은 어이가 없었다. 진즉에 귀띔이라도 해 주었다면 이렇게 고민하지 않아도 되었을 일이라고 생각하니 아무리 친구지만 괘씸하다는 생각까지 들었다. 그때 머릿속을 번개처럼 스쳐 가는 것이 있었다.

'아! 무기……!'

바로 무기였다. 처음 진봉민이 육군에 대한 군사 장비 확보를 강철에게 맡길 때만 해도 아무리 중화기를 다루는 연대급 부대장이라 해도 쉽지 않은 일이라고 생각했었다. 그런데 이토록 기상천외한 방법을 쓰다니!

흐뭇한 마음이 된 박상훈은 역시 그 문제로 걱정하고 있던 이휘조를 불러 이유를 설명해 주고는 시설 사용을 동의해 주라고 지시했다.

드디어 출발 한 달을 앞두고 뜻을 같이하는 사람들은 최종 마무리 점검을 위해서 해동연구소로 모여들었다. 벌써 여러 차례 모임을 가졌지만, 이번 모임은 마지막 점검을 하기 위한 모임이었기 때문에 의미를 달리했다.

서로 인사를 나눈 후, 비좁은 집무실에 모여 앉은 사람들은 재촉하는 눈빛으로 준비를 총괄해 온 진봉민을 주시했다.

"자, 이제 한 달 후면 우리는 전혀 경험하지 못했던 세상으로 가게 됩니다. 다행히 오늘은 빠지신 분이 없어 최종 점검에 문제가 없으리라고 봅니다."

서두를 꺼낸 진봉민이 잠시 말을 멈추고 좌중을 한 바퀴 둘러본 다음 말을 계속해 나갔다.

"여기에 참석하신 여러분들은 모두 운명을 함께하기로 결심하신 분들입니다. 이미 서로를 잘 알고 계시지만 떠나기 전 마지막 모임 인 이 자리에서 일일이 소개를 드리는 것도 의미가 있다고 생각합니 다."

그 말에 분위기가 무거워지면서 결연한 표정들을 지었다. 진봉민 은 자신부터 소개를 해 나갔다. 그가 소개한 면면을 살펴보면,

진봉민은 역사학을 전공했고, 현재 한국학중앙연구원 교수, 강철 육군 대령은 육군사관학교에서 토목공학을 전공했으며, 현재 7군 단 기계화부대(연대)장, 홍석훈 해군 대령은 해군사관학교에서 항 해 운용학을 전공했고, 현재 서해 함대사령부 구축함 이순신함 함 장, 박상훈은 물리학과 화학을 전공했으며, 현재 서울대학교 대학 원 교수 겸 해동연구소 소장, 조성만은 섬유학을 전공했고, 현재 오 성물산 생산부장, 강진영은 금속공학을 전공했으며, 현재 동방특 수강 제작소장, 김민수는 농생명과학을 전공했고, 현재 농업진흥 청 특용작물 책임연구원, 장지원은 미 군사학교에서 정보정책학을 전공했으며, 현재 국방대학 교수, 이수영은 건축공학을 전공했으 며, 현재 건축설계사무소 소장으로 그들은 모두 나이가 40대 중반 이었다.

그리고 우수기 육군 대위는 36세로 화공학을 전공했고, 현재 7군 단 기계화부대 중대장, 조민제 육군 대위는 28세로 의학을 전공했으 며, 현재 7군단 기계화부대 군의관, 박영주 해군 중위는 26세로 조선 공학을 전공했고, 현재 서해 함대사령부 구축함 이순신함 조타 담당 장교, 이일구 해군 중위는 27세로 기계공학을 전공했으며, 현재 서

해 함대사령부 이순신함 헬기 조종사, 조영호 경감은 37세로 미 육군사관학교에서 통신공학을 전공했고, 현재 서울경찰청 제22경호대, 이휘조는 27세로 물리학을 전공했으며, 현재 해동연구소 연구원, 민진식 육군 하사는 24세로 무역학을 전공했고, 현재 7군단 기계화부대 장갑차 운전병 등이었다.

다시 진봉민이 말을 이었다.

"새삼스럽지만 열여섯 분의 소개를 마쳤으니, 이제부터 진행 상황을 말씀드릴까 합니다. 민간 부문에서는 몇 가지 물품과 기계를 제외하고는 거의 준비가 마무리되었습니다. 그럼, 전체적으로 상세히 말씀드리겠습니다. 다만 시간 관계상 수량은 말씀드리지 않겠습니다."

그는 이어서 그 시대에 없었던 각종 씨앗이나 탈곡기, 트랙터를 비롯한 농업 관련 물품으로부터 시작해서 광공업, 의료 심지어는 치약 칫솔과 같은 생활용품에 이르기까지 수백 종의 물품 이름을 일일이 열거했다.

잠시 호흡을 가다듬은 진봉민은 다시 말을 계속했다.

"민간 부문 중에서는 이수영 소장이 맡기로 한 불도저와 같은 건설용 장비가 아직도 준비되지 않았는데 어떻게 된 일이죠?"

"예, 지금 준비 중에 있습니다. 곧 이곳으로 가져올 겁니다."

보통 사람보다도 훨씬 작달막한 키인 그는 자리에서 발딱 일어나며 대답을 했다. 일어나 보았자 다른 사람 앉은키와 큰 차이가 없는 그를 쳐다보며 진봉민은 더 이상 채근하지 않고 고개만 끄덕였다.

"다음은 군사 부문으로서 여기 있는 박상훈 박사가 탄소 연료 엔진으로 교체 중인 수리온 헬기 두 대와 치누크라는 수송 헬기 한 대,

군용 보트 한 대 그리고 탄소 연료를 사용하는 삼천 톤급 군함 엔진 한 개와 천 오백 톤급 군함 엔진 한 개가 있을 뿐입니다."

"……."

그 말을 들은 참석자들은 '박상훈 연구지원 특별법'을 기억해 내고는 고개를 끄덕였다.

"그 외로는 군사 부문에 대해서는 어떤 준비가 되고 있는지 저도 알지 못하고 있습니다. 사실, 우리가 그곳에 도착하면 당장 신변에 위험이 예상되기 때문에 가장 중요한 부분이기도 합니다만……."

진봉민이 그토록 염려하고 있는 이유는 그때까지도 강철의 부대가 이 근처에서 상륙 훈련이 계획된 것을 모르고 있었기 때문이다.

그가 말끝을 흐리자, 강철이 빙긋 미소를 지으며 입을 열었다.

"군사 부문 중에 육군에 해당하는 준비는 제가 맡았으니 출발 당일까지는 착오 없도록 준비하겠습니다. 자세한 말씀은 생략하는 것을 양해해 주시기 바랍니다. 이 자리에 계신 박상훈 박사가 잘 알고 있으니 믿으실 수 있을 것입니다."

그는 그렇게 말하면서 박상훈을 쳐다봤다. 박상훈 역시 그 뜻을 알아차리고는 곧바로 대꾸를 했다.

"아마 문제없을 것이요. 그 점은 제가 책임지겠소!"

강철이 자세히 말하지 않는 이유는 훈련 계획이 2급 군사비밀로 분류된 까닭이었다. 박상훈의 말에 진봉민은 한시름 덜었다는 표정을 지으며 이번에는 홍석훈을 쳐다보았다.

눈길이 자신에게 머물자 이순신함 함장인 홍석훈이 입을 열었다.

"저도 해군 장비에 대한 준비 책임을 맡았지만, 솔직히 별 뾰족한 대안이 없는 상태입니다. 그렇다고 군함을 들고 갈 수도 없고……
일단은 여기 있는 이일구 중위가 조종하는 헬기 한 대와 중기관총
이 정, 경기관총 오십 정 그리고 연료와 탄약을 준비하는 정도입니
다.”

그렇게 말하고는 그도 역시 박상훈에게 눈길을 주었다. ‘자네에게
무슨 복안이 있지 않느냐.’고 묻는 눈빛이라는 것을 모를 리가 없는
박상훈이었다.

“해군 분야도 나름대로 나에게 복안이 있으니 그렇게 아시면 될 거
요. 다만, 홍 함장은 함선에 설치할 수 있는 무기를 구해 봐 주시오.”

그러자 강철이 얼른 대답했다.

“그거야 함포가 제일 좋지만, 여의치 않으면 우리가 쓰는 대포도
상관없으니 걱정할 것은 없습니다.”

사실 군사 분야를 대표하는 강철과 홍석훈의 말을 들었으니, 더 이
상 짚고 넘어갈 부분은 없었다.

이때 머뭇거리며 조영호가 입을 열었다.

“저…….”

“아! 하실 말씀이 있으면 허심탄회하게 해 보시오. 조 경감.”

진봉민의 재촉이 있자 조영호는 그제야 편하게 말을 꺼냈다.

“예, 우리가 가지고 가는 살상력이 뛰어난 현대 무기들이 큰 역할
을 하겠지만, 제가 생각하기에는 필요에 따라 인명을 다치지 않고
전투를 끝낼 무기도 필요한 것 같습니다.”

그 말을 듣자마자 강철이 되물었다.

“어떤 것을 말씀하시는 것이요?”

"최루탄입니다. 제가 삼국시대 전투 방식에 대한 자료를 살펴보면서 느낀 것입니다만, 그런 양태의 전투라면 오히려 어떤 경우에는 최루탄이 더 유용할 수 있다는 생각을 했습니다."

강철이 다시 어떤 점에서 그렇게 생각했냐고 묻자, 그 당시에는 장거리 무기인 활이나, 노(弩)를 제외하고는 주로 칼이나 창, 도끼 같은 근거리 무기를 가지고 치고받고 싸우는 방식이라는 것이다. 그러니 그런 경우에는 구태여 총포 같은 살상용 무기를 사용하기보단 최루탄을 쓰면 더 효과적이라고 생각했다는 것이다.

그 말을 들은 강철도 박상훈이 얼마 전에 감탄했던 것과 마찬가지로 그가 특수전 전문가답게 예측력이 뛰어난 사람이라는 것을 깨닫고는 속으로 감탄해 마지않았다.

그때 장지원이 옳다고 맞장구를 쳤다.

"아하! 일리가 있소. 그런데 그것을 다량으로 구하는 방법이 없질 않소?"

그 말에 강철이 보병 부대에는 최루 가스탄이라 해서 그것을 사용하고 있으니, 군단 보병 부대에서 좀 얻어 보겠노라고 말하자, 조영호도 경찰청으로부터 방독면과 함께 가능한 양을 확보해 보겠다고 말했다. 뒤이어 박상훈은 우선 쓸 물량은 확보되는 것 같으니, 더 필요하다면 만들기가 크게 어렵지 않으니 가서 만들겠다고 했다.

무기 부문에 대한 걱정이 해소되자 특별히 할 말들이 없는지 잠시 침묵이 흘렀다.

이때 박상훈이 조심스럽게 자리에서 일어났다.

"제가 한 말씀드리겠습니다. 여태까지 나라를 사랑합네 하던 우리들이 이 시대를 떠나면서 국가 재산을 축내는 부분에 갈등이 크신 분도 있으실 겁니다. 그래서 우리가 가져가는 국가 재산의 수십 배 이상 가치가 있는 연구물을 국가에 헌납할 계획이니 마음에 부담을 다소라도 더시기 바랍니다.”

모두들 그동안 마음이 찜찜하던 부분이었다. 특히, 국가가 어려운 시기에 많은 무기들을 가져가야 하는 홍석훈과 강철이 가장 반가워했다. 이제 마무리를 지을 때라고 판단한 진봉민이 막 입을 떼려는 찰나에 장지원이 나섰다.

“아시다시피 우리가 그곳에서 운용할 조직 체계에 대한 준비 책임을 제가 맡았고 또한 준비도 해 놓았습니다만, 이 자리에서 거론하기보다는 일단 그곳에 도착한 후에 의논하는 것이 어떨까 합니다만……”

그곳의 실정도 모르면서 떠나기 전부터 옥신각신할 일이 아니라고 판단했는지 모두들 고개를 끄덕이며 무언중에 동의를 했다.

그 의견에 대해서도 별말이 없자, 진행을 맡고 있는 진봉민이 장 교수의 말대로 그렇게 하는 것이 좋겠다고 하고는 현대의 각종 지식과 자료를 가능한 많이 노트북에 담아 가 달라고 당부하면서 회의를 끝냈다.

잠시 동안 한담(閑談)을 나누던 참석자들이 돌아가고, 집무실에는 박상훈과 조영호, 이휘조 세 사람만 남았다.

박상훈이 두 사람을 쳐다보면서 말을 했다.

“일단, 지금 실험동에 있는 장비들을 또 한 번 보내야겠어. 앞으로도 들어올 물자들이 많으니……”

이번에 보내면 벌써 세 번째였다. 그동안 보낸 컨테이너만 해도 벌써 수십 개였다. '네.' 하고 대답하는 이휘조는 매번 그랬듯이 불안한 표정을 지우지 않았다. 그 모습을 보는 박상훈은 빙그레 미소를 지으며,

"아직도 불안한가?"

"사실, 제대로 도착할까 매번 불안한 것은 사실입니다."

앞에 앉아 있던 조영호가 평소에 동생처럼 생각하고 지내는 이휘조에게 나무라듯이 말을 했다.

"허! 우리 운명이 달린 일인데 박사님께서 불안한 일을 하실까? 쓸데없이 마음 쓰지 말게."

그런 모습을 보면서 박상훈은 다행이다 싶었다. 아무리 그곳도 사람이 사는 곳이라 하지만, 의식이 다르니 서로 터놓고 대화할 사람이 없을 것은 자명했다. 원래 외롭게 자란 이휘조에게 그나마 형제처럼 지낼 사람이 있다는 것은 참으로 다행이라고 생각했다. 그런 생각을 하던 박상훈은 문득 생각났다는 듯이 조영호를 쳐다보면서,

"조 경감."

"네!"

"다른 것은 문제가 없는데, 배가 문제란 말이오."

조영호는 박상훈이 뜬금없이 던지는 말뜻을 모르겠다는 표정이었다.

"……"

"지난번에 러시아에서 산 퇴역 군함을 보내는 것이야 어려운 일도 아니지만……."

"그럼, 뭐 때문에 그러십니까?"

"얼마 전에 조 경감이 그 시대는 사람을 많이 실어 나를 수 있는 배가 더 필요하다는 말을 했잖소? 그래서 화물선을 한 척 더 보내려고 하는데…… 아무리 생각해도 쉽질 않군."

처음 계획은 출발 직전에 도크로 가서 정박해 있는 배를 과거로 보내 놓고, 얼른 연구소로 돌아와 출발하려고 했던 것이었다. 그런데 1척을 더 보내려면 러시아에서 오는 배를 적어도 하루 이틀 전에 보내서 두 번째 배가 도크로 들어올 수 있게 해야 순서에 맞았다. 문제는 처음 배가 행방불명이 되면 주변에서 의심의 눈초리로 볼 것이 자명한 일이니 그 점을 염려하는 것이었다.

"박사님, 어차피 우리가 떠나면 다 끝나는 일이 아니겠습니까? 누가 의심을 하더라도 하루 정도라면 별 탈이야 있겠습니까? 그런데 또 보낼 배는 어디에 있습니까?"

"지금 있는 것은 아니지만, 내가 아름아름 알아보니 대한해운에서 내놓은 대양호라는 삼천 톤급 화물선이 썩 괜찮은 모양이오. 물론 석유를 사용하는 엔진이지만 당장 사용할 수도 있고…… 물론 가서 탄소 엔진으로 교체해야겠지만……."

"시간상으로는 가능하겠습니까?"

"음, 계약만 성사되면 금방이라도 가져올 수 있기는 있는 모양인데……."

"그렇다면 추진해 보시죠? 이 생각 저 생각 다하다 보면 아무것도 되는 것이 없습니다."

"그 문제는 아무래도 조금 더 생각해 봐야겠소. 우선 물건이나 보냅시다."

박상훈이 앞장서자 두 사람도 실험동 나동 건물로 발길을 옮겼다.

가동은 지금도 헬기 엔진 교체 작업 중이었고 들어오는 물건들은 나동 건물에 보관하고 있었다. 면적이 1천여 평이나 되는 건물 안은 각종 물품이 들어 있는 컨테이너 박스와 물품들을 포장한 나무 박스 들로 여유 공간이 거의 남아 있지 않았다.

박상훈은 이휘조에게 2개의 삼각 거치대를 각각 양쪽 끝에 가져다 놓으라고 지시했다. 이휘조는 두 번이나 물건들을 보내 봤기 때문에 시키는 대로 삼각 거치대를 옮겨 놓았다. 그 위에는 고압선이 연결 된 파이프같이 생긴 물건이 올려져 있었다. 마치 그 모양은 가운데 에 놓인 물건들을 향해 양쪽에서 쏘는 형태였다.

박상훈은 두 사람을 자기 뒤로 오라고 하곤 벽면에 붙어 있는 몇 개의 컨트롤 박스를 조작한 후에 리모컨 스위치를 넣었다. 그 순간 '위잉!' 하는 소리와 함께 약간 어둑한 실험실 안에 오색 안개가 물 건들을 감싼다는 느낌이 들더니 '팍!' 하는 단발 음과 함께 그곳에 있던 물건들은 바람에 날리듯 온데간데없이 사라졌다.

이제는 텅 빈 공간에 덜렁 고압선이 연결된 2개의 삼각 거치대만 양쪽에 놓여 있었다. 조영호는 속으로 저토록 손쉽게 보이는 조작 이 십수 세기 전의 과거로 갈 수 있게 한다는 것이 도무지 믿어지지 않았다.

이때 이휘조가 질문을 했다.

"박사님, 저번부터 궁금했습니다만, 며칠 간격으로 물건을 보내면 그쪽에도 그렇게 며칠 간격으로 도착하는 것이겠죠?"

"하하하! 아닐세. 사실, 이곳에서 보내는 시간 차이는 별 의미가 없네. 언제 보내건 도착할 시간만 같으면 되거든……."

"아! 그럼, 며칠 전에 보낸 물건과 지금 보낸 물건들이 같은 시간에 도착한다는 말씀이군요."

"맞네."

고개를 끄덕이며 간단히 대답한 박상훈은 이제 나가자며 건물 밖을 향해 발걸음을 옮겼다.

닷새라는 시간은 눈 깜짝하는 사이에 지나갔다. 그동안에도 기계를 비롯한 물건들이 여러 차례 들어왔고, 그날 아침에는 진봉민이 보낸 라면을 비롯한 식료품들과 생활용품이 두 트럭 가득 들어왔기 때문에 네 번째로 보내졌다.

그날 오후였다. 집무실에서 창밖을 내다보고 있는 박상훈은 기분이 날아갈 듯했다. 자신이 꼭 가져가고 싶어 하던 화물선의 구입 계약이 이루어진 것이다. 물론 국방부 장관과 과학기술부 장관까지 동원하는 쉽지 않은 과정을 거쳤지만 결국 해낸 것이다.

장관들까지 나서서 도와준 이유는 군함 엔진 설계와 최신형의 변형 탄소 연료 생산기 설계를 무상으로 국가에 기증한 대가였다. 배는 일주일 이내에 화물칸에 석유 드럼통까지 가득 실은 다음, 연구소 근처에 있는 궁평항에 입항시키기로 계약이 되어 있었다.

박상훈이 팔짱을 낀 채 느긋한 기분으로 창밖을 내다보고 있을 때, 노크 소리와 함께 본부로부터 긴급 호출을 받았던 조영호가 들어왔다. 어떤 경우에도 당황하는 법이 없는 그가 오늘따라 무슨 일인지 얼굴색이 흙빛이었다. 순간 박상훈은 심상치 않다는 느낌이 들었다.

"……."

"박사님! 문제가 생겼습니다!"

"무슨?"

"본부에서 급히 오라고 호출을 하기에 갔더니……."

하고 말을 꺼낸 조영호는 경호대장이 박상훈 박사의 움직임이 이 상하지 않더냐고 묻더라는 것이었다. 그래서 무슨 말이냐고 물었더 니, 경찰청 정보부에 박상훈 박사가 몰래 어디론가 떠나려 한다는 제보가 들어왔다는 것이었다.

그래서 조영호는 자신이 늘 함께 행동하다시피 하는데 전혀 그런 낌새는 없다고 답변했다는 것이다. 그래도 혹시 의심을 할지 몰라 서, 요사이 시국 걱정으로 나라를 사랑하는 모임 친구들과는 자주 만난다고 말해 주었다는 것이다. 그랬더니, 경호대장은 고개를 끄덕 거리며 아! 그 사람들도 함께 떠난다는 정보라던데 그래서 와전된 모양이군 하면서, 어째서 정보부에서는 확신을 하는지 모르겠다고 빈정대더라는 것이었다.

조영호는 내친 김에 정보부로 가서 내용을 알아봤더니, 다행히 아 직 자신까지는 의심하지는 않는지 모두 말해 주더라는 것이었다. 과 거로 가는 연구의 성공과 삼국시대로 갈 것이라는 아주 구체적인 내 용까지 알고 있더라는 것이었다.

일부러 어이없는 표정을 지어 가며, 박상훈 박사를 늘 곁에서 모시 는 나도 모르는 일을 누가 그렇게 허무맹랑하게 말하는지 모르겠다 고 했더니 함께 떠나기로 했던 사람이 제보를 했다고 말하더라는 것이었다. 그래서 박사님이 저번에 목숨이 위태로울 뻔한 테러를 당하고 나서부터 오히려 국가에 필요한 연구에 밤낮을 가리지 않고 계시다고 말하고는 급히 돌아오는 길이라고 했다.

조영호가 하는 말을 다 들은 박상훈은 심각했다.

"그렇다면 우리 중에 누군가가 배신을 했다는 말이 아니요?"

"그런 것 같습니다. 제가 오면서 생각해 보니, 군 정보기관이 아닌 경찰 쪽으로 정보가 들어온 것으로 보아 군인은 아닌 것 같습니다."

"그럼, 누구라는 말이요?"

"글쎄요? 제 생각에는 이수영이라는 분이 의심스럽기는 합니다."

"아! 이수영! 장지원 교수가 추천한 사람인데······."

"일단, 진 교수님과 상의를 해 보셔야 되지 않겠습니까?"

"음······."

박상훈은 급히 이휘조를 불러 자초지종을 설명한 다음 진봉민에게 가서 알리라고 하고는 생각에 몰두했다. 추측대로 이수영이 제보를 했다면 그가 왜 그랬을까 싶었다.

"조 경감! 만약에 말이요, 이수영이 제보를 한 것이라면 무슨 이유로 그랬을 것 같소?"

그 물음에 조영호는 되묻듯이 말을 했다.

"제가 그분을 지목한 이유는 여태까지 그분만 이곳으로 가져온 물건이 없었다는 점입니다."

"그렇기는 하오. 곧 보내겠다고만 하고 한 번도 보내지 않았소."

대답을 들은 그는 이미 생각을 하고 있었는지 망설이지 않고 대답을 했다.

"그렇다면 제 추측이 맞을 겁니다. 불안감도 있었을 테고, 오히려 그보다는 준비물 값을 받고 나자 마음이 변한 것일 겁니다. 적지 않은 돈이니……."

"아직 확실한 것은 아니니 단정하진 마시오."

"예, 그냥 제 심중에 그렇다는 말입니다."

박상훈이 생각하기에도 십중팔구 조영호의 추측이 맞았다. 아무리 돈에 욕심 없는 사람 없다고는 하지만, 사실이 그렇다면 참으로 야비한 사람이라는 생각이 들었다. 떠날 준비에 바쁜 사람들이 돈을 도로 내놓으라고 쫓아갈 리도 만무일 텐데, 함께 가기 싫으면 입이나 다물고 있어 주지 코까지 빠뜨려야 속이 시원한가 싶은 생각에 영 입맛이 썼다.

아무래도 일정을 앞당기는 것이 좋겠다는 조영호 의견에 따라 생각해 보니 가장 큰 문제가 강철이 준비하기로 한 무기가 문제였다.

무기 없이 간다는 것은 어불성설이 아니던가?

한편, 이휘조가 찾아가자 진봉민은 반갑게 맞았다.

"어서 오게, 이 연구원. 내가 자리에 있었기에 망정이지. 연락도 없이 웬일인가?"

"네, 전화로 할 수 없는 급한 심부름으로 오게 되어 그럴 계제가 아니었습니다."

인사를 하는 둥 마는 둥 한 그는 여직원이 커피를 탁자에 놓고 나가자, 한 모금 입에 대고는 자기가 급히 온 이유를 빠짐없이 말했다.

진봉민은 말없이 일어나 밖에 있던 여직원을 어디론가 심부름을 보내 놓고 들어와서는 평소에 삼가고 사용하지 않던 핸드폰을 꺼내 들었다.

강철이 전화를 받자, 진봉민은 지금 즉시 가장 편한 곳에서 다시 전화를 해 달라고 하고는 다짜고짜 전화를 끊었다.

잠시 후, 역시 강철로부터 전화가 왔고 진봉민은 알아들을 수 있는 선에서 간략하게 지금의 상황을 설명해 주고는 아무래도 일정을 앞당겨야겠다고 말했다. 그러자 처음에는 난색을 표하던 강철도 무슨 생각을 했는지 최대한 앞당겨 무기를 확보하겠다고 하고는 통화를 끝냈다.

아직까지 진봉민이 강철 부대의 훈련 계획을 아는 것은 아니었지만, 어떻건 무기를 마련할 사람이 그였기 때문에 제일 먼저 통화를 한 것이었다.

이번에는 장지원에게 전화로 상황을 설명하면서 이수영이 가장 의심스러우니 그 사람에게는 정보를 차단했으면 좋겠다고 말했다. 생각 같아서는 정보학을 잘 아는 사람이 어떻게 그렇게 믿을 수 없는 사람을 추천했냐고 쏴 주고 싶었지만, 진봉민은 꾹 눌러 참았다.

강철은 강철대로 마음이 급해져서 훈련 일자를 조정해 보려고 군단장과 상의를 해 보았지만, 이미 국방부에까지 보고가 된 사항이고, 헌병대나 기무사에도 통보가 돼서 어렵다는 말이었다. 이제는 어떻든 정해진 훈련 기간 안에 떠나는 수밖에 없었다.

그래서 결국 8월 28부터 9월 11일까지 이루어지는 훈련 기간 중인 9월 10일에 출발하려던 계획을 앞당겨 9월 1일 출발하는 것으로 변경했다.

아울러 이수영이 책임지기로 했던 물품 준비는 결국 박상훈의 몫이 되었다.

피가 마르는 시간이 흘러가고 있었다.

이미 계획된 대로 강철의 기계화부대 훈련이 시작되었다. 훈련 시작 3일 간은 대부도에서 상륙 훈련과 숙영을 하고, 나흘째인 9월 1일 아침에 해동연구소로 장비들을 가져와 보관하는 것으로 계획이 되어 있었다. 그런 다음 병사들은 빈손으로 바닷가 개흙 속에서 극기 훈련을 하기로 되어 있었다. 외형적으로는 별다른 문제가 없는 것처럼 보였다.

그동안 조영호는 모든 촉각을 곤두세워 경찰청 정보부의 움직임을 면밀히 주시하고 있었다. 아니나 다를까 매일같이 정보를 귀띔해 주던 경찰청 정보부의 직원이 고급장교들과 심지어는 조영호까지 조사 선상에 올랐다는 말을 전하면서 아마 오늘내일 중에 군 수사기관으로도 명단이 통보될 것이라고 말했다. 자신은 조영호를 믿지만, 그래도 이제부터는 통화를 삼가해 달라고 부탁하면서 그 사람은 전화를 끊었다.

조영호는 초조했다. 아직도 출발하려면 이틀이나 남았는데 수사기관의 그림자는 시시각각 조여들어 오고 있는 느낌이었다.

그는 집무실에 있던 박상훈을 찾아가 그런 상황을 설명했다. 듣고 있던 박상훈은 어금니를 무는지 관자놀이에 핏줄이 서고 있었다. 사태가 심각하다는 것을 감지했기 때문이었다.

"그렇다고 지금 와서 어쩌겠소? 오늘, 내일 별탈이 없길 바랄 수밖에…… 오늘 밤중으로 도크에 정박시켜 놓은 군함을 보낼 것이오.

그리고 내일 아침에는 강철 부대의 장비들이 들어오는 것을 확인하고 나서, 낮에는 궁평항에 있는 화물선을 도크로 이동시켜 이미 그곳에 가져다 놨던 선박용 탄소 연료 엔진 두 개를 배에 실어 놓게 할 것이요."

"그것도 보내시게요?"

"음, 우리가 출발할 시간이 저녁 여덟 시니, 두 시간 전쯤 도크로 가서 그 배까지 마저 보내 놓고 돌아올 계획이요. 그 일은 이 연구원과 할 테니 조 경감은 나 없는 동안 이곳을 맡아 주시오."

"경호도 없이 그렇게 바쁘게 움직이시다가 돌발적인 문제라도 발생하면 어쩌시려고요?"

"그런 일이 없어야겠지…… 다행히 도크가 가까우니 별일이야 있겠소?"

"알겠습니다, 박사님. 그런데 저도 지금부터 세 시간쯤 밖에 나갔다와야 되겠습니다."

그렇게 말하는 그의 표정이 심상치 않아 보이자, 박상훈이 물었다.

"무슨 일이 있소?"

"박사님께서는 그냥 모른 척해 주십시오. 우리가 떠나더라도 막을 입은 막고 떠나야 하지 않겠습니까?"

박상훈은 직감적으로 무슨 뜻인지 알아차렸다.

"그러는 게 좋기는 하겠지만, 찾을 수는 있겠소?"

"이미 소재를 파악해 뒀습니다."

"조심하시오."

그리고 나서 외출했던 조영호가 잘 다녀왔다고 인사를 한 것은 3시간이 조금 지나서였다.

그날 밤에 박상훈은 이휘조가 운전하는 차로 연구소를 나갔다가 1시간이 지나서 돌아왔다. 평소 운전을 하던 이 경사는 어제 조영호가 하계휴가를 보내 놨기 때문에 그들이 움직이기에는 훨씬 자유로웠다.

이튿날 아침이었다. 훈련 군사들보다 한발 앞서서 우수기 대위가 먼저 박상훈의 집무실로 찾아들어 왔다.

"박사님! 이번 훈련에서 제가 장비 관리 책임을 맡았습니다. 곧, 장비들이 들어올 것입니다. 여기서 함께 살펴보시지요."

아마도 강철 대령은 이번 거사에 참여하는 그에게 일부러 장비 관리 책임을 맡긴 모양이었다.

"음, 그럽시다."

말이 끝나기 무섭게 수십 대의 탱크와 장갑차를 비롯한 군용 장비들이 해동연구소로 속속 들어오기 시작했다. 예상했던 것보다 훨씬 많은 장비들을 보고 박상훈은 속으로 크게 놀라면서 함께 지켜보고 있던 우수기 대위에게 작은 목소리로 말했다.

"저것들을 다 가져갈 수는 없잖소?"

그러자 우수기 역시 작은 목소리로 대답했다.

"연대장님께서 가장 신품으로 탱크 두 대와 수륙양용장갑차 세 대, 중기관총 오 정, 경기관총 십 정, 박격포 오 정, 그 외로 소총과 같은 개인장비와 탄약은 모두 가져가는 것으로 말씀하셨습니다."

고개를 끄덕이던 박상훈은 낮은 목소리로 우수기를 불렀다.

"우수기 대위, 혹시 중기관포가 있다면 몇 개 더 가져가면 안 되겠소?"

박상훈이 그러는 이유는 배에 설치할 무기로 중기관포도 괜찮다는 조영호의 말이 떠올랐던 것이다.

"알겠습니다. 그렇게 조치하겠습니다."

"아 참! 그리고 가져갈 것은 실험동 안으로 넣어 주시고, 가져가지 않을 것은 실험동 건물에서 멀리 떼 놓으시오."

"무슨 말씀이신지?"

"우리가 떠나고 나면, 오 분 후에 실험동은 대형 화재가 발생할 것이요. 이때 남겨 두고 갈 장비들이 피해가 없도록 하기 위해서요."

"아……! 알겠습니다."

대답을 마치자마자 우수기는 급한 발걸음으로 튀어 나가서는 들어오는 장비들을 배치시키고 있었다.

역시 박상훈도 집무실을 나와 이휘조가 운전하는 차에 올랐다. 선박과학연구소로 화물선이 들어오기로 약속된 시간이 다가오고 있었기 때문이다. 현장이 가까워지자 이미 배는 가까이 접근하고 있었다.

두 사람이 차에서 내려 도크 안으로 들어가는데 경비를 서고 있는 장병들의 눈치가 이상했다. 그도 그럴 것이 어젯밤에는 안을 한번 둘러보겠다고 하고 이휘조와 단둘이만 들어가서 도크에 있던 군함을 과거로 보냈던 것이다.

배가 없어진 것을 아침에야 발견한 경비 책임자인 해군 중위가 부랴부랴 전화로 보고를 해 왔고, 전화를 받은 박상훈은 어젯밤에 다른 곳으로 출항시켰다고 둘러대면서 신경 쓰지 말라고 말해 주었지만 그들은 배에 대해 잘 아는 해군들이었다. 어떻게 그 큰 배를 경비를 서고 있는 자신들도 모르게 출항시킬 수 있다는 말인가? 상식적으로도 이해가 되지 않는 일이었다.

그러니 두 사람을 쳐다보는 장병들의 눈치가 이상한 것은 당연하달 수밖에 없었다. 박상훈은 모른 척하고 배가 도크에 정박하자, 엔진을 실어 놓으라고 지시하고는 해동연구소로 돌아왔다. 차가 정문을 들어서는데 2대의 군용 트럭이 밖으로 나가고 있었다.

시간은 오후 5시를 넘어서고 있었다.

사무실로 들어서자, 안에는 강철이 와서 조영호와 대화를 하고 있다가 박상훈이 들어오는 것을 보고는 자리에서 일어나며 악수를 청했다. 박상훈도 마주 손을 내밀어 악수를 하면서 물었다.

"언제 왔나?"

"삼십 분쯤 됐나? 배 때문에 갔다던데?"

"응, 화물선을 하나 구했기에 오늘 밤에 보내려고 하네."

"조 경감에게 그 얘기는 들었네. 자네가 제일 고생이 크구먼. 그런데 그 쥐새끼 같은 놈이 끼어 가지고 안 할 고생까지 하니…… 쯧쯧!"

"그러게 말일세."

대꾸를 하면서 박상훈은 조영호를 힐끗 쳐다봤다.

"하하하! 나도 지금 막 조 경감이 영원히 입을 막았다고 하기에 체증이 확 뚫리는 기분이었네."

"……."

"그건 그렇고 무기는 저 정도면 되겠지? 오는 길에 방한 군복도 오백 벌 빼내 왔네."

"아! 그래서 군용 트럭이 왔던 거군."

"응……."

그들의 대화가 한창 무르익었을 무렵 강철의 핸드폰이 울렸다. 강철은 발신자가 누구인지 힐끗 보고는 조용히 하라고 손가락을 입술에 댔다 뗐다.

눈앞에 어깨에 별 3개를 단 장군 모습이 홀로그램으로 나타났다.

"강 대령, 나 군단장이야."

"충성! 대령 강철입니다. 군단장님!"

그는 왼손에 핸드폰을 들고 오른손으로는 거수경례를 붙였다. 홀로그램 입체 영상으로 상대방의 행동이 모두 보이니 도리가 없는 터였다.

"강 대령! 혹시 무슨 일을 저질렀나? 지금 막 기무사와 헌병대에서 다녀갔는데 말이야, 강 대령을 체포해야겠다고까지 하던데. 도대체 무슨 일이야?"

"기무사와 헌병대에서요? 글쎄요? 저도 왜 그러는지 모르겠습니다."

그는 시치미를 뚝 떼고 정말로 이유를 모르겠다는 투로 답변을 했다.

"그래? 흠, 지금 병사들은 어디 있나?"

"넷, 바닷가에서 극기 훈련 중입니다."

"그럼, 말이야. 지휘를 일 대대장에게 맡기고, 강 대령은 십팔 시까지 군단 기무대로 가 보게. 이건 명령이야!"

"넷, 알겠습니다."

군단장은 짜증이 나는지 일방적으로 전화를 끊었다.

철심장이라는 별명이 붙은 강철도 통화 내용에 신경이 쓰이는지 얼굴이 굳어 있었다. 그가 철심장이라는 별명을 얻게 된 데는 연유가 있었다.

육사 생도 시절, 그곳을 방문했던 대통령이 생도들을 모아 놓고 당시 국민들의 지탄을 받고 있던 군수품 구매 비리에 대해 언급하고 있었다. 비리 연루자 대부분이 사관학교 출신의 고급장교라면서 이런 장교가 있는 군대는 국민의 군대가 아니라 국민의 도둑이라고 하면서 생도들까지 싸잡아 질책을 했다.

이때 강철이 손을 들어 발언권을 얻고 나서 말을 했다. 임명권자인 대통령께서 사람을 잘 가려서, 비리를 저지를 사람을 고급장교로 임명하지 않았으면 그런 일은 없었을 것이 아니겠냐고…… 감히 면전에서 대통령을 부끄럽게 만든 강철은 청와대 비서실과 경호실로부터 호된 곤욕을 치렀지만, 그 일로 철심장이라는 별명이 붙게 된 것이다.

"강 대령, 어떻게 할 건가?"

이미 군단장과 대화 내용을 다 들은 박상훈이 걱정스럽게 묻자, 굳은 표정으로 시계를 들여다보면서 대꾸를 했다.

"어떻게 하긴…… 지금이 십칠 시 이십팔 분이니 두 시간 반만 버티면 되잖아. 우리야 영외(營外)로 훈련이라도 나와 있으니 버텨 보기라도 한다지만, 홍 대령이 걱정이네. 나를 체포까지 하겠다는 판인데, 홍 대령이라고 별수 있겠나? 본부에 있다가 체포라도 당하면 큰일인데……."

맞는 말이었다. 영내에 있다가 체포까지는 아니더라도 행여 조사라도 받게 된다면 약속한 시간 내에 도착하지 못하리라는 것은 말하나 마나였다. 그렇다고 무슨 뾰족한 수가 있는 것도 아니고, 출발 시간까지 아무 일 없기를 바라는 수밖에는 도리가 없었다.

강철은 우수기를 불러 장비 현황과 즉시 출발할 준비가 됐는지 확인했다. 박상훈도 마음이 급해졌는지 작업동에 있는 무기들을 보내야겠다고 말하면서 조영호와 이휘조에게 눈짓을 했다.

다른 사람들도 따라가 보겠다며 자리에서 일어났다. 그들이 들어간 실험동 안은 각종 무기들로 가득 들어차 있었다. 이미 여러 차례 했던 일이라서 그런지 이휘조는 조영호의 도움을 받아 가며 자연스럽게 위치를 잡아 삼각 거치대를 옮기고 준비를 마쳤다.

이윽고 박상훈은 모두 자신 옆으로 바짝 붙어서라고 하고는 벽면에 있던 컨트롤 박스를 조작하기 시작했다. 그리고는 리모컨 스위치를 켜자 오색영롱한 무지개가 물건들을 감싸는 느낌과 동시에 그 많던 물건들은 감쪽같이 사라졌다.

그 광경을 처음 보는 사람들은 신기했지만, 박상훈은 허무하다는 생각조차 들었다.

다시 연구동의 집무실에 모여 앉았다.

"그럼, 이제 우리만 가면 되는 건가?"

강철이 박상훈을 쳐다보며 물었다.

"아니네. 나는 지금 다시 도크로 가서 화물선을 보내고 와야 하네. 조 경감, 내가 다녀올 동안 이곳을 맡아 주시오."

"네, 알겠습니다."

박상훈과 이휘조가 나가고 나서 아무래도 불안한지 강철이 핸드폰을 꺼내 들었다. 전화가 연결되자 바로 홍석훈이 나타나더니, '통신 보안!' 하고는 일방적으로 끊는 것이었다.

조영호가 강철을 쳐다보며 물었다.

"아직은 별일이 없는 것 같지 않습니까?"

"그러게요. 나도 그렇게는 보이긴 하는데……."

말끝을 흐리는 것으로 보아 아직도 불안한 마음이 여전하다는 것을 나타내고 있었다.

드디어 출발의 시간이 가까워졌다.

모두 하루의 일과를 마치고 가족과 평온한 시간을 갖는 저녁 시간, 그러나 해동연구소는 달랐다. 진봉민을 비롯해 근래에 자주 모이던 얼굴들이 속속 도착해 실험동 앞으로 모여들었다. 그들의 옷차림은 한여름인데도 두툼한 방한복 차림이었다.

도착하는 순서대로 서로 인사를 나눈 그들의 얼굴에는 긴장하는 빛이 감돌고 있었고 그렇다고 입을 여는 사람도 없었다.

저녁 8시가 가까워지자, 이휘조가 운전하는 리무진이 실험동 앞에 잠깐 멈춰 박상훈을 내려놓고는 건물 안으로 들어갔다. 박상훈은 와 있던 사람들과 일일이 악수를 나누고는 진봉민에게 말을 걸었다.

"해군 쪽 인사들이 안 보이는군."

그렇다고 이 자리에서 이수영을 찾는 사람은 아무도 없었다.

이미 모두들 그에 대해서는 알고 있는 눈치였다.

"그러게…… 연락도 안 되고 있네."

강철이 대화에 끼어들었다.

"배는 보냈나?"

"음……."

박상훈은 고개를 끄덕이며 짤막하게 대답을 했다.

홍석훈과 박영주 등이 나타나질 않자, 누구나 할 것 없이 수시로 시계를 들여다보면서 초조해하고 있었다.

바늘은 막 8시를 가리키고 있었다.

이때, 멀리서 헬기의 프로펠러 소리가 들리기 시작했다.

"이제 오는 모양이군."

누군가 안도하는 말소리가 들리고 모두 소리가 나는 쪽 하늘을 올려다보았다. 해군 마크가 선명한 수리온 헬기 1대가 서서히 착륙하여 평소와는 다른 두툼한 국방색 군용 점퍼 차림의 홍석훈과 박영주를 내려놓고는 곧바로 이휘조의 수신호에 따라 실험동 안으로 미끄러져 들어갔다.

진봉민이 홍석훈을 보면서 낮은 목소리로 한마디 했다.

"자네들이 가장 늦었네."

"늦어서 미안하네. 상황이 그렇게 됐다네. 그건 나중에 얘기하고 여기서 이러고 있을 시간이 없네. 좀 전에 헬기에서 보니까 헌병차량들이 이곳으로 오고 있는 것을 봤네. 지금쯤 정문에 거의 도착했을 거야. 어서 어서, 떠나세!"

다급하게 하는 홍석훈의 말이 끝나기가 무섭게 헌병 차량들이 연구소로 진입하는 모양인지 요란한 사이렌 소리가 들리기 시작했다. 모두 박상훈에게 눈길이 쏠리는 순간 그는 오른손으로 따라오라는 손짓을 하며 말했다.

"자! 서두르세."

그는 앞장서 실험동 안으로 들어갔다. 안에는 조금 전에 도착한 헬기의 조종석에서 막 이일구가 내리고 있었다.

모두 들어온 것을 확인한 박상훈이 문 옆에 서 있던 조영호에게 신호를 보내자, 그는 재빨리 실험동의 커다란 전동 출입문을 닫고는 사람들이 모여 있는 곳으로 뛰어왔다. 이미 물건과 군사 장비는 2시간 전에 보냈기 때문에 지금 건물 안에는 조금 전 홍석훈이 타고 온 헬기와 박상훈이 타던 리무진, 그리고 강철을 비롯한 15명의 인원만 있을 뿐이었다.

물건들을 보낼 때와 마찬가지로 박상훈은 벽면에 붙은 몇 개의 컨트롤 박스를 조작하고 있을 때, 갑자기 진봉민이 큰소리로 물었다.

"박 박사! 잠깐! 우리가 떠나도 그 기계들은 남아 있잖아!"

갑자기 무슨 말인가 하고 잠시 동안 손을 멈추었다가 다시 기계 조작을 계속하더니 일행이 모여 있는 중앙으로 뛰어오면서,

"염려 말게! 우리가 떠나자마자 이 건물은 없어질 거야."

그리고는 리모컨 스위치를 눌렀다.

천장(天將)이라 불리다

조금 전까지만 해도 해동연구소 실험동에 있던 그들이었다.

박상훈이 리모컨 스위치를 누르자 백열전구가 터지는 듯한 '펙!' 하는 소리를 들었는가 싶었는데, 자신들의 눈앞으로 영롱한 무지갯빛 안개가 밀려오더니 온몸을 감쌌다. 그러고는 갑자기 몸에서 피라는 피는 모두 빠져나가는 것 같은 나른한 느낌과 함께 어디론가 빨려 들어간다는 느낌이 교차하면서 의식은 점점 가물가물해졌다.

어느 순간 자신들이 어디엔가 내동댕이쳐진다는 느낌에 어렴풋이 정신을 차렸다. 이런 일련의 과정들이 순간에 일어났는지 아니면 오랜 시간이 걸렸는지는 그들로서도 전혀 알 길이 없었다.

주변은 온통 키 작은 마른 잡초와 갈대가 무성하게 우거진 들판이었고, 황량한 주변 모습은 마치 지금의 그들 처지를 대변이라도 하는 것만 같았다. 다만, 그들이 알 수 있는 것은 주변 산세와 멀리 보이는 바다를 보면서 분명히 시대는 다르지만, 이곳이 해동연구소가 있던 자리라는 것이었다.

추운 날씨였지만 맑은 하늘에는 두둥실 구름이 몇 점 떠 있었고, 좌측에는 구봉산과 우측에는 천등산이 눈앞에 바짝 다가와 보였다. 그도 그럴 것이 공해로 뿌옇게 보이던 풍경과는 사뭇 달라서 유리알처럼 맑아 보였기 때문이다. 야트막한 주변 산들에는 녹지 않은 잔설(殘雪)이 골짜기를 따라 쌓여 있었다.

박상훈도 쌀쌀한 찬바람을 맞으며 낯익은 주변 경관을 보자 천 년이 넘는 세월에도 산천은 크게 변하지 않았다는 생각이 들었다.

이때였다.

"이 사람! 김 박사, 자네 젊어졌네. 머리도 나고……."

그러자 모두 말소리가 난 곳으로 시선을 돌렸다. 홍석훈이 김민수를 쳐다보며 한 말이었는데, 말대로 대머리였던 김민수는 갓 20대의 얼굴에 머리도 대머리가 아니었다.

그뿐만이 아니었다. 그 말을 한 홍석훈도 역시 20대의 얼굴이라는 것을 알게 된 일행은 서로의 얼굴을 마주 바라보았다. 대부분 갓 20대의 얼굴을 하고 있었고, 몇몇은 17, 8세의 앳된 얼굴로 변해 있었다. 모두 놀라움과 흥분을 가라앉힐 틈도 없이 이번에는 강철의 외침을 들었다.

"아니! 그런데 장비들은 다 어디로 갔지?"

그 한마디는 일행의 가슴을 덜컥 내려앉게 하기에 충분했고, 순간 반사적으로 주변을 둘러보게 만들었다. 역시 그곳에는 홍석훈이 타고 왔던 헬리콥터 1대와 박상훈이 타던 리무진 1대만 달랑 있을 뿐이었다. 아무리 주위를 훑어보아도 다른 물건들은 보이질 않았다.

그러자 모두의 눈길이 박상훈에게 모아지면서 이미 먼저 보낸 물건들이 여기에 와 있어야 할 텐데 어찌된 영문이냐는 표정으로 묻고 있었다.

그도 이 상황을 이해할 수가 없었다. 틀림없이 같은 시간대로 시간을 맞춰 보냈는데, 물건들이 오지 않았으니 귀신이 곡할 노릇이었다. 성질이 급한 우수기가 따지듯이 물었다.

"박사님! 시간 조작을 잘못하신 거 아닙니까?"

"아니요, 분명히 정확한 시간대를 계산해서 보냈기 때문에 그럴 리가 없소!"

박상훈이 고개를 가로저으며 항변하듯이 대답하자 그 말을 되받아 이번에는 장지원이 입을 열었다.

"허어! 그럴 리가 없다면 물건들이 여기에 와 있어야 할 게 아닌가? 그런데 물건들이 없질 않은가 말일세."

박상훈은 대꾸도 못하고 망연자실, 어찌할 바를 모르고 있었다.

상황이 이상하게 흘러가자 진봉민이 말을 했다.

"자자! 우리 이러질 말고 주변을 좀 더 살펴보세. 여기서 좀 멀리 떨어진 곳에 있을지 아는가?"

그 말에 다른 사람들 역시 그럴 수도 있겠다 싶은지 주변을 살피기 위해 막 움직이려고 할 때, 오히려 박상훈이 막고 나섰다.

"그럴 필요 없네. 이곳에 없다면 다른 곳에도 없어. 이 자리가 바로 우리가 출발했던 연구소 실험동 자리라네. 그러니 다른 곳에는 있을 턱이 없지."

과거로 오는 연구를 한 박상훈이 스스로 주변을 찾아도 소용없다는 말을 하자, 그나마 혹시나 하던 사람들조차도 일이 크게 심각해졌음을 깨달았다.

"아니? 그렇다면 큰일이 아닌가? 이를 어쩐단 말인가!"

모든 일에 긍정적이고 신중한 진봉민조차도 낭패스럽다는 표정을 감추지 못하고 있었다. 다들 힘이 빠지고 눈앞이 캄캄해지자 진자리인지 마른자리인지 살필 겨를도 없이 그 자리에 털썩 주저앉았다.

유구무언이었다. 박상훈은 박상훈 대로 얼굴이 사색이 되어 자신이 조작했던 부분이나 계산 중에 무엇이 잘못됐는지를 되짚어 생각하고 있었다.

얼마의 시간이 지났을까? 다른 사람들과 마찬가지로 땅바닥에 주저앉아 생각에 골몰하던 박상훈이 벌떡 일어나며 외쳤다.

"아! 그레고리 오차!"

그 소리에 이휘조가 제일 먼저 스프링처럼 튀어 일어나며 흥분한 듯이 물었다. 그는 앞일의 불안함보다는 자신이 존경하는 박상훈에게 쏟아지고 있는 보이지 않는 원망의 눈총에 더 신경을 쓰고 있었던 것이다.

"박사님! 이유를 찾으셨어요?"

그러자 답변을 대신하듯이 박상훈이 큰소리로 웃어 젖혔다.

"하하하! 바로 그거였어."

낙심천만하여 주저앉아 있던 사람들도 이 와중에 저렇듯 호쾌하게 웃는다는 것은 원인을 찾은 것이라 직감하고 자리에서 일어나 박상훈 근처로 모여들었다.

"그래 원인이 무어야?"

진봉민이 침착하게 묻자 박상훈은 빙그레 웃는 얼굴로 대답했다.

"이일구 중위는 헬기를 내가 가는 근처로 옮겨 놓고, 이 연구원도 리무진을 옮겨 주게. 그리고 나머지 분들도 다들 따라오세요."

밑도 끝도 없는 말을 남기고는 성큼성큼 걸어 50여 미터 정도를 가더니, 자리를 살피고는 그대로 주저앉았다.

"여러분도 앉읍시다."

뒤따라간 일행은 박상훈이 앉으라고 하자 무슨 설명을 하려나 보다 생각하고 그 옆에 옹기종기 모여 앉았다. 그렇지만 이일구가 헬기를 이동시키고 돌아올 때까지도 박상훈은 별말이 없었다.

답답해진 강철이 물었다.

"박 박사, 답답하게 그러지 말고 어서 말 좀 해 보게."

그러자 손목에 찬 시계를 들여다보더니,

"조금만 더 기다리게."

한마디 하고는 다시 입을 다물었다.

뜬금없이 기다리라고만 하니 모두 답답한 마음이었지만 더 이상 채근하지 못하고 기다릴 수밖에 없었다.

이때 휙! 하는 바람 소리와 함께 자신들이 도착했던 자리에 탱크를 비롯한 군용 장비들이 하늘에서 쏟아지듯, 땅에서 솟아오르듯 나타났다.

"와!"

모두는 함성을 질렀다.

박상훈이 강철에게 지시하듯이 말했다.

"여보게, 강 대령! 어서 움직일 수 있는 장비들은 헬기가 있는 쪽으로 옮겨 주게. 그 외의 장비들도 옮길 수 있으면 다 옮겨 놓는 게 좋네."

"알겠네!"

대답을 한 강철은 자신의 부하였던 우수기를 비롯한 일행들에게 장비를 옮기라고 큰 소리로 명령하고는 자신도 장갑차로 올라가 시동을 걸었다.

웬만한 물건들이 다 옮겨지고, 커다란 컨테이너 박스 몇 개만 남겨지자 그것들마저도 밧줄을 찾아 탱크에 묶은 다음 끌어 옮겨 놓았다.

옮기는 일이 끝나자, 박상훈은 헬기 옆으로 일행들을 불러 모았다.

"나도 그렇지만 여러분들도 당황했을 것이요. 이런 일이 발생한 것은 우리가 쓰는 달력인 그레고리력이 팔천 년에 하루 정도의 오차가 발생하는데 이 시대로 오면서 그것을 계산에 넣지 않은 탓입니다. 앞으로 여러 번에 걸쳐 물건들이 더 올 것이요. 올 때마다 치워 놓아야 그다음에 오는 물건들이 흐트러지지 않을 것입니다."

"와!"

그의 간략한 설명을 듣자, 모두 어린아이들처럼 다시 환호성을 질렀다. 그들에게는 장비가 온다는 사실이 중요할 뿐이지 늦게 오는 이유는 크게 중요하지 않았다.

과연 박상훈의 말대로 물건들은 시간차를 두고 나타났다. 그때마다 모두 힘을 합해 정리를 하면서 한편으로는 보냈던 물량과 대조를 끝내기까지는 일행이 도착하고 두어 시간이 흐른 뒤였다.

각자가 준비할 때도 많다고 생각했었는데, 막상 여러 사람이 준비했던 것을 한꺼번에 모아 놓고 보니 산더미가 따로 없었다.

쌓여 있는 물건들을 바라보는 일행들은 너 나 할 것 없이 혀를 내두르며 '참으로 많이도 가져왔구나!' 하는 생각이 절로 들었다.

다들 한숨 돌렸다는 표정으로 손을 털면서 한곳에 모여 앉았다. 먼저 박상훈이 자리에서 일어나 웃음 띤 얼굴로 말을 시작했다.

"여러분! 드디어 뜻을 같이한 우리가 여기에 왔습니다. 저는 과학자로서 이번 일에 원인을 제공했고, 책임을 다한 것 같아 마음이 놓입니다. 앞으로도 우리의 뜻을 이룰 때까지 노력을 아끼지 않겠습니다. 더불어 말씀드리고 싶은 것은 이제부터 우리는 너나없이 한마음이 되어야 할 것입니다."

평소 수줍음을 잘 타고 얌전한 성격의 박상훈이 진지하게 하는 말을 들으면서 모두들 마음속으로는 장비 때문에 잠시 동안이라도 그를 원망했던 것이 미안했다.

이번에는 장지원이 자리에서 일어났다.

"이제는 제가 맡았던 우리의 조직 체계에 대해 말씀드릴 때가 된 것 같습니다."

그렇게 운을 떼고는 두툼한 방한복 주머니에서 메모를 꺼내 들었다.

"아직 확인된 것은 아니지만, 박상훈 박사가 삼국시대에 맞춰 왔으니 틀림없으리라고 봅니다. 이미 우리는 기존 왕조에 들어가지 않고, 직접 나라를 만들기로 결정한 바가 있기 때문에 이를 전제로 말씀드리겠습니다. 우선 군주제로 할 것인지 공화제로 할 것인지가 결정되어야 다음 의논으로 넘어갈 수가 있습니다."

진봉민이 입을 열었다.

"국민에게 주권이 있는 공화국 체제에서 생활하다 온 우리가 군주제에 적응해 나갈 수 있겠소?"

이번에는 강철이 나섰다.

"진 교수의 걱정도 일리가 있습니다만, 이 시대에 공화정을 도입한다면 백성들이 적응을 하지 못할 것이고, 우리가 생각했던 나라 또한 제대로 만들어 나갈 수가 없다고 봅니다. 강력하고 일사불란한 통치 체제가 필요하다고 보기 때문입니다."

그 또한 일리가 있는 말이었다.

홍석훈이 자리에서 일어났다.

"그 부분은 저도 강철 대령의 의견에 동감입니다. 공화국은 훗날 생각해 볼 일이고, 일단 군주국으로 하는 게 좋겠습니다."

그 의견에 대다수가 머리를 끄덕이며 무언(無言)으로 동의를 하는 모습을 바라보던 장지원이 진봉민을 쳐다보며 물었다.

"대다수가 군주제로 가자는 의견 같은데 혹시 더 하실 말씀이 있습니까?"

비록 사적인 자리에서는 농담과 반말을 주고받는 친구 사이였지만 이 자리는 공적인 자리였기 때문에 깎듯이 존대를 하고 있었다.

모두 의문을 제기했던 진봉민을 쳐다보았다.

"흠…… 두 분 말씀을 듣고 보니 충분히 공감이 가고, 우리의 뜻을 이뤄 가려면 강력한 통치 체제가 어쩔 수 없이 요구된다는 점도 인정합니다. 그렇지만 기왕에 그런 이유로 군주제를 한다면 왕보다는 황제를 세우는 것이 낫다고 봅니다. 우리는 삼국을 통일하고 중국 대륙까지 진출해야 할 텐데, 황제를 세워야 훗날에라도 그들을 아우를 수 있기 때문입니다. 아니, 황제도 우두머리 황제인 태황제라 하는 것이 좋겠습니다."

"좋습니다."

"그거 참 좋은 생각입니다."

그가 하는 말에 귀를 기울이던 사람들이 환하게 웃으며 와자지껄할 정도로 찬성 의사를 나타냈다. 장지원 역시도 그 모습이 보기 좋았는지 밝은 표정으로 정리를 했다.

"좋습니다. 그럼, 군주제로 하기로 하고 최고 책임자는 태황제라는 호칭을 쓰기로 하겠습니다. 혹시 이의가 있으신 분은 지금 말씀해 주시기 바랍니다."

"이의 없습니다!"

민진식이 아이처럼 크게 외쳤다. 그러자 그 자리는 또 한 번 웃음바다가 됐다.

이 자리에 있는 사람들 대다수가 그에 대해서는 잘 몰랐고, 얼굴도 한두 번 본 정도였다. 그들이 아는 것이라곤 참여자 중에 나이가 가장 어리다는 것과 강철이 지휘하던 부대에서 장갑차 운전병으로 복무하고 있다는 정도였다. 그렇지만, 조금 전에 물건들을 정리하고, 파악할 때도 이휘조와 둘이서 가장 열심히 움직였다는 것은 모두 마음속으로 인정하고 있는 터였다.

웃음이 그치기를 기다려 장지원은 진행을 계속했다.

"자! 그러면 이제 한 가지만 더 의논하면 제가 맡았던 책임은 끝나게 됩니다. 마지막 순서이면서 가장 중요한 문제가 되겠습니다만, 그럼, 어느 분을 태황제로 추대할 것인가를 말씀해 주시기 바랍니다."

다들 말들이 없었다.

시간이 한참 흘러가도 입을 여는 사람이 없자 든든한 체격의 조성만이 답답하다는 듯이 말을 했다.

"이렇듯 다들 꿀 먹은 벙어리처럼 시간만 보낼 것이요? 빨리 어느 분으로 할 것인지 추천을 하셔야지…… 내 참!"

그 말에 옳다구나 생각한 장지원이 그에게 먼저 추천해 보라고 권했다.

"내친김에 그럼, 조 부장님이 먼저 추천해 보시겠습니까?"

"허허, 참 이거야 원……! 그럼, 추천을 드리겠습니다. 우리가 이곳으로 오기 전부터 나라를 사랑하는 모임의 회장이던 진봉민 교수를 추천합니다. 다들 아실 테니 추가 설명은 생략하겠습니다."

그 말에 진봉민이 벌떡 일어나면서 말을 받았다.

"저를 추천해 주신 것은 감사합니다만, 역사를 살펴보아도 이 시대에는 힘이 우선하는 시대이고 또한, 앞으로 우리는 무수한 전쟁을 치러야 될 것입니다. 그래서 저보다는 군사 분야를 잘 아는 강철 대령을 태황제로 추대하는 것이 옳을 것 같습니다."

이번에는 강철이 황급히 일어났다.

"제가 한 말씀드리겠습니다. 물론 우리가 많은 전쟁을 치러야 하니, 그 분야를 알고 있는 저를 추천하신 뜻은 잘 알겠습니다. 그러나 저는 앞으로 전쟁터를 누벼야 할 군인입니다. 그런 사람이 태황제를 맡게 되면 언제 나라를 다스리고 백성들을 살펴겠습니까? 역사를 잘 아는 사람이 역사의 오류도 잘 알고 있을 것이니 같은 잘못을 되풀

이하지 않기 위해서는 역사학자인 진봉민 교수나 그렇지 않으면 행정을 잘 아는 장지원 교수가 맡는 것이 타당하다고 생각합니다."

자신이 태황제를 맡으면 안 되는 이유와 역사에 대해 잘 아는 진봉민이나 행정을 잘 아는 장지원을 태황제로 추대하자는 의견이었다.

이때, 사회를 맡아 회의를 진행하고 있던 장지원이 한마디 했다.

"허허! 저보고 태황제를 맡으라고요……? 이 시대의 군주는 백성들과 신하들의 생사여탈권까지 갖는다는 사실은 잘 아실 것입니다. 부끄러운 말씀이지만, 저는 여러분의 목숨까지 맡을 만한 재목이 못 됩니다. 이번에 함께 오기로 했던 이수영이는 제가 추천했던 사람입니다. 그와 이십 년을 사귀어 오면서도 그런 소인배인 줄도 몰라본 제가 어떻게 나라를 다스리고, 백성들과 신하를 거느리겠습니까? 저에 대한 추천은 없던 일로 하시기 바랍니다."

그의 말은 스스로를 책하는 말이었지만, 듣는 사람을 숙연하게 만들었다. 특히, 그렇게까지 깊게 생각하지 않고 있던 사람들에게는 태황제의 손에 목숨까지 맡겨야 된다는 말이 결코 가볍게 들리지 않았다.

모두들 장지원의 말을 곱씹어 보고 있을 때, 홍석훈이 자리에서 일어났다.

"저도 강 대령의 의견과 같습니다. 좀 전에 박 교수가 과학자로서 최선을 다하겠다고 했듯이 강철 대령이나 저는 군인으로서의 역할을 충실히 하면 되고, 나라를 다스리는 일에는 역사를 아는 분이 합당하다고 생각합니다."

그는 딱히 진봉민을 지목한 것은 아니었지만, 은연중에 그를 추천하는 말이었다.

농담을 잘하는 강진영이 불쑥 입을 열었다.

"저 역시도 나라를 다스리는 일은 욕심만으로 되는 일은 아니라고 생각합니다. 제 분수도 모르고 괜한 감투욕이나 권력욕에 사로잡혀 허구한 날 국민들을 혼돈스럽게 만들던 자들을 우리는 수없이 봐 왔 질 않습니까? 그래서 저도 역사를 잘 아는 진 교수가 맡는 것이 좋겠 다는 생각입니다."

그가 분분한 의견에 쐐기를 박듯이 말하자 나머지 사람들도 이구 동성으로 찬성을 했다.

"그게 좋겠습니다."

그 이후로는 별다른 이견이 없었다.

"모두 진 교수를 우리들의 태황제로 추대하셨으니, 태황제의 말씀 을 들어 보도록 하겠습니다."

장지원은 난감해하고 있는 진봉민을 잡아끌 듯이 일으켜 세웠다.

"허참!"

"지금 이 순간부터 진봉민 교수는 우리가 추대한 태황제십니다. 앞으로 예의를 갖춰 주시기 바랍니다. 그럼, 태황제의 말씀을 들어 보기로 하겠습니다."

"……."

이런 결과를 전혀 예상하지 못했던 진봉민은 무슨 말을 해야 할지 갈피를 잡을 수가 없었다. 그렇지만 모두 기대 어린 눈빛으로 자신 을 쳐다보고 있으니 한마디 하지 않을 수도 없었다.

"우선 먼저 진행을 맡아 주셨던 장지원 교수께 감사를 드립니다.

음…… 워낙 예상치도 않은 일이라 무슨 말부터 해야 할지 모르겠습니다. 어차피 누군가 맡아야 할 일이니 어쩔 수는 없겠지만, 여하튼 불안과 망설임을 딛고 여기까지 함께 온 우리의 뜻이 이루어지도록 최선을 다해 노력해 보겠습니다."

"좋습니다!"

짝! 짝! 짝!

서두 인사말에 환호와 박수가 나오자 박수 소리가 잦아들기를 기다려 그는 말을 이었다.

"일단, 여러분이 한마음으로 나를 태황제로 추대해 주셨으니, 이 자리에서 몇 가지 짚고 넘어가겠습니다. 이 순간부터 우리는 국가 조직을 갖추어 가야 할 것이고, 그러자면 여러분도 당연히 일정한 책임과 역할을 맡아야 할 것입니다. 우선 나라 이름은 '배달국'으로 정하고 당분간 군사 체제로 경영해 나가겠습니다. 이에 따라 일단 임시로라도 조직을 정하겠습니다. 존칭은 생략하겠습니다. 강철의 계급을 육군총장으로, 직위를 총리대신(總理大臣)으로 하고, 홍석훈, 박상훈, 조성만, 강진영, 김민수, 장지원, 우수기, 조민제, 박영주, 이일구, 조영호를 육군 또는 수군 대장으로 이휘조, 민진식을 각 육군 중장으로 임명하겠습니다."

그 말을 들으면서 모두들 자신도 모르게 가슴이 펴지고 어깨에 힘이 들어가면서 딱히 뭐라고 표현할 수 없는 기분이 들었다.

한편 생각으로는 총장이 육해공군 참모총장처럼 군사 보직인데, 계급이라니 이상하다는 생각이 들었지만 진봉민이 말실수거니 생각하고 그냥 넘어갔다.

진봉민의 말은 계속되었다.

"그리고 당분간 군사 부문은 총리대신이 주관하여 주시고, 다들 하루빨리 현대 생활방식에서 벗어나 이 시대에 맞는 생활방식에 적응할 수 있도록 노력해 주시기 바랍니다. 이상입니다."

진봉민이 말을 마치자, 옆에 서 있던 군복 차림의 강철이 진봉민에게 거수경례를 하면서 대답했다.

"알겠습니다, 태황제 폐하!"

인사를 받으면서 진봉민은 등이 따끔거릴 만치 어색하고 쑥스러웠지만 내색하지 않고 대꾸를 했다.

"고맙소."

그때까지 자리에 있던 사람들은 강철의 행동을 보고는 앉아 있을 자리가 아니라고 여겼는지 엉거주춤 자리에서 일어났다.

잠시 그 모습을 바라보던 강철은 하루빨리 이 시대에 맞는 언행을 몸에 익히자면 따끔하게 한마디 충고를 해야겠다는 생각으로 입을 열었다.

"아직은 우리 행동이 어색하고 어설픈 것도 사실이오. 그러나 앞으로 우리는 태황제의 위엄을 세워 드리고, 우리 스스로도 계급에 맞게 행동해야 할 것이오. 이곳으로 오기 전에 친구 사이였다고 언행을 함부로 하는 일이 없도록 명심하시기 바라오. 그럼, 총리대신으로서 첫 명령을 내리겠소. 우수기 장군은 언제든지 전투에 임할 수 있도록 제장들에게 개인장비를 골고루 나눠 주시오. 제장들은 장비를 지급받는 즉시 무장을 하고 신속히 이 자리에 집결하시오! 이상이오!"

강철이 딱딱한 어조로 명령을 내리자, 우수기가 '옛!' 하는 대답과 함께 거수경례를 붙였다. 이어 나머지 사람들을 따라오라고 하고는 앞서 개인장비가 쌓여 있는 곳으로 뛰어갔다.

그들이 기관단총으로 무장하고 헬멧까지 쓴 모습으로 집결하기까지는 불과 몇 분도 걸리지 않았다.

어느새 군장을 갖춘 강철이 공손히 의견을 말했다.

"태황제 폐하! 일단 헬기를 이용해 주변을 정찰한 후에 다음 행동을 강구해야 할 것 같습니다."

강철이 지극히 공손한 태도로 말하자, 진봉민은 멋쩍었다.

"그러십시다. 우선 이곳 주변 상황과 정확한 시대를 알아야 다음 행동 방향을 정할 수 있을 것이요."

"태황제 폐하! 폐하께서도 이제 신하를 대하는 것이오니 평대보다는 하대를 하십시오."

"허! 지금도 어색한데…… 노력하리다."

강철은 일사불란하게 지휘를 하기 시작했다.

"자! 그럼, 일단 이일구 장군이 헬기를 조종해 주시고, 나는 박상훈 장군, 조영호 장군, 민진식 장군과 함께 폐하를 모시고 인근 정찰을 다녀오겠소. 그동안 이곳은 홍석훈 장군이 맡아 주시오."

강철의 명령을 들은 이일구가 문제점을 말했다.

"총장 각하! 우선 헬기 안에 있는 물건들을 내려야 할 것 같습니다. 지금도 과적 상태인데 말씀하신 인원이 탑승하면 연료와 안전에 문제가 있습니다."

그가 조종해 온 헬기는 농축 탄소 연료를 사용하는 엔진이 아니었다.

그 말을 듣자, 옆에 있던 이휘조가 얼른 말을 받았다.

"타시던 헬기 말고 탄소 연료 엔진으로 바꾼 헬기를 사용하면 될 것입니다. 기관총탄도 장전되어 있습니다."

"아! 그러면 되겠군요. 준비하겠습니다."

"다녀오십시오."

홍석훈의 인사를 받으며 헬기가 이륙하자 현대와는 달리 높은 건물과 공해가 없어서인지 사방으로 탁 트인 시야가 시원스럽기까지 했다. 서쪽으로는 짙푸른 바다 위에 크고 작은 섬들이 아스라이 떠 있고, 주변에 내려다보이는 낮은 산에는 골짜기마다 잔설을 물고 있었다.

민가가 있는지 당성(唐城) 쪽으로 가 보자는 진봉민의 말에 헬기는 서쪽으로 방향을 틀었다.

헬기를 조종하고 있는 이일구가 뒤쪽을 향해 한마디 했다.

"제가 수리온 헬기도 조종해 봤었는데, 같은 기종인데도 엔진이 다르니 확연히 차이가 나는데요. 엔진 출력도 높고, 기체가 가벼워져서 그런지 마치 날렵한 전투기를 조종하는 느낌입니다."

조종간을 맡은 그는 신이 나는지 들뜬 음성이었다.

그 말에 박상훈이 대꾸를 했다.

"그래요? 나야 조종을 할 줄 모르니, 엔진 설계를 했어도 수치로만 성능을 알 뿐인데 그렇다니 다행이요. 엔진 설계는 대한민국 정부에 모두 헌납하고 왔어요."

"예, 그럼 여기에 들어 있는 연료로는 몇 킬로미터나 갈 수 있습니까?"

"정확한 것은 자료를 봐야겠지만, 전에 쓰던 엔진과 연료로는 일회 주유로 사백 오십 킬로 정도를 가지만, 교체한 엔진에 연료를 충진(充塡)하면 천 킬로는 넉넉히 갈 수 있어요."

"예? 그게 가능합니까?"

한 번 연료를 넣고 1천 킬로미터를 간다면 중국 대륙까지 다녀올 수 있다는 말이 아닌가! 이 정도가 되니, 미국 대통령이 직접 와서 농축 연료 기술을 구걸하지 않을 수 없었을 것이란 생각을 하며 이일구는 속으로 혀를 내둘렀다.

근처에 있는 구봉산에 채 다다르기도 전에 촌락이 보였다. 주변 상공을 한 바퀴 돌면서 살펴보아도 촌락이 분명했고, 60여 호는 족히 되어 보이는 크고 작은 초가집들이 마치 게딱지처럼 모여 있었다. 아래에서는 사람들이 몰려나와 손짓을 하며 헬기를 올려다보고 있었다.

조종석 옆자리에 앉아 있는 강철의 눈에 여느 집보다 큰 집이 보였고, 옆에는 공터까지 붙어 있었다.

"저기에 착륙시키시오."

"예!"

헬기는 서서히 지면으로 내려앉았다. 만일을 위해 이일구는 헬기에 남아 기관총좌를 맡기로 하고 나머지 일행들만 내렸다. 그들은 내리자마자 주변을 살폈지만, 나와 있던 사람들이 어느새 사라지고 하나도 보이질 않았다. 아마 생전 처음 보는 물건이 하늘에서 내려오자 두려움을 느끼고 모두 집안으로 피신해 들어간 것이 분명했다.

주변에 보이는 집들은 민속촌에서 보던 집들보다 더 작고 낮아서 허름한 움막이라고 해야 옳았다. 그에 비해 공터에 붙어 있는 집은 월등히 큰 미음자(ㅁ)형 초가집으로 낮은 담장과 말린 풀을 엮어 댄 대문까지 달려 있었다.

강철은 여차하면 언제든지 발사가 가능하도록 손에 든 권총의 슬라이드를 당기고는 앞장서 대문 안으로 들어갔다. 뒤에는 진봉민과 박상훈, 민진식이 있었고, 맨 뒤에는 조영호가 기관단총을 들고 주위를 경계하면서 뒤따랐다.

안으로 들어간 진봉민이 방 쪽을 향해 말을 했다.

"아무도 안 계시오?"

"……."

아무 기척이 없자 다시 목소리를 높여 주인을 찾았다.

"주인장 계시오?"

그러자 방문이 열리며 두려움이 역력한 표정으로 나이가 들어 보이는 장년의 남자가 나와 일행 앞에 무릎을 꿇고는 뭐라고 말을 했다.

"#@$??##턴장#%&."

"주인장 되시오?"

"#@$기근니####,%&@$##."

나이 든 사나이가 무릎은 꿇은 채 하는 말을 자세히 들으니 말 속에는 더러 들어 보던 단어도 있는 것 같았지만 대화는 불가능했다.

진봉민은 이 시대가 자신들이 오려고 한 삼국시대가 맞는다면 이 사람이 현대어를 모르는 것은 당연하다 싶었다.

잠시 주변을 두리번거리던 그는 마당 구석에서 한 뼘 크기의 작은 나뭇가지를 줍더니 무릎을 꿇고 있는 장년의 남자 앞으로 바짝 다가

섰다.

　강철을 비롯한 나머지 일행들도 그자가 하는 말을 알아들을 수 없다는 것을 알고는 경계심을 늦추지 않은 채 진봉민이 하는 대로 지켜볼 수밖에 없었다. 장년의 남자 앞으로 다가간 진봉민은 나뭇가지를 사용해서 땅 위에 대충 한자(漢字)로 문장을 써 보았다.

　"今時 何時?(지금 때가 어느 때인가?)"

　그러자 진봉민이 쓴 한자를 한참 들여다본 장년의 남자는 검지로 땅에 글을 썼지만 굳은 땅에 잘 써질 리가 만무했다. 그것을 지켜보던 박상훈이 얼른 주변에서 나뭇가지 하나를 주워 와서는 그자의 손에 쥐어 주었다. 나뭇가지를 받아 든 장년의 남자는 글씨를 써 나갔다.

　"天將 足下 奇根尼告 新羅 建福 三十四年二月七日.(천장님께 기근니가 아룁니다. 신라 건복 34년 2월 7일입니다.)"

　글을 본 진봉민은 속으로 깜짝 놀랐다. 그 이유는 이곳으로 오기 전에 신라 목간문자 연구발표회에서 보았던 우리말 어순에 따라 쓰는 한자 문장이었기 때문이었다.

　이때에 이미 지식층은 한자를 사용하고 있었다는 것을 알고 있었기 때문에 큰 기대는 하지 않고 혹시나 해서 써 본 것이었는데, 그는 단박에 알아보고 화답까지 하질 않는가! 게다가 천장(天將)*이라니! 그는 자신을 하늘에서 내려온 장수인 천장이라 호칭하고 있는 것이다.

　순간 진봉민은 번개처럼 머릿속에 한 생각이 스쳐 지나갔다. 그것은 바로 앞으로 두고두고 자신들이 사용할 신분과 이 땅에 오게 된 이유와 명분을 찾은 것이다.

------

* 천장(天將): 하늘이 낸 장수. 또는 하늘에서 내려온 장수.

그가 쓴 글 내용은 자신의 이름은 기근니이고, 건복은 신라 진평왕 6년부터 쓴 연호였으니 지금은 서기 617년 2월 7일이라는 말이었다.

　이제 장년의 남자와 의사소통을 할 수 있는 방법을 찾아낸 진봉민은 제법 긴 시간 동안 문자로 대화를 나누었다.

　"그대 이름이 기근니요?"

　"기근니가 아뢰옵니다. 그렇사옵니다."

　"그대는 들으시오. 우리는 전쟁이 끊이지 않는 세상을 평정하고 다스리라고 천제께서 보내신 사람들이요. 묻는 말에 한 점 숨김없이 말해 주시오."

　"기근니 아뢰옵니다. 분부대로 하겠사옵니다."

　"이곳은 어디요?"

　"기근니가 아뢰옵니다. 이곳은 북한산주 당성현(唐城縣) 원막촌(遠幕村)이옵니다."

　진봉민은 고개를 갸웃했다. 삼국시대 수원, 화성 지역은 매홀현(買忽縣)이라고 알고 있었는데, 당성현이라고 하니 조금 의아했지만, 지금 그것에 신경 쓸 일이 아니라고 생각하고는 계속 물었다.

　"그대는 직관을 가지고 있소?"

　"기근니가 아뢰옵니다. 소인은 신라국 당성현 원막촌 촌주로서 대사(大舍)직에 있사옵니다."

　진봉민은 그때까지 그의 옷차림을 살펴볼 겨를이 없었지만, 그제야 그가 걸치고 있는 빛바랜 누런 옷이 관복임을 깨달았다. 대사라면 신라 17관등 중 12번째로써 황색 관복을 입었었다는 기록을 기억해 냈기 때문이다.

"이 근처에 군사가 가장 많이 있는 곳은 어디요?"

"기근니가 아뢰옵니다. 이곳에서 삼천 보 거리에 있는 당성에 일천 군사가 있사옵니다."

"그곳의 수장(首將)은 누구요?"

"기근니가 아뢰옵니다. 당성현 현령은 해론(奚論) 공이오나 이달 보름까지는 북한산주 군주인 변품(邊品) 공이 순시기간(巡視期間)이라 변품 공이 수장이라 할 수 있사옵니다."

"그럼, 변품이 여기에 있다는 말이요?"

"기근니가 아뢰옵니다. 그렇사옵니다."

기근니도 처음에는 진봉민이 물음에 대답이 늦더니 차차 필담으로 나누는 대화에 적응을 하였는지 시간이 갈수록 답변이 빨라졌다.

"그렇다면 내 말을 변품에게 전할 수 있으시오?"

"기근니가 아뢰옵니다. 천장께서 명하시는 일인데 어찌 마다하겠사옵니까? 하명하시옵소서."

"변품에게 전하길 천제로부터 쓸데없이 전쟁을 일삼아 세상을 어지럽히는 무리들의 죄를 묻고 이 세상을 다스리라는 명을 받고 내려온 배달국 태황제가 명하니 즉시 모든 군사를 데리고 이곳으로 와서 부복 대죄*하라고 전하시오."

그 글을 본 장년의 남자는 부들부들 떨면서 답글을 썼다.

"기근니가 삼가 천명을 받자옵니다."

기근니는 다시 한 번 머리를 조아린 후에야 자리를 털고 일어나 급히 밖으로 사라졌다. 진봉민도 일행에게 눈짓을 하고는 집 밖으로

---

*부복 대죄: 무릎을 꿇고 죄를 청함.

나왔다.

대문 밖에는 언제 모였는지 남녀노소가 안의 동정을 살피다가 그들이 나오는 것을 보고는 화들짝 놀라며 멀찌감치 물러갔다. 그들을 무시하고 헬기 옆으로 온 진봉민은 지금이 삼국시대가 확실하다는 것과 그동안 나눈 대화 내용을 간략하게 말해 주었다.

덧붙여 평소에 현령이 다스리고 있는 저 당성에는 지금 군단 사령관쯤 되는 북한산주의 군주가 순시하기 위해 와 있다고 말해 주자 강철이 물었다.

"북한산주라면 북한산에 설치됐던 군사기관 아닙니까? 아니? 그런 것까지 어떻게 알아내셨습니까?"

"저자에게 이 근처에서 군사가 제일 많이 있는 곳과 그곳의 책임자를 물었더니 그렇게 답변을 했소."

"네에, 그런데 기근니라는 자는 어디를 급하게 간 것입니까?"

진봉민은 강철의 말투가 조금씩 달라지고 있다는 것을 느꼈다.

"변품이라는 자에게 모든 군사를 데리고 와서 무릎을 꿇고 죄를 청하라는 말을 전하게 했소."

"폐하! 항복을 받으실 생각이십니까? 그렇다면 우리도 그들을 맞을 준비를 해야 하지 않겠습니까?"

그 말에 진봉민은 고개를 끄덕이며 대꾸를 했다.

"그럴 생각이지만…… 일단 돌아가서 의논을 합시다."

"예! 알겠습니다."

일행은 다시 헬기에 올랐다. 밖에는 촌민들이 구석구석에 숨어서 자신들을 힐끗거리고 있었다. 헬기가 이륙하는 동안 촌민들의 행동을 유심히 살펴보니, 땅에 머리를 대고 절을 하는 자도 있고, 손바닥을 비비고 있는 자도 있었다.

가져온 장비들이 있는 곳과 일행이 갔던 원막촌과의 거리는 불과 2킬로미터 남짓했다. 인근을 탐색하러 나갔던 진봉민 일행이 돌아오자, 기다리고 있던 홍석훈 등이 진봉민 쪽으로 모여들었다.

"폐하! 다녀오셨습니까?"

홍석훈은 거수경례로 진봉민을 맞이하며 물었다. 진봉민이 강철에게 대신 설명해 주라고 하자, 그는 자신들이 태황제를 모시고 주변 정찰을 나간 후에 일어났던 정황들을 자세히 말해 주었다.

설명을 마친 강철이 다시 진봉민을 향해 허리를 약간 굽히면서 물었다.

"폐하, 혹시 저들의 항복을 받아 내실 좋은 방법이 있으십니까? 있으시다면 그 방법에 맞게 소장들도 준비를 해야 하니 여쭙는 겁니다."

"흠…… 내 생각은 이렇소. 조금 전에 만난 마을 촌주가 우리를 천장으로 칭하는 것으로 보아, 내가 알던 대로 이 시대는 하늘을 두려워하고 숭배하는 사회임이 분명하오. 그래서 이들이 도저히 이해 못할 우리의 장비를 활용해서 우리가 하늘에서 내려왔다는 것을 보여 줘야 될 것 같소."

그 말을 들은 조영호가 물었다.

"교수님! ……아니 폐하! 그럼, 그들을 투항케 만들려는 의도십니까?"

현대 호칭에 익숙한 조영호가 자신의 실수를 깨닫고 얼른 수정은 했지만 평소에 쓰지 않던 호칭을 사용하려니 혀가 꼬이고 어색한 것은 어쩔 수가 없는 노릇이었다.

그 모습을 보면서 진봉민이 한마디 했다.

"앞으로 말을 할 때에 편하게 하시오. 나도 불편하오. 조 장군! 백성들 없이 우리만으로는 나라를 만들 수야 없질 않겠소. 그래서 우선 그들을 승복시킨 다음 이곳을 거점으로 삼아 앞일을 도모해야 할 것 같소."

진봉민의 말에 사실, 자신들도 존대어에 대해서는 아직 어색했기 때문에 대답 대신 고개만 끄덕였다.

홍석훈이 입을 열었다.

"그들은 태어나서부터 여태까지 자신들의 왕에게 충성을 바쳐 온 자들인데, 그렇게 쉽게 넘어오겠습니까?"

홍석훈의 말에 조영호는 꼭 그렇지만은 않을 것이란 생각이 들자 얼른 자기의 생각을 말하기 시작했다.

"꼭 그렇지는 않을 것입니다. 물론 몇 마디 말로 설복(說服)시키기는 어려울 것이나 우리의 힘을 보여 준다면 충분히 가능하리라고 보여집니다. 폐하 말씀대로 하늘에서 오지 않는 한 도저히 저런 능력을 가질 수가 없다고 느끼게 만든다면 예상 외로 쉬울지도 모릅니다."

역시 안 되는 것도 되게 하라는 특전사 교관 출신다운 말에 강철도 동의를 했다.

"나도 조 장군 말대로 우리가 하늘에서 내려왔음을 보여 주면 충분히 가능하리라고 생각하오. 폐하의 말씀대로 모든 사람들을 적으로 만들고 우리끼리만 나라를 꾸려 갈 수는 없는 일이니 일단 부딪혀 봅시다."

다른 사람들 역시 별다른 뾰족한 수도 없고 그렇다고 손 놓고 있을 수도 없으니 부딪쳐 보자는 의견을 쫓을 수밖에 없었다. 강철은 애초에 말을 꺼낸 태황제에게 무슨 복안이 있을지도 모른다고 생각하고 진봉민을 바라보면서 물었다.

"폐하, 장비는 어떻게 준비하였으면 좋을지 말씀해 주십시오."

"내 생각에는 헬기와 장갑차 한 대에 무장을 갖추어 가면 좋을 것 같소. 물론 그것들을 다룰 사람이 가야 할 것이고, 다만 그들과는 말이 안 통한다는 것은 다들 알았을 것이니 내가 하는 대로 따라만 주시오."

"알겠습니다!"

대답과 함께 경례를 한 강철이 명령을 내리기 시작했다.

"자! 제장들은 들으시오. 이일구 장군은 아까와 마찬가지로 헬기 조종을 맡아 주시고, 홍석훈 장군은 헬기에 장착된 기관총좌를, 우수기 장군은 장갑차 지휘를, 장갑차 운전은 민진식 장군이 맡아 주시오. 헬기에는 폐하를 모시고 나와 장지원 장군, 박영주 장군, 조영호 장군이 탑승하겠소. 특히, 조영호 장군은 폐하의 경호를 전담해 주시오. 나머지 분들은 이곳의 경비를 맡아 주시오. 그럼, 준비를 시작합시다."

"옛!"

강철의 지시가 끝나자 각자 장갑차와 헬기의 무장 상태를 점검하는 등 준비를 위해 부산하게 움직이기 시작했다. 그들이 부지런히 움직이는 것을 바라보던 진봉민이 강철을 불렀다.

"강철 총장!"

"예, 폐하!"

"최루탄을 좀 가져갔으면 싶은데……."

"알겠습니다."

무슨 뜻으로 그러는지 금방 알아차린 강철은 진봉민 근처에 서 있던 조영호에게 지시를 내렸다.

"조 장군! 최루탄을 챙기고 출정하는 인원에 맞게 방독면을 준비하라 전하시오."

"옛! 알겠습니다."

처음 조직이 되었던 아까보다도 훨씬 어색하던 모습들이 사라지고, 명을 내리는 강철이나 명을 받는 사람들이나 한결 자연스럽게 새로운 조직 질서에 적응해 가고 있었다.

준비가 끝나자 홍석훈과 우수기가 와서 강철에게 거수경례를 하고는 준비가 완료됐음을 보고했다.

문득 생각난 듯, 진봉민은 멀찌감치 서 있던 이휘조를 불렀다.

"부르셨습니까?"

"이 장군! 볼펜 두 자루와 종이를 찾아 가져다 주시오. 종이는 좀 넉넉히 준비해 주시고, 받치고 쓸 책받침도 있었으면 좋겠소."

"예!"

대답을 하고는 그것들이 들어 있는 짐 꾸러미를 아는지 금방 찾아서 가져왔다. 볼펜과 종이 그리고 받치고 쓸 책받침을 받아 든 진봉민은 겉주머니에 잘 갈무리하고 헬기에 올랐다.

아까는 헬기만 움직여서 편했지만, 이번에는 장갑차까지 움직이게 되어 시간이 좀 더 소요되리라고 생각한 강철은 장갑차를 먼저 출발시켰다. 장갑차는 강철이 부대장으로 있던 제7군단 기계화부대에서 사용하는 탄소 연료 엔진을 장착한 수륙양용 바라쿠다 장갑차로 총 3대를 가져왔다.

앞서 보낸 장갑차가 1킬로미터쯤 앞서 있다고 판단한 강철이 헬기의 이륙을 지시했다.

그들이 원막촌 상공에 도착하는 데는 오래 걸리지 않았다.

아래를 내려다보던 진봉민은 예상 외의 광경에 고개를 갸웃했다. 기근니 촌주가 1천 명이라던 군사가 족히 3천 명은 되어 보였고, 그들은 황청색(黃靑色)의 큰 깃발과 몇 개의 작은 깃발을 휘날리며 질서정연하게 오와 열을 짓고 있었는데 군사의 일부는 말을 탄 마군(馬軍)들이었다.

군사들이 서 있는 한구석에는 마을 주민들이 삼삼오오 모여서 돌아가는 분위기를 살피고 있었다.

장갑차가 마을 공터 가까이 다가와서는 신라 군사들을 향해 자리를 잡는 것을 확인한 강철이 장갑차 옆에 헬기를 착륙시키라고 지시를 내렸다. 헬기의 프로펠러 소리에 말들이 놀라서 우왕좌왕하자 대오가 흐트러진 신라군 진영에서는 당황하는 기색이 역력했다.

이윽고, 프로펠러가 멈추고 진봉민 일행이 내려 신라군들을 바라보며 마주 섰다. 신라군의 맨 앞에 있는 수기(帥旗)에는 한자로 큼지막하게 쓴 '북한산주 군주 변품'이라는 글씨가 뚜렷이 보였고, 깃발 옆에는 언뜻 보기에도 화려해 보이는 갑옷과 투구 차림으로 말을 타고 있는 장수가 있었다.

그 옆에 서 있던 원막촌 촌주인 기근니가 진봉민 앞으로 조심스럽게 걸어오더니 무릎을 꿇고 정중하게 절을 했다. 이때 신라군 쪽에서 욕하는 소리가 분명한 웅성거림이 들리자, 진봉민은 순간 생각했다. 촌주가 예를 차리는 것을 비아냥대고 있는 저들의 예봉(銳鋒)을 일단 꺾어 놔야 무슨 일이든 되겠구나 싶어졌다. 그는 주위를 휘둘러 보고 나서는, 곁에 서 있던 조영호에게 물었다.

"조 장군! 저쪽 좌측 멀리 나무 위에 있는 새를 쏘아 맞출 수 있겠소?"

"옛! 충분합니다."

"그럼, 내가 손을 올리는 것과 동시에 쏘아 떨어뜨리시오."

"알겠습니다."

근처에 함께 서 있던 강철은 그들이 나누는 대화를 듣고 속으로 약간 불안했다. 지금 조영호가 가지고 있는 총은 기관단총으로 집중사격에는 유리하지만, 표적 사격에서는 소총보다 명중률이 떨어지기 때문에 제대로 맞힐 수 있을지가 염려스러웠기 때문이다. 신라군 진영에선 그때까지도 웅성거리는 소리가 계속되고 있었다.

이윽고 진봉민이 천천히 오른손을 쳐드는 것과 동시에 조영호의 기관단총이 불을 뿜었다. 두 발의 총소리가 들리고, 나무에 앉아 있던 새가 궤적을 그리며 떨어지는 모습은 양쪽 진영 어디서나 똑똑히 볼 수가 있었다.

웅성거리던 신라군 진영이 갑자기 쥐죽은 듯 조용해졌다. 조영호의 사격 솜씨에 강철은 역시 특수전 전문가답다고 속으로 감탄을 하면서 안도의 한숨을 내쉬었다.

기선을 제압했다고 느낀 진봉민은 아직도 땅에 무릎을 꿇고 있는 원막촌 촌주에게 가까이 다가가 종이와 볼펜을 꺼내 글을 써서 그에게 내밀었다.

"지금부터는 필(筆: 필기도구)과 지(紙: 종이)를 사용할 것이오. 내가 필을 하나 줄 터인즉 그것을 사용해 내가 쓴 글 밑에 답을 쓰도록 하시오."

글이 써진 종이를 받아 읽어 보고는 도로 종이를 머리 위로 바쳐 올렸다. 진봉민이 종이를 받아 들자, 촌주는 미리 준비해 왔었는지 나뭇가지로 땅에다 글씨를 썼다.

"기근니가 아뢰옵니다. 하늘에서나 쓰시는 물건이라 소인은 사용법을 알지 못하옵니다."

다시 진봉민이 종이에 글을 써 촌주에게 주었다.

"붓을 사용하듯이 사용하시오."

그러자 다시 땅에 글을 썼다.

"기근니가 삼가 명을 받드옵니다."

대답을 들은 진봉민은 글을 쓴 다음 종이와 볼펜을 하나 주었다.

"저기 온 자가 군주인 변품이라는 자요?"

"기근니가 아뢰옵니다. 그렇사옵니다."

어설프지만 볼펜을 사용해서 종이에 글을 써 공손히 바쳤다. 아직도 자신이 아뢴다는 뜻의 '奇根尼 告'라는 앞 문장은 꼭 쓰고 있었다.

"저자에게 내가 한 말을 전했소?"

"기근니가 아뢰옵니다. 명하신 대로 전했사옵니다."

"그랬더니 저자가 뭐라고 했소?"

"기근니가 아뢰옵니다. 송구하오나 군주 변품은 제 말을 믿지 않고 오히려 자신을 능멸한다면서 소인을 힐책하였사옵니다."

"흠…… 그럼, 저자에게 과인 가까이 오라고 전하시오. 불안하면 두 명의 부장(副將)을 대동하고 와도 좋다고 하시오."

"기근니가 삼가 명을 받자옵니다."

머리를 조아려 대답하고는 자리에서 일어나 신라 장수를 향해 빠른 걸음으로 달려갔다. 그들의 움직임을 보고 있자니 기근니와 대화를 나눈 변품이 곁에 있는 부장들에게 뭐라고 지시하는 모습이 눈에 들어왔다.

이어 변품이 말에서 내려 촌주와 2명의 부장을 대동하고 이쪽으로 걸어오고 있었다.

진봉민은 강철을 향해 말했다.

"나 혼자 다녀오리다."

"폐하! 위험하지 않겠습니까? 저희가 나선다 해도 대화가 되질 않으니 폐하가 직접 나서실 수밖에 방법은 없습니다만……."

"혼자 가는 것이 오히려 저들에게 당당하게 보일 것이오."

평소에 그는 매사에 너무 신중하여 결단이 늦고, 인정이 많아 문약해 보일 정도여서 그것이 친구인 강철로서는 늘 불만이었다. 그런데 오늘은 예상을 뒤엎는 진봉민의 또 다른 모습을 발견한 느낌이었다.

곁에 있던 조영호가 진봉민에게 말했다.

"폐하, 염려 마시고 다녀오십시오. 수상한 움직임이 있으면 즉시 조준 사격을 하겠습니다."

진봉민은 대답 대신 머리를 끄덕이고는 그들이 오고 있는 방향으로 마주 걸어 나가서는 그들과 마주 섰다.

그는 변품이라는 자를 자세히 살폈다. 역시 역사 자료에서 본 대로 아직 중년의 나이임에도 백전의 장수답게 당당한 풍모와 부리부리한 눈매는 일당백의 장군감으로 손색이 없어 보였다.

진봉민은 의젓이 선 자세로 변품의 옆에 있는 기근니 촌주에게 가까이 오라는 손짓을 했다. 촌주가 조심스런 태도로 다가오자 진봉민이 글을 쓴 종이를 내밀었다.

허리를 굽히며 공손히 받아 든 촌주는 종이에 쓴 글을 읽었다.

"지금부터 과인이 저자와 필담을 나눌 것인즉 촌주는 과인의 글을 전하시오."

그러자 아까 주었던 볼펜으로 글을 써 바쳤다.

"기근니가 삼가 명을 받드옵니다."

진봉민은 촌주의 답글을 읽자 또다시 종이 위에 글을 써 나갔다.

"그대가 변품인가? 우선 과인이 누구인가 밝히기 전에 하늘에서 쓰는 말과 하계에서 쓰는 말은 서로 뜻이 통하지 않도다. 그나마 과인이 하늘에 있을 때 잠시 보았던 하계에 있는 문자들 중에 하나가 그대들과 뜻이 통하므로 그 문자로 필담을 나누고자 하노라."

진봉민이 글쓰기를 마치고 기근니 촌주에게 건네주자, 그는 먼저 읽어 보고 나서 변품에게 전했다. 변품은 진봉민이 쓴 글을 읽고 나선 기근니에게 어떻게 하느냐고 물어보는 것 같았다. 촌주가 볼펜과 종이를 사용하여 필담을 나누는 요령을 알려 주었는지 곧 답을 가지고 왔다.

"본 장은 신라국 북한산주 군주 변품이라 하오. 귀 공은 말씀해 보시오."

변품이라는 자가 쓴 글을 읽은 진봉민은 또다시 글을 썼다.

"과인은 조그만 땅에서 전쟁을 일삼고 있는 신라의 김백정(金伯淨)*과 백제의 부여장(夫餘璋)* 그리고 고구려의 고대원(高大元)*의 죄를 물으러 왔노라. 더불어 중원 대륙에서 폭정을 일삼고 있는 수나라 양광(楊廣)*을 처단한 후 세상을 다스리라는 천제의 명을 받고 강림한 천장이다. 그대는 하늘의 명을 받고 온 과인 앞에 투항을 하겠는가?'

진봉민이 쓴 글을 본 변품은 깜짝 놀랐다. 당시에는 왕의 이름자를 휘(諱)라 하고, 휘에 들어간 글자 사용을 피하고 쓰지 않는 것을 피휘(避諱)*라 했다. 만약 피휘를 하지 않고 입에 담거나 쓴다는 것은 큰 불충과 불경에 해당되어 중벌에 처해지는 시대였다. 그런데도 거침없이 김백정이라는 신라 국왕의 휘가 써져 있는 것을 보고 놀라는 것은 당연했다.

"신묘한 것들을 보아 이 세상 것들이 아니라는 생각이 드는 것은 사실이나 본장(本將)은 이미 모시는 주군이 있으므로 공의 말씀을 따를 수가 없소."

"그대가 아직도 하늘의 무서움을 모르는구나! 천제께서 우매한 인

---

* 김백정(金伯淨): 신라 진평왕의 이름.
* 부여장(夫餘璋): 백제 무왕의 이름.
* 고대원(高大元): 고구려 영양왕의 이름.
* 양광(楊廣): 수나라 양제의 이름.
* 피휘(避諱): 왕의 이름을 휘라고 하고 이름자를 함부로 사용하지 않고 피한다고 해서 피휘라고 하는데 고려 때부터 사용되었다고 한다. 하지만 이러한 관례는 중국에서 나온 것이므로 이때도 피휘를 했으리라고 보여진다.(필자의 해석)

간들의 생명을 아끼라고 하셨으니, 그대들의 목숨은 거두지 않을 것이나 하늘의 병기 중에 한 가지 맛을 보여 주리라. 일단 그대의 진영으로 돌아가라.(기근니 촌주는 과인의 일에 끼어들지 말고 별명이 있을 때까지 백성들과 함께 집안으로 들어가 방문을 꼭 닫고 있으라.)"

그 글을 먼저 본 기근니 촌주는 변품에게 글을 전해 주고는 구경하던 촌민들을 향해 뭐라고 큰 소리로 말하자 백성들이 뿔뿔이 흩어져 쏜살같이 집안으로 들어가는 것이었다.

변품은 부장들과 함께 자기 진영으로 돌아가고 진봉민도 강철 일행이 있는 곳으로 돌아와서 명을 내렸다.

"강철 총장! 최루탄을 준비하시오."

진봉민의 명을 받은 강철이 즉시 그 명령을 전달하자 모두 헬기와 장갑차에 올랐다.

헬기가 이륙하고 장갑차는 헤치를 닫았다. 곧바로 헬기에서 신라군이 모여 있는 곳을 향해 '펑! 펑!' 최루탄을 쏘아 대기 시작했다. 뽀얀 최루탄 가스에 열과 오를 맞춰 도열해 있던 3천여 신라군들이 콜록거리기 시작했다.

그들은 진(陣)이고 뭐고 정신을 차릴 틈도 없었고, 특히 말들이 울부짖으며 날뛰는 바람에 군사들과 말이 뒤엉켜 아수라장이 되어 가고 있었다. 상황을 지켜보던 강철이 최루탄 발사를 중지시키고, 대기 지시를 내렸다.

헬기가 계속 주위를 선회하는 동안 진봉민은 변품과 나눈 대화 내용을 말해 주었다.

이윽고, 헬기가 착륙했다.

신라군은 이미 지리멸렬 상태였다. 수장인 변품조차도 타고 있던 말은 온데간데없고, 땅 위에 선 채로 콜록대고 있었다. 그 모양을 바라보던 진봉민은 종이에 글을 쓰기 시작했다.

"변품은 들어라. 과인이 천명을 받고 하계로 내려온 지 얼마 되지 않아 인간 세상에 대해 잘 모르노라. 그래서 그대가 짐을 보좌해 주리라 믿었거늘 그대는 천명을 받드는 것이 대의임을 모르고 과인의 기대를 저버렸다. 그래서 천병기의 위력을 보여 주었노라. 아직도 하늘의 뜻을 깨닫지 못하였다면 그대는 성으로 돌아가라, 일각(一刻)* 안에 그 성을 파하고 그대의 목을 취하리라."

글쓰기를 마치고 나니, 마침 집안으로 피했던 기근니가 모습을 나타냈다. 진봉민이 그를 손짓으로 부르자, 신라군들의 행색을 살펴본 기근니는 전보다도 더욱 공손해진 태도로 앞에 와 섰다.

그에게 글을 넘겨주자, 슬쩍 훑어보고는 두려운 표정을 지은 채 신라군 진영으로 걸어갔다. 글을 받아 든 변품은 부장들을 가까이 불러 상의를 하는 것이 분명했다.

얼마의 시간이 흘렀을까, 초조하다기보다 오히려 지루하다는 생각이 들쯤에 진봉민의 눈빛이 반짝 빛났다. 그가 허리에 찼던 칼을 풀어 부관에게 넘겨주는 모습을 본 것이다.

아니나 다를까, 그는 자신의 진영을 뒤로하고 혼자서 뚜벅뚜벅 걸어와 진봉민 앞에 서더니 정중하게 무릎을 꿇고는 두 손으로 글을 바쳤다. 양쪽 진영 모두 변품에게 시선이 고정되어 숨소리조차 들리지 않았다.

---

* 일각(一刻): 15분.

"소장이 미처 천장을 알아보지 못한 죄를 범했사옵니다. 기회를 주신다면, 소장 변품은 이 순간부터 천명을 받고 오신 천장님을 주군으로 모시고 견마지로를 다할 것을 맹세하옵니다. 이에 귀부(歸附)*를 청하오니 허락하여 주시옵소서."

그의 행동을 보고 있던 천족장군(天族將軍)들은 눈치를 채고 있었지만, 막상 진봉민이 '변품이 투항을 했소.' 하는 말을 듣고는 흥분을 주체할 수가 없었다. 이 시대로 와서 첫 번째로 얻는 장수가 아니던가! 너 나 할 것 없이 자신들이 이곳에 온 목표가 다 이루어진 것 같은 착각마저 들었다.

진봉민은 미소를 머금고, 무릎을 꿇고 있는 변품을 일으켜 세웠다. 그러고는 글을 써서 변품에게 직접 건네주었다.

"그대가 다행히 천명을 깨달아 과인에게 귀부를 하겠다니, 심히 다행한 일이오. 귀부를 허락하겠소. 일단 그대의 군사들을 성(城)으로 돌려보내시오. 그대는 과인과 함께 갈 데가 있소."

글을 본 변품은 한 팔을 가슴에 대는 군례를 올리고는 자기 군사들이 모인 곳으로 갔다가 곧 되돌아왔다. 아마 부장들에게 군령을 내리고 온 모양이었다.

진봉민 일행은 변품과 그동안 고생한 원막촌 촌주 기근니를 헬기에 태우고 이륙했다. 헬기에 탑승한 변품과 기근니는 아래를 내려다보면서 체면이고 뭐고 따질 겨를도 없이 놀란 입을 다물 줄 몰랐다. 하늘을 마음대로 날아다니는 이들이 신이 아니면 누가 신이겠는가 싶었다.

---

* 귀부(歸附): 스스로 와서 복종함.

이때 장갑차와 주고받는 무전 교신을 듣고는 하늘나라에서 이들에게 군령을 내리고 있다고 생각했다. 그들 눈에는 헬기 안에 설치된 생전 보지 못한 각종 장치들과 계기들이 모두 경이로울 따름이었다.

드디어 헬기가 착륙을 하자, 초조하게 기다리던 박상훈 등은 진봉민을 따라 헬기에서 내리는 2명의 낯선 자들을 발견했다.

박상훈은 돌아온 진봉민을 향해 공경하는 태도로 허리를 굽히며 인사를 올리고는 궁금한 듯 낯선 자들을 자세히 살펴보았다. 그들 중 1명은 역사극에서나 보던 장수 갑옷을 걸친 자였고 또 1명은 허름하지만 선비 느낌이 나는 황색 옷차림을 하고 있었다.

변품과 기근니는 그들대로 산더미같이 쌓여 있는 괴이한 물건들을 바라보면서 또 한 번 놀라고 있었다.

진봉민은 두 사람에게 잠시 기다리라는 글을 써 주고는 강철 등 일행을 가까이 불러 여태까지 진행된 일들과 몇 가지 방침을 말했다.

아무리 생각해 봐도 배달국은 군관민 일체의 국정 체제로 운영하는 것이 하루라도 빨리 강대한 국가를 만들 수 있는 길이라고 말했다. 그러니 배달국 백성에게는 모두 계급을 부여할 것과 군대 이름을 제국군으로 부르겠다고 선언했다.

다음으로는 배달국 계급 체계를 선포했는데 하사—중사—상사—소위—중위—대위—소령—중령—대령—소장—중장—대장—총장의 13단계로 하고, 별도로 자신을 비롯해 현대에서 온 일동을 천족 장군으로 칭하라고 명했다.

배달국의 황궁은 현재 백제의 도성인 사비성을 얻을 때까지는 이곳 당성을 임시 거점으로 삼아야겠다고 말했다. 진봉민의 말에 누구도 반대하지 않았다.

뒤이어 한쪽에서 기다리고 있던 변품과 기근니를 먼저 천족장군들에게 소개하고, 두 사람에게도 필담을 통해 천족장군들을 소개해 주었다.

소개 순서 마지막에 자신이 배달국 황제라는 글을 써 주자, 글을 본 두 사람은 몹시 황망해하면서 황급히 넙죽 엎드려 절을 하는 것이었다. 진봉민은 그들이 올리는 예를 사양하지 않았다.

예를 마치기를 기다려 변품을 배달국 육군 소장으로, 기근니를 배달국 육군 소위에 임명한 다음 배달국의 계급 체계를 설명해 주었다.

새로운 계급을 받고, 감읍해하던 그들은 평소의 습관인 듯 황제인 진봉민의 정면에서 비껴서며 다소곳이 시립을 하는 것이었다. 이런 행동들을 지켜보면서 강철을 비롯한 천족장군들은 주군을 대하는 이 시대의 예법을 터득해 나갔다.

일단 장비들을 옮기는 것이 급선무라는 생각에 강철이 입을 열었다.

"태황제 폐하! 우리가 당성으로 장비들을 옮기려면 우선 성안의 상황이 어떤지 파악할 필요가 있지 않겠습니까?"

"옳은 말씀이요. 함께 의견을 나눠 보시오."

진봉민은 문득 자신이 한 편의 드라마 속에 힘든 역할을 맡은 배우가 되어 있음을 발견했다. 이전에 역사 드라마에서나 보고 듣던 말투를 사용하고, 유사한 장면 속에 뛰어들어 행동하게 될 줄은 꿈에도 생각지 못한 일이었다. 인생이란 어차피 좋건 싫건 간에 주어진 역할을 수행해 가는 여정일 뿐인데, 너무나 생소한 배역을 맡아 살

얼음 위를 걷는다는 느낌이었다.

천족장군들은 앞으로의 행동에 대해 간단한 협의를 갖고 나서는 협의한 대로 강진영만 이곳에 남고, 나머지는 헬기와 장갑차에 나누어 타고 성안의 사정을 파악하기 위해 출발했다.

천족장군들은 너 나 할 것 없이 창밖으로 보이는 주변 지형을 꼼꼼히 살피며 현대와 얼마나 다른지 눈대중으로 가늠해 보고 있었다. 이심전심인지 조종을 맡고 있는 이일구도 일부러 저공 비행과 고공 비행을 번갈아 하며 당성이 있는 구봉산 주변을 여러 차례 돌고 있었다.

주변 모습은 현대에서 보던 것과는 상당한 차이가 있었고, 바닷물도 내륙 깊숙이까지 들어오고 있었다. 구봉산 서남쪽 산정(山頂)은 서해바다를 한눈에 살필 수 있는 그야말로 천혜의 전망대 구실을 할 수 있는 위치였다.

그곳에는 봉수대(烽燧臺)와 군사를 지휘하거나 주변을 살피는데 사용하는 누각(樓閣)이 있었고, 당성의 성곽은 구봉산 정상 부근에서 봉화산으로 뻗는 능선을 따라 사각형 모양으로 축성되어 있었다.

당성 안에는 당성현을 다스리는 관아건물인 수항청(守港廳)과 그 주변에는 공공건물들이 배치되어 있었고 성 밖에도 민가와는 다른 큼지막한 일단의 건물들이 보였다.

변품에게 물어보니 중국을 오가던 사신들이 묵는 사숙관(使宿館), 군량곡을 보관하는 군창(軍倉)*, 한강 유역에서 거둬들인 세곡(稅穀)을 보관하는 조창(漕倉)*, 인근 염전에서 나는 소금을 보관하는 염창

---

* 군창(軍倉): 군량곡을 보관하는 창고.
* 조창(漕倉): 세곡을 보관하는 창고.

(鹽倉)이라는 것이었다. 그런 이유로 큰 성보다 많은 1천씩이나 되는 정규군사가 주둔해 있다는 설명이었다.

이곳 항구는 한강 유역에서 생산된 농산물을 운반해 오는 배인 조운선(漕運船)의 최종 정박지로써 이곳부터 서라벌까지는 육로를 통해 물자가 운반되는 것이었다. 그래서인지 근처에는 태행산 토성, 남양토성, 백곡리 토성 등 곳곳에 방어진지가 구축되어 있었다. 전시에는 적을 방어하는 구실을 하지만 평시에는 서라벌로 가는 농산물을 도둑 떼로부터 지키기 위한 목적이었다.

중국 대륙과 신라 사이에 사신(使臣)들이 오가고, 무역과 해양 운송이 이루어지는 곳이라 그런지 인가(人家) 또한 적지 않았다.

바다를 안방처럼 드나들던 해군 출신인 홍석훈은 문득 생각난 듯이 박상훈을 쳐다보며 물었다.

"박 장군, 보냈던 배는 언제쯤 도착하는 것이요?"

"아! 화물선은 앞으로 이 년 후에 오고, 군함은 이 년 반 후에 올 것이요."

박상훈의 대답을 들은 홍석훈이 혼잣말처럼 뇌까렸다.

"그럼, 후년 이월이면 배가 도착한다는 말이군. 수일 내로 배가 올 자리도 살펴봐야 할 테고, 이 년 내로 큰 배를 댈 수 있는 항구를 만들어야 된다는 얘긴데……."

그 말에 박상훈이 대꾸를 해 주었다.

"당연한 말씀이요. 시간은 있으니, 천천히 생각해 봅시다."

"흠……."

강철은 그들의 대화를 들으면서 눈으로는 아래를 살피고 있었다.

주변 상황을 전체적으로 파악한 강철이 현청(縣廳) 건물 근처에 있는 넓은 공터에 착륙을 지시했다. 그곳은 군사훈련을 하는 연무장(鍊武場)이었다.

산성 밖에서 대기하던 장갑차도 착륙하는 헬기로부터 무전 연락을 받고는 곧 그곳으로 들어섰다.

헬기가 착륙하자 신라 군사들이 긴장한 표정과 경계의 눈초리로 쳐다보고 있었다. 그들 대부분이 헬기에서 쏘아 대는 최루탄 공격을 당해 봤기 때문에 그 무서움은 익히 알고 있었다. 천족장군들과 함께 변품이 평소와 같은 표정으로 헬기에서 내리자 군사들은 '우—' 하는 소리를 냈다. 모두 미소를 띤 것으로 보아 반가운 모양이었다.

군사들 앞에 도열해 있던 부장들도 군례를 올리며 변품을 맞이했다. 그는 군례를 받는 둥 마는 둥 하고는 다가온 1명의 부장으로부터 무슨 말인가를 듣더니 금세 안색이 어두워졌다. 그러나 곧 평정을 되찾고는 천족장군들을 현청으로 안내했다.

그를 따라 대문을 통과해서 안으로 들어가 보니 편액이 걸린 건물이 서 있었다. 건물은 별로 크지 않았지만, 안마당은 널찍했다.

진봉민은 '항구를 지키는 집' 이라는 뜻의 수항청이라고 쓴 편액을 올려다보면서 이름도 참 그럴듯하게 잘 지었다는 생각이 들었다. 건물에는 토방을 중심으로 큰방 하나와 작은방 하나가 마주하고 있었는데 안내된 방은 모두가 들어가도 충분할 만큼 넓었다. 방 한 가운데에는 좌우로 10명씩 앉을 수 있는 긴 탁자와 의자가 놓여 있었으며 바닥에는 털가죽이 깔려 있었다.

자연스럽게 상석에 앉은 진봉민의 좌우로 강철을 비롯해 천족장군

들과 변품이 앉았다. 변품 장군 뒤에는 갑옷 차림의 부장 두 사람이
서 있었으나 그 자리에 있는 천족장군들은 그들을 크게 의식하지 않
았다.

모여 앉은 좌중을 쭉 둘러본 진봉민이 입을 열었다.

"궁이라고 하기에는 부족하지만, 임시 거처로서는 크게 부족함이
없는 것 같소. 내가 알기로 홍석훈 장군, 조성만 장군, 김민수 장군
그리고 장지원 장군이 한문이나 한자를 잘 아는 줄 알고 있소만, 그
외로 더 있으시오?"

"……."

별말들이 없자 진봉민이 계속 말을 이어 갔다.

"장군들도 아시겠지만, 우리가 아무리 크고 넓은 영토가 있는 나라
를 만든다 하더라도 후대로 내려가면 언젠가는 망하게 되어 있소.
그렇지만, 나라 이름은 바뀔지 몰라도 우리가 가졌던 땅을 잃지 않
는 유일한 방법이 있소. 그것이 무엇인지 아시오?"

"……?"

아무도 대답하는 이가 없자, 기다리지 않고 진봉민은 스스로 답을
말했다.

"바로 문자요. 역사는 차치(且置)하더라도 우선 당장 의사소통이
급선무라고 생각하오. 그러니 장비를 옮겨다 놓고 나서, 네 분이 한
글교육을 맡아 주셔야 하겠소. 가르치실 때 한글은 '하늘의 글자' 라
고 해서 한글이라 한다는 것도 명심해 주시오."

진봉민의 말을 들은 홍석훈이 말을 했다.

"폐하, 소장이 한자를 안다고는 하나, 한자만 안다고 대화가 되는

것은 아니질 않습니까?"

장지원도 걱정스러운지 거들었다.

"그렇지요. 대화조차 안 되는데 한글을 가르친다는 것이……?"

그것은 두 사람만의 걱정이 아니라 한글교육에 대한 책임을 맡게 된 네 사람 모두의 고민이었다.

진봉민이 고개를 끄덕이며 그럴 것이라는 표정으로 대꾸를 했다.

"자! 일단 필담에 의한 의사소통 요령을 보여 드리겠소. 한자 어순이 좀 틀리더라도 익숙해지면 서로 이해가 될 터이니 크게 문제될 것은 없을 것이요. 지금부터 나와 변품 장군이 나누는 필담을 보고 요령을 익히시오."

그렇게 말을 한 진봉민은 자리 배치를 다시 하고 변품 장군과 필담을 시작했다.

"변품 장군! 처음 과인이 생각하기에는 장군의 군사 중에 일천의 목숨은 거두어야 장군이 귀부를 하리라고 여겼는데 어찌 쉽게 귀부를 결심하셨소?"

진봉민이 쓴 글을 읽고는 약간 멋쩍은 표정을 지은 그는 잠시 생각하더니 글을 써 나갔다.

"아뢰옵기 황공하오나, 소장이 군사들을 인솔하여 갈 때까지는 일전을 불사할 각오였사옵니다. 하오나 촌주의 말대로 인간 세상에서는 볼 수 없는 비조(飛鳥)를 타고 하늘을 날아오시는 것과 손쓸 방법도 없이 소장의 군사를 공격하는 것을 보고는 분명히 천장이시라는 것을 깨달았사옵니다. 하온데 어찌 감히 분부를 따르지 않을 수 있겠사옵니까?"

"장군의 현명한 결단에 많은 목숨을 다치지 않게 되어 다행이요."

"황송하옵니다."

"변품 장군! 이곳에 있는 군사는 전부 몇 명이요?"

"현재 삼천 명 정도가 되옵니다."

"과인이 처음 원막촌 촌주인 기근니 소위에게 듣기로 이곳에는 일천여 군사밖에 없다고 들었는데 어찌된 일이요?"

"폐하, 이곳에 있는 군사는 정병 일천이 맞사옵니다. 나머지는 소장이 격분하여 인근에서 급히 소집한 군사들이옵니다."

"그렇다면 군사가 더 올 수도 있다는 말이요?"

"예, 소집령이 늦게 닿은 곳에서는 지금도 오고 있는 중이옵니다."

"신라국에 그렇게 많은 군사가 있소?"

"폐하! 평소 이곳에 주둔하고 있는 정병 일천을 제외하고는 나머지는 대다수 백성들로서 평소에는 생업에 종사하고, 유사시에만 소집되는 장정들이옵니다."

그 의미를 새겨보던 진봉민은 당시 군사 제도가 상시 근무를 하는 정규군과 평소에는 농사를 짓다가 유사시 동원되는 군사가 있었음을 상기했다. 결국은 향토예비군쯤 되는 군사까지 동원했다는 말이었다.

"알겠소! 장군이 우리 배달국에 귀부하였음을 안다면 군사들 중에는 장군과 뜻을 달리하는 자도 있을 터인데. 그들은 어찌할 생각이오?"

"아뢰옵기 황공하오나, 소장 휘하의 대감(大監)* 직에 있던 백룡(白

---

* 대감(大監): 각주의 군주나 장군 바로 아래의 장수.

龍)이라는 자가 소장이 귀부하였음을 알고는 이미 이곳을 떠났다 하
옵니다."

"대감이라?"

잠시 기억을 더듬어 보니, 대감은 장군 바로 아래 계급의 장수를
말하고, 그다음이 제감, 소감 순이었다는 역사 기록이 생각났다.

"그렇사옵니다. 그자가 떠났으니, 소장의 판단에는 얼마 안 있어
이곳을 치기 위해 신라군들이 몰려올 것이옵니다. 행여 폐하께 누가
되지 않을까 소장이 우려하는 부분이기도 하옵니다."

"하하! 그렇지 않아도 이곳에 도착하고부터 장군의 안색이 어두워
보여 무슨 일인가 싶었소만, 그 점은 걱정 마시오. 백만 대군이 온다
하더라도 우리 천족장군들이 모두 막아 낼 수 있으니 말이오."

"그뿐이 아니옵니다. 소장이 지휘하던 북한산주에 있는 군사들 역
시 이리로 데려올 수가 없게 되었으니, 그것도 안타깝사옵니다."

"흠, 그 군사는 얼마나 되오?"

"정병이 삼천이옵니다."

정규군이 삼천이라면 적은 군사가 아니었다. 변품의 말대로 안타
까운 일이지만, 지금 당장 가서 데리고 오라고 할 수도 없는 노릇이
고, 그럴 필요도 없어 보였다.

"변품 장군! 그 일은 그만 잊으시오. 일단 이곳에 있는 군사들이나
분류해서 배달국에 귀부코자 하는 자를 선별해 주시오. 만약 귀순하
지 않겠다는 자는 모두 돌려보내도록 하시오."

"폐하! 그들을 돌려보내면 훗날 우리에게 창칼을 들이댈 것이옵니
다."

"그렇다면……?"

"아뢰옵기 황공하오나 귀부에 응하지 않는 자는 훗날을 위해 목을 쳐야 될 줄로 아옵니다."

변품이 써 놓은 글을 읽고 난 진봉민은 그의 투항이 진심에서 우러난 것임을 느낄 수가 있었다. 그렇지만, 고개를 가로저으며 답문을 썼다.

"장군! 그것은 불가하오. 귀순치 않는 자들은 숫자에 상관없이 모두 돌려보내시오. 이것은 과인의 명이오."

"알겠사옵니다."

변품이 대답하는 글을 본 진봉민은 필담을 멈추고, 여태껏 나눈 필담 내용을 네 사람에게 한 문장씩 설명해 주고 나서 살펴보게 했다.

그들이 필담을 나눈 종이를 돌려가며 살펴보는 동안, 진봉민은 다시 새로운 종이에 필담을 시작했다.

"변품 장군! 이미 명한 대로 하늘에서 가져온 그 병장기들을 이곳으로 옮겨야 할 것이오. 총리대신이 총지휘를 맡았으니 장군도 군사들을 동원하여 돕도록 하시오."

"삼가 명을 받들겠사옵니다. 괘념치 마시옵소서."

"그런데 장군의 뒤에 서 있는 두 장수는 누구요?"

"예, 아뢰겠사옵니다. 한 명은 북한산주 대감직에 있는 무은(武殷)이라는 자이고, 또 한 명은 이곳 당성현령 겸 보기당주(步騎幢主)*의 직에 있는 해론(奚論)이라는 자입니다."

"호……! 그렇구려. 과인도 이들을 알고 있소. 장수 무은은 십여 년

---

* 당주(幢主): 군이나 현에 있는 독립 부대장으로 보병과 기마병을 거느림.

전에 귀산이라는 아들을 전쟁에서 잃었고, 장수 해론은 가잠성(假岑城) 현령이던 찬덕의 아들이 아니요?'

진봉민이 써 놓은 글을 읽자 변품은 깜짝 놀란 표정으로 글을 썼다.

"폐하께서 말씀하시는 바가 틀림없사옵니다. 하온데 어찌 하찮은 직관에 있는 장수들을 아시옵니까?"

"과인이 하늘에 있을 때부터 이미 이들의 충성심과 의기가 남다름을 잘 알고 있었소. 또한 장군의 용맹에 대해서도 익히 잘 알고 있소."

"폐하! 감읍하신 말씀이옵니다. 소장 변품은 하늘에서 강림하신 폐하의 수족이 된 것을 광영으로 알고 충성을 다하겠사옵니다."

"고맙소."

"하옵고, 이미 폐하께서 저들을 아시오니 감히 청컨대 거두어 주셨으면 하옵니다. 가납하신다면 저들 역시 목숨 바쳐 충성을 다할 것이옵니다."

오히려 진봉민으로서는 먼저 권하고 싶었던 말이었다. 그런데 휘하에 거두어 달라니 기쁘지 않을 수가 없었다.

"물론이요. 가납하겠소."

"감읍하옵니다. 하오면 잠시 이들과 대화를 나누겠사옵니다."

"그러시오."

진봉민의 허락이 있자, 잠시 동안 그들만의 대화가 오가고 나서 무은과 해론은 의자에 앉아 있는 진봉민을 향해 공손히 절을 했다.

갑옷 차림임에도 군례가 아닌 큰절을 하고 일어나는 두 사람을 자세히 살펴보았다. 무은은 30대이고 해론은 20여 세의 어린 티가 나는 나이지만 두 사람 모두 이목구비가 반듯하고 의지가 굳세어 보였다.

"무은을 배달국 육군 대령에, 해론을 배달국 육군 소령에 임명하오."

진봉민이 쓴 글을 읽어 본 변품 장군은 두 사람에게 새로운 계급을 받았다는 것과 배달국 계급에 대해 설명해 주는 모양이었다.

설명을 들은 두 장수는 다시 감사하는 절(謝恩肅拜: 사은숙배)을 올리고는 원래대로 변품의 뒤에 가서 섰다.

또다시 진봉민은 홍석훈 등 네 사람에게 지금까지 대화한 내용을 설명해 준 다음 필담을 나눈 종이를 건네주었다.

이윽고, 필담을 나눈 글을 모두 살펴본 홍석훈이 입을 열었다.

"폐하! 필담 내용을 살펴보니 소장들도 간단한 대화는 가능할 것 같습니다."

"그렇소? 그럼, 됐소. 이곳에는 나를 도와줄 장지원 장군만 남고 다른 분들은 강철 총리대신의 지휘에 따라 장비를 옮기도록 하시오."

"폐하, 명하신 대로 하겠습니다."

일은 일사불란하게 진행되었다. 움직일 수 있는 차량을 비롯해 탱크나 장갑차는 지상으로, 그 외의 장비나 물품들은 헬기에 달아서 옮겼다. 특히 수송용 헬기의 역할은 대단했다. 헬기를 조종할 줄 아는 사람은 장지원과 이일구 그리고 조영호였다.

장비를 모두 옮기고 난 천족장군들은 그때서야 출출하다는 생각이 들었다.

첫 둥지

당성은 원래 백제의 성이었다. 백제가 지배하던 당시에는 당항성
(黨項城)으로 불리다가 서기 475년 고구려 장수왕이 이 지역을 점령
한 이후, 성 이름을 당성으로 고치고 매홀현에 소속시켰다. 그러다
서기 555년에는 신라가 이곳을 점령하게 되었다.

신라는 그동안 중국과 사이에는 백제가 가로막고 있어 교류할 항
구도 마땅치 않았고, 한강 유역에서 받아들인 세곡을 힘들게 육지를
통해 운반하던 차에 오매불망 원하던 이곳을 얻게 된 것이다.

그로부터 신라는 고구려가 쓰던 당성이라는 이름을 그대로 쓰면서
이곳에 현을 설치하고, 중국을 오가거나 한강 유역에서 받아들인 세
곡을 운반하는 항구로 사용하기 시작하여 오늘에 이른 것이다.

그런 이유로 중부 지방을 다스리는 북한산주 군주가 정례적으로
순시까지 할 정도로 신라에서는 대단히 중요시하는 곳이었는데, 공

교롭게도 군주인 변품이 그곳을 순시하고 있을 때, 천족장군들이 도착하게 된 것이었다.

장비를 옮겨 오고 난 천족장군들은 출출한 배를 채우기 위해 급한 대로 가져온 라면으로 때우기로 했다. 태황제를 비롯한 천족장군들과 새로 배달국 장수가 된 변품, 그리고 무은, 해론과 기근니가 자리를 함께했다.

그 시대에는 고추가 없었으므로 얼큰한 라면을 처음 먹어 보는 변품 등은 벌게진 얼굴로 연신 물을 들이키면서 식사를 마쳤다. 그들은 매운 맛이 처음이라 먹기가 쉽지 않았지만, 금방 끓여 내오는 라면은 신기하기만 했다.

박상훈은 식사를 하는 동안 생각했었는지 입을 열었다.

"우선 이곳에 전기 시설부터 해야 할 것 같습니다. 당장 우리도 필요하지만, 아직도 우리에 대해 잘 모르는 이들에게 전깃불은 우리가 하늘에서 왔다는 것을 가장 잘 나타내 줄 수 있을 것으로 생각합니다."

듣고 있던 강철이 아주 좋은 의견이라는 듯이 맞장구를 쳤다.

"박상훈 장군! 그거 참 좋은 생각이오. 이왕이면 아주 멀리서도 볼 수 있도록 산꼭대기에 있는 망루(望樓)에도 전깃불을 밝혔으면 좋겠소."

"알겠습니다. 일단 이곳 정도는 오만 킬로와트 발전기로도 충분하니, 이휘조 장군과 전기를 잘 아는 조영호 장군이 도와주시오."

"알겠습니다."

"네, 알겠습니다."

두 사람의 대답이 있고 난 후에 진봉민이 입을 열었다.

"박상훈 장군은 우리가 이곳에 오래 있지는 않을 것이라는 점을 감안해서 전기 시설을 해 주시오. 그런데 얼마나 걸리겠소?"

"알겠습니다, 폐하! 공사를 해 봐야겠지만, 이곳은 바람이 세기 때문에 지주를 땅속 깊이 박아야 하고 지역도 넓기 때문에 닷새는 걸릴 것으로 봅니다."

박상훈의 대답이 끝나자마자, 강철이 물었다.

"태황제 폐하! 언제까지 이곳에 머무를 것으로 예상하십니까?"

"흠…… 내 생각이오만, 일단 이곳 군사들에게 한글교육을 시켜 강사로 활용할 수 있을 때까지는 있어야 하지 않겠소?"

"그럼, 그 기간은 얼마로 잡으시는지요?"

강철의 물음에 진봉민이 빙그레 웃으며 되물었다.

"총리대신 생각에는 이곳에 있는 군사들에게 우리 무기를 사용할 수 있는 정도의 기본 군사훈련과 한글교육을 끝마치려면 얼마나 걸리겠소?"

강철은 머리를 갸웃하면서 자신의 생각을 말했다.

"글쎄요? 우리의 노력 여하에 따라 다르겠지만 최소 석 달 정도는 필요하지 않을까요?"

"나도 그 정도 기간은 필요할 거라고 생각했소."

이때, 원래 예쁘장한 얼굴인데다가 나이까지 20대 초반으로 젊어져 더욱 깔끔하게 잘 생겨 보이는 홍석훈이 입을 열었다.

"폐하! 차라리 이곳에 우리의 황궁을 짓고, 나라를 만들어 가면 어떻겠습니까?"

진봉민이 대답하기도 전에 강철이 먼저 손사래를 쳤다.

"그건 안 될 말씀이요. 천하를 경영할 황궁을 짓기에는 너무 비좁고 외져서 안 되오. 여기에 지을 바엔 차라리 수원이 낫지만, 그곳 역시도 주변에 큰 강이 없어 황궁의 입지로서는 부족하오."

그 말에 진봉민이 고개를 끄덕이며 덧붙였다.

"하하하! 나도 그 생각은 못 했었는데 역시 총리대신이 토목공학을 전공한 분이라 보는 눈이 남다른 것 같소. 내 생각은 백성들을 동원해 새 궁궐을 짓기보다 기존 궁궐을 활용하자는 것이요. 그 편이 백성들도 편하고, 우리 역시 더 급한 일에 매진할 수 있으니 말이요. 아침에도 말했지만, 그래서 사비성으로 가려는 것이요."

"아하! 그렇군요. 소장이 미처 그 점을 생각하지 못했습니다."

그 말에 모두 옳다는 표정이었으나 박영주가 한마디 했다.

"폐하의 말씀대로라면 차라리 모든 조건이 더 좋은 고구려 평양성을 점령하는 편이 더 낫지를 않겠습니까?"

"물론 박 장군 말씀도 일리가 있소. 그렇지만, 고구려는 598년부터 이 년 전이 615년까지 네 차례나 수나라와 전쟁을 치른 것으로 알고 있소. 그 여파로 지금 나라는 피폐해지고 백성들의 생활은 말이 아닐 것이요. 한편으로는 수나라를 막아 냈다는 자긍심과 충성심으로 백성들이 한 마음이 되어 있을 텐데 그런 와중에 우리가 간다면 백성들의 마음을 얻기가 쉽겠소?"

모두가 일리 있는 말이었다. 강철 역시 고개를 끄덕였다.

"태황제 폐하! 소장이 장군들과 협의하여 한글교육과 군사훈련 계획을 수립하여 빠른 시일 내에 시행하겠습니다."

"그렇게 해 주시오. 그뿐만 아니오. 각자 준비해 온 노트북 자료를 활용하여 전문 분야별로 이 시대 실정에 적합한 발전 계획을 수립해 보시오. 특히 주변국의 정보를 하루빨리 파악하여 대처할 수 있도록 준비하는 것도 중요할 것이요."

"예, 알겠습니다."

같은 자리에 있는 변품과 무은, 해론, 기근니가 알 필요가 있는 내용은 홍석훈 등이 글로 써서 알려 주었지만 직접 듣는 것만 못한 것은 당연했다.

대략적인 협의가 끝나자, 그 방에는 진봉민만 남기고 모두 물러 나왔다. 이어서 강철은 세부적인 협의를 해 보자며 그들을 데리고 바깥채로 갔다.

"다른 말씀이 아니라, 이제부터는 우리가 이렇게 우르르 몰려다닐 수는 없질 않겠소? 각자 자신이 일할 만한 거처를 찾아내 집무실로 써야 할 것이고, 하루 이틀 머물 것도 아니니 각자 할 일이 무엇인지 서로 의논하는 자리가 있어야 할 것이요. 이 말을 하려고 잠시 모이게 했소."

박상훈이 말을 받았다.

"옳으신 말씀입니다. 사실, 장비도 이 근처에 끌어다 놓은 것일 뿐 제대로 보관된 것이 아니질 않습니까? 그나마 웬만한 것은 컨테이너에 들어 있어 큰 걱정은 없다지만 그래도 제대로 보관해야 될 물건이 적질 않습니다."

강철이 당연하다고 맞장구를 쳤다.

"그러면 우선 급한 대로 가져온 대형 텐트라던가 비닐로라도 덮어 놓도록 하십시다. 우리가 가져온 장비들은 새로 개발하기 전까지는 구하지도 못할 중요한 것들이요."

몇 사람의 발언이 더 있었지만 먼저 각자의 거처를 정하고, 그다음으로는 다른 일보다 우선하여 장비 정리를 결정했다.

우선 변품의 안내를 받아 성안 건물들을 하나하나 돌아보며 각자가 집무실 겸 침실로 사용할 방을 정했다. 각자의 방이 정해지고 나서는 물품 관리를 맡은 민진식으로부터 침낭과 치약 등의 일상 용품을 지급받았다.

이어서 대충 옮겨 놨던 군사 장비를 비롯해서 물품들을 하나하나 확인하며 정리하고 나니 남은 해가 다 가고 어두워졌다. 전기불이 없는 밤이야말로 그들에게는 꼼짝할 수 없는 감옥이나 다름이 없었다.

이튿날 아침이 밝았을 때 이휘조는 잠에서 깼다. 방 한구석에는 어제 받았던 치약, 칫솔, 비누, 화장품, 수건 등 자신이 쓸 물건들이 가지런히 놓여 있었다. 침낭에서 벗어나자 곧 군사 하나가 기척과 함께 투박한 질그릇에 담긴 세숫물을 가지고 들어왔다. 여태 그런 대접을 받아 본 적이 없어서 그런지 미안한 마음이 들었지만, 이 시대의 풍습이려니 하고 세수를 마치고 방을 나섰다.

식사는 한꺼번에 모두 모일 수 있는 수항청 큰방에서 하기로 했기 때문에 그 방으로 향하는 길이었다.

모두 모였을 때쯤에 태황제인 진봉민이 밝은 표정으로 들어와 비어 놨던 상석에 앉았다. 그가 나타나자 모두 일어나 인사말을 건네고 진봉민이 앉을 때까지 기다린 다음 다시 자리에 앉았다. 당분간 총리대신 강철이 하는 대로 따라 하기로 했기 때문에 이 역시 강철의 행동을 따라 한 것이었다.

그러고 나니 좋은 옷은 아니었지만 깔끔한 차림의 아낙네들이 찬과 밥을 날라다 탁자 위에 올려놓고 있었다. 이때 변품의 옆자리에 앉아 있던 사교성이 좋은 김민수 장군이 자리에서 일어나 말했다.

"오늘 아침 식사는 원막촌 백성들이 새벽에 마련해 온 싱싱한 재료로 만들었다 합니다. 변품 장군 말에 의하면 그들이 이렇듯 꼭두새벽부터 생산물을 바치기 위해 현청 앞에 줄까지 서서 기다린 경우는 처음 있는 일이라고 합니다. 더욱이 매일 이렇게 끼니거리를 바칠 수 있게 해 달라고 조르고 있다고 하는데, 행여 탈이라도 있을까 하여 변품 장군은 허락하지 않고 있다는 말이었습니다."

그 말을 들은 천족장군들은 기근니 촌장이 무척이나 고마웠다. 나중에 알게 된 사실이지만, 나루터에는 보통 천으로 장막이 쳐져 있다고 하는데, 원막촌은 이렇게 장막이 쳐진 나루터에서 먼 마을이라고 해서 붙여진 이름이었다. 이곳에서 원막촌까지는 2킬로미터가 넘었고, 인근 마을 중에서는 가장 못사는 축에 드는 빈궁한 마을이었다. 그럼에도 새벽부터 재료들을 뽑거나, 잡아서 정성스럽게 가지고 왔던 것이었다.

상 위에는 몇 가지의 생선 조림과 찜, 젓갈, 백김치, 채소 무침, 된장, 간장 등이 투박스런 뚝배기나 나무그릇에 담겨져 있었다.

역시 음식에 대해 가장 관심이 많은 사람은 농업진흥청에 근무하던 김민수였다. 쌀밥이라고는 하지만 혀끝에 닿는 감촉이 뻣뻣한 것으로 보아 잘 찧어지지 않은 쌀로 밥을 지었다는 것을 알 수가 있었고, 음식에 들어간 양념 종류도 그리 많지 않다는 것을 알아챘다. 그렇지만 싱싱한 재료를 사용한 덕분인지, 백성들의 정성 덕분인지 그런대로 먹을 만은 했다.

식사를 하는 내내 깊은 생각에 골몰해 있던 진봉민이 입을 열었다.

"김민수 장군! 변품 장군에게 지금 이곳에 보관된 군량미가 얼마나 되는지 물어보시오."

"예."

필담을 나누고 난 김민수가 곧 대답을 했다.

"보관된 군량곡은 삼천 군사가 육 개월은 먹을 수 있는 양이라고 합니다. 군창에도 상당량이 보관되어 있고, 조창에는 아리수 지역에서 거둬들인 세곡이 고스란히 보관 중이라고 합니다."

이 시대에는 한강을 아리수라고 불렀다.

"다행이요! 이곳에 있는 군사들을 먹이자면 많은 식량이 필요할 것이라 생각하고 걱정을 했는데, 이제야 안심이 되는군."

식사를 하면서 진봉민이 속으로 걱정했던 것은 식량이었다. 군사들 중에 일부는 고향으로 돌아가겠지만, 그래도 많은 숫자가 남을 텐데 그들을 굶길 수는 없는 노릇이었다. 자신들 역시도 쌀, 라면, 통조림 같은 식료품을 가져왔다지만 그것은 양도 적고, 급할 때 비상 식량으로 사용해야 했다.

그래서 부족하다면 어디서 확보할 수 있는지 알아볼 겸해서 물은 것인데 다행히 넉넉하다는 대답을 듣자 안심을 한 것이다.

이제 식사 뒷바라지를 조르고 있는 백성들에게 한마디 전해야겠다고 생각하고 막 입을 열려는 찰나에 강철이 먼저 말을 했다.

"태황제 폐하! 우리가 정확한 지금 시간은 알 수가 없지만, 앞일을 생각해서 시계를 맞추어야 할 것 같습니다. 지금이 이월이라는 것과

해를 기준해 볼 때, 오전 일곱 시로 하는 것이 어떨까 합니다."

"참으로 옳은 말씀이요. 그렇게 하십시다."

천족장군들은 자신들이 차고 있는 시계를 벗어 시간을 고쳤다.

이곳으로 오기 전엔 습관상 시계를 차지 않던 사람도 준비물 목록에 있었기 때문에 모두 시계를 준비해 왔다. 이 시대로 오면 배터리가 없기 때문에 전자시계가 아닌 수동으로 태엽을 감는 시계를 준비시킨 것이었고, 혹시나 하여 진봉민이 준비했던 시계는 아직도 짐꾸러미 속에 있었다.

시간을 맞추고, 시계를 다시 차는 것을 지켜보던 진봉민이 입을 열었다.

"김민수 장군은 변품 장군에게 전하시오. 원막촌 백성들이 스스로 자원하여 우리의 식사를 마련해 주겠다는 뜻은 참으로 갸륵하고 고마우나 곧 그들이 먹기에도 식량이 부족한 철이 다가오니 사양하라고 하시오. 다만 그 정성을 생각해서 아낙들의 부엌 시중은 용납해도 좋다고 이르시오."

그때는 아무도 몰랐다. 그날 이후 이 한마디로 인하여 배달국 태황제가 원막촌 촌민들의 신으로 추앙받게 될 줄은…….

그동안 나라에서는 늘 무엇인가 요구할 줄만 알았지 자신들을 헤아려 주는 그런 따뜻한 말을 한번도 들어 본 적이 없었다. 그러니 변품을 통해서 전해진 이 말은 백성들의 입과 입을 통해서 삽시간에 퍼져 나갔다.

식사를 마친 천족장군들과 변품, 무은, 해론 등은 별도로 다시 모여 오늘 할 일에 대한 의견을 나누었다.

우선 신라 군사들 중에 귀부 의사가 있는 자와 없는 자를 오전 중으로 변품 장군이 가리기로 했고, 그 결과에 따라 군사훈련 계획과 한글교육 계획을 수립하기로 의견이 모아졌다.

농업 전공인 김민수 장군은 하늘에서 가져온 각종 종자들의 묘판을 만들 준비를 하겠다고 했다.

변품은 이들이 나누는 대화 내용은 알아듣지 못하지만, 그래도 한자리를 차지하고 앉아 필담에 의해 필요한 내용을 전해 듣거나 지시를 받고 있었다. 그런 변품이 부지런히 무엇인가 써서 김민수에게 내밀었다.

변품이 쓴 글 내용은 이곳이 아무리 궁벽한 곳이지만, 태황제 폐하가 계신 곳인데 궁호(宮號)가 없을 수 없다며 하루빨리 궁호를 정하고 현판(懸板)*을 붙이자는 내용이었다. 그 뜻을 전해 들은 천족장군들은 모두 미처 생각하지 못한 부분을 일깨워 주어 고맙다는 표정으로 변품 장군을 쳐다보았다.

변품도 자신에게 향하는 그들의 신뢰 어린 표정을 읽었다. 그렇지 않아도 하늘에서 내려온 천장들이 존경스러울 뿐인데, 자신을 크게 신뢰까지 하니 충성을 다하겠다는 결심은 점점 굳어져만 갔다.

이어 현판을 달자는 자신의 제안이 논의되는 과정을 김민수와의 필담을 통해서 자세히 알게 되었음은 물론이었다.

갑론을박이 오가는 논의 끝에 지금 치소(治所)의 옥호(屋號)를 그대로 사용하되 궁(宮)자만 붙여 수항궁으로 부르기로 했다.

---

* 현판(懸板): 글자나 그림을 새겨 문 위나 벽에 다는 널조각. 흔히 궁전이나 누각, 절, 사당, 정자 따위의 들어가는 문 위, 처마 아래에 걸어 놓는다.

현판 제작 책임은 당연히 변품에게 맡겨졌다. 이어 박상훈이 조영호와 이휘조와 함께 전기 시설을 시작하겠다고 했다. 마지막으로 강철은 태황제의 경호가 필요하다는 의견을 제기하여 그 부분은 조영호가 맡는 것으로 결정되었다.

하루밖에 지나지 않았지만 진행하는 모든 일들이 자연스럽게 태황제인 진봉민과 총리대신인 강철을 중심으로 이루어지기 시작했고 모두들 맡은 바에 따라 부지런히 움직였다.

눈코 뜰 새 없는 오전 시간이 지나고 다시 점심 식사 시간이 되자, 아침과 달라진 점이 있었다. 아침 식사 때는 나이가 든 아낙들이 들락거리며 상차림을 해 주었는데 지금은 예쁜 옷차림을 한 10대 처녀들이 식탁을 준비해 주고 있었다.

모두 의아했지만 그렇다고 물어볼 처지도 아니라 모른 척하고 있을 때에 김민수 장군이 앉은 채로 말을 했다.

"처녀들이 식사 뒷바라지하는 것에 대하여 궁금해하는 것을 알았는지 변품 장군의 말씀이 있었습니다. 그에 따르면 원막촌 촌민들이 모여 의논한 결과 황제 폐하를 모시는 궁 안에 나이 든 아낙들이 들락거리게 할 수는 없다고 자신들의 딸들에게 식사 시중을 맡기기로 했다고 합니다."

원래 나이가 어렸던 민진식 등은 기쁜 표정을 숨기지 않았다. 박상훈도 속으로는 흐뭇했지만 내색하지 않고 한마디 했다.

"태황제 폐하! 백성들이 저희에게 신경을 많이 쓰는 것 같아 고맙기도 하지만 한편으로는 부담스럽기도 합니다."

"하하하! 과인도 그렇소. 장군의 말씀대로 저들의 고운 마음만큼이나 앞으로 백성들의 고충을 더 잘 어루만져 주어야 할 것이요."

모두 당연하다는 고개를 끄덕이며 식사를 마쳤다.

총리대신인 강철이 자리에서 일어나 진봉민을 향해 허리를 굽히는 굴신(屈身)의 예를 차리고 입을 열었다.

"태황제 폐하! 오전 중에 변품 장군이 신라군들의 투항 여부를 조사했는데 총 4,112명 중에 귀순을 거부한 자가 하나도 없다고 합니다. 다만 변품 장군이 제안하기를 아픈 자가 여러 명인데 그들은 귀향시키는 것이 어떻겠느냐는 의견이었습니다."

이제는 진봉민에게 하는 말투가 더욱 공손해지고, 태도 또한 한시가 다르게 변하고 있었다.

"변품 장군에게 내가 하는 말을 전해 주시요. 다행히 우리 배달국에 모두 귀부를 하겠다니 흐뭇하오. 다만 몸이 아픈 자를 귀향시키자는 의견은 받아들이되, 당분간 우리가 치료를 한 다음 귀향시키도록 하시오. 그 외로 외아들인 자와 형제가 있더라도 육십 세 이상의 노부모를 모셔야 하는 자는 모두 귀향시키도록 하시오. 귀향시킬 때는 필히 얼마만큼의 곡식이라도 줘서 귀향시키는 것이 좋겠소."

태황제의 명은 필담에 의해 전해졌고, 다시 강철이 말했다.

"변품 장군이 분부 명심해서 거행하겠다고 합니다."

"그리고 조민제 장군은 병이 난 군사들을 진찰해 보고 하루 속히 고향으로 돌아갈 수 있도록 치료해 주시오."

"알겠습니다."

조민제는 날카로운 얼굴에 조용한 성격으로 육군 제7군단 기계화 부대 군의관으로 근무하고 있던 어느 날, 부대장인 강철이 점검 차

의무실에 들르게 되면서 친해졌다. 이후 강철을 형님으로 모시게 되었고, 그런 인연으로 이번 일에도 동참하게 된 사람이었다.

그날 오후 늦게까지 신라 군사들에 대한 신상 조사를 다시 실시하여 최종 3,543명을 남기고 나머지 군사는 돌려보내기로 결정되었다.

병이 있던 군사들을 진찰한 결과 한두 명은 불치의 병으로 판명되었고, 나머지는 기본적인 위생 관리가 소홀해서 발생한 질병으로 한동안 치료하면 완치가 가능한 환자들이었다.

조민제는 이들에 대해 간단한 치료를 해 준 다음, 자신이 알고 있던 약리학(藥理學)에 근거하여 치료약을 대신해서 쓸 약용식물을 가르쳐 주는 것으로 처리를 끝낼 수밖에 없었다. 졸지에 한약사 역할도 하게 된 셈이었다. 왜냐하면 하루 이틀에 완치될 병도 아니었고, 가지고 온 의약품 역시 천족장군들을 위해 써도 넉넉하지 않다고 판단했기 때문이었다.

귀향하는 군사들에게는 쌀 한 말씩을 나눠 주기로 했다. 그들을 귀향시키는 날, 총리대신인 강철을 비롯한 배달국 장수들은 쌀을 받아 떠나는 그들의 어깨를 일일이 한 번씩 토닥거려 주어 보냈다.

대단치도 않은 이런 일련의 행동들이 불과 얼마 지나지 않아 '배달국은 백성들을 아끼는 천장이 다스리는 나라'라는 소문이 신라 땅 곳곳을 울렸다.

태황제인 진봉민은 귀순이 허락된 3,543명의 군사에 대해서는 군사교육을 실시하고 나서 성적에 따라 배달국 계급을 부여하라는 명을 내렸다.

당성이라는 외지고 협소한 곳에서 나라를 일으킨 배달국은 그렇게 서서히 가동을 시작하고 있었다.

한글교육과 새로운 형태의 군사훈련 계획이 수립되었고, 다가올 농사철을 준비하기 위해 김민수는 현대에서 가져간 종자의 묘판을 준비하고 있었다.

눈 깜짝하는 사이에 닷새가 지나고 드디어 전기 시설과 곳곳에 전등 시설이 완료되었다.

어둠이 내려앉은 그날 저녁이었다. 쌀쌀한 바닷바람이 옷 속을 파고드는 겨울날임에도 장수들과 군사들 뿐만 아니라 인근 백성들까지 성문 앞에 모여 있었다.

발전기와 전등을 설치하는 공사가 끝나자, 간단한 통전(通電) 기념 식이라도 해야 한다는 건의에 따라 이왕이면 근처 촌민들까지 보게 하자고 결정하여 일부러 성문 밖에서 행사를 갖기로 한 것이었다.

횃불 몇 개가 간신히 지척을 분간하게 하고 있을 뿐, 어두침침한 성하촌(城下村) 골목에는 군사들과 백성들로 물샐 틈이 없어 보였다. 그들은 현령이던 해론이 각 마을로 보낸 군사들을 통해 모이라는 전갈을 받았기에 모인 것이지 사실, 무슨 영문인지도 모르고 있었다.

그들 앞에는 임시로 만든 연단(演壇)이 자리 잡고 있었고, 연단 한 쪽 편에는 오늘 행사를 진행할 해론이 서 있었다. 그가 진행을 맡은 것은 참석한 군사와 백성들에게 알아듣는 말로 진행하기 위해서였음은 물론이었다. 그것은 사전에 장지원과의 필담에 의해서 어떤 순서로 행사를 진행할 것인지 충분히 의견을 나누었기 때문에 가능한 일이었다.

잠시 후에 생전 처음 보는 괴상한 복장을 한 천족장군들이 단상에 나타나자 웅성거리는 소리가 높아졌다. 그곳에 모인 백성들 중에 대부분이 아직까지 천족장군들을 본 적이 없던 자들이기 때문이었다.

웅성거리는 소리가 계속되는 가운데 해론이 입을 뗐다.

"모두 들으시오! 본장은 당성 현령이던 해론이요. 지금은 배달국 태황제 폐하를 모시는 장수로서 홀기(笏記)*를 진행하게 되었소."

"……?"

해론이 자기소개를 끝내자 시끄럽던 장내가 일거에 쥐 죽은 듯이 잠잠해졌다.

"지금부터 배달국 최초로 설치된 전기의 통전 기념식을 개최하겠습니다. 소장의 구령에 따라 배달국 태황제 폐하께서 발전기 스위치를 켜시겠습니다. 하나! 두울! 셋!"

해론의 구령에 따라 진봉민은 스위치를 올렸다. 그러자 어두컴컴하던 행사장을 비롯해 산성 곳곳과 구봉산 정상뿐만 아니라 심지어는 배가 드나드는 화량 포구까지 대낮처럼 환하게 밝아졌다.

"……!"

몇 천 명의 인파가 모여 있다고는 생각조차 할 수 없는 정적이 성문 앞을 휩쓸었다.

정적은 계속되었다. 오히려 이상하게 생각한 천족장군들이 곁에 있던 변품을 쳐다보았다. 그런데 그는 체통도 잊은 채 멍하니 구봉산 정상에서 반짝이고 있는 전등불을 올려다보고 있었다.

이때 갑자기 함성이 터졌다.

"와……!"

---

* 홀기(笏記): 행사의 진행 순서.

"와……! 와……! 와……!"

사람들이 지르는 함성은 어느 시대나 상관없이 똑같았다. 언제 긴 정적이 있었냐는 듯이 그 자리에 모였던 군사들과 백성들이 흥분에 젖어 빚어내는 함성 소리는 산천을 울렸다.

그들로서는 밤을 이토록 환하게 밝히는 불빛은 본 적이 없었다. 그나마 있는 집은 초나 식물성 기름으로 등잔불을 밝혔고, 없는 집은 그을음 나는 관솔*에 불을 붙여 사용했을 뿐이었다.

그치지 않고 계속되는 함성 소리에 천족장군들은 신기함에 그러려니 했다. 그런데 군사들과 백성들의 움직임이 이상해지기 시작했다. 어디서 가지고 나왔는지 피리 소리가 들리고, 모여 있던 군사들과 백성들이 어우러져 춤을 추기 시작한 것이다.

'삐~~삘리리~ 삘리리리~ 삘리리~ 삘리~~ 삘리리리~'

대단한 열기였다.

진봉민은 문득 춤과 음악을 즐겨하던 민족이었다는 기록이 사실이었음을 깨달았다. 미소를 머금고 한참을 바라보던 진봉민과 일행이 천천히 현청 안으로 발걸음을 떼자, 갑자기 피리 소리가 멈추고 모여 있던 군사들과 백성들이 너 나 할 것 없이 진봉민 일행을 향해 무슨 말인가 중얼거리며 엎드려 절을 하기 시작했다. 이들의 중얼거림과 행동은 자신들에게 존경을 표현하는 것이라는 것을 분명히 느끼고 있었다. 천족장군들은 가슴속에서 울컥 치밀어 오르는 감동을 그들에게 표현해 줄 방법이 없었다.

이때였다. 함께 성안으로 발걸음을 옮기던 민진식이 진봉민을 향

---

* 관솔: 소나무 가지를 자르고 난 후에 나무 몸체에 붙어 있는 부분.

해 두 팔을 올리며 외쳤다.

"만세! 만세! 배달국 만세! 만세! 만세! 배달국 태황제 폐하 만세!"

인간과 인간 사이의 교감은 꼭 말로만 이루지는 것은 아니었다. 바로 가슴과 가슴이 있었다. 민진식이 먼저 만세를 부르기 시작하자, 연신 절을 해대던 군사들과 백성들도 모두 일어나 그가 외치는 말과 행동을 따라 하기 시작했다. 발음은 어설펐지만 분명히 배달국 만세를 부르고 있었다.

그 광경을 바라보던 천족장군들 역시도 가슴속에서 북받쳐 오르는 감동을 주체하지 못하고 누구나 할 것 없이 함께 만세를 부르기 시작했다.

진봉민도 벅찬 감동으로 목이 메는지 번연히 알아듣지 못하는 것을 알면서 한 팔을 올리면서 외쳤다.

"배달국 백성들이여! 우리는 삼국을 통일하고 저 대륙까지 뻗어나가 찬란한 민족의 영광 시대를 열겠노라!"

진봉민은 신이 들린 사람처럼 외쳤다.

'하늘에서 오신 황제님이라고 장수들과 촌주로부터 들었던 그분이 우리에게 말씀하신다!'

'하늘에서 쓰시던 말씀이니 알아들을 수는 없지만 우리를 위한 말씀을 하신다!'

그 자리에 있는 군사들과 백성들은 다들 그렇게 생각하고 있었다.

진봉민은 백성들 앞쪽에 서서 만세를 부르던 기근니 촌주에게 다가가 어깨를 꽉 잡아 보듬어 주고는 뒤돌아서서 천천히 성안으로 들어갔다.

그들이 외치는 만세 소리는 그 이후에도 한동안 계속되었다.

통전 기념식이 있던 그 밤은 그렇게 감격 속에 지나고, 이튿날부터 배달국은 모든 것이 달라지기 시작했다. 군사들에게도 낮에는 군사 훈련을 시키고, 밤에는 한글을 가르쳤다.

그뿐만 아니었다. 식사 때마다 밥알이 깔깔한 이유를 알아보니 짐작했던 대로 벼를 돌절구에 찧거나 석판에 놓고 갈아서 껍질을 벗겨 내고 있었다. 간신히 겉껍데기만 벗겨 냈기 때문에 그런 것임을 확인하자, 가지고 왔던 도정기*를 전기에 연결하여 백성들의 벼를 찧어 주기 시작했다.

또한 현대에서는 그 근처에 개간되지 않은 평지가 없을 정도였지만, 지금은 잡초만 무성하게 우거진 불모지들이 널려 있었다. 이곳을 일구는 작업이 시작되었다.

그들이 가져온 불도저와 트랙터가 그 땅을 농토로 만들고 있는 것이다. 만약에 그것들이 유류를 사용하는 장비들이었다면 가져왔다고 해도 별 쓸모가 없었을 것이었다. 그렇지만, 그들이 떠나올 당시에는 이미 자동차나 중장비에는 탄소 연료 엔진이 상용화되고 있었기 때문에 이곳에 가져와서도 연료 걱정 없이 사용할 수가 있는 것이다.

이 시대에는 논밭을 갈라치면 소에 쟁기를 매어 땅을 갈 수밖에 없었고, 철기시대라고는 하지만 쟁기 날인 보습*도 아직까지 대부분 나무로 깎아 만든 것이었다. 그런 그들이 눈에 불도저가 언덕과 웅

---

* 도정기: 벼를 찧어 쌀로 만드는 기계.
* 보습: 땅을 갈아 흙덩이를 뒤엎는데 쓰는 삽 모양의 농기구.

덩이를 고르고, 트랙터가 이랑을 만드는 것을 보고 놀라지 않을 수가 있었겠는가?

천족장군들이 작업을 할 때는 옆에 눈썰미가 있는 군사 한둘이 꼭 붙어 있었다. 기계의 작동과 작업 요령을 가르치려는 의도였음은 말할 필요가 없었다. 그들 눈에는 천족장군들이 하는 것은 다 신통을 부리는 것으로 여기게 되었다.

더욱이 조성만 장군은 기근니 촌주에게 양해를 구한 다음, 식사 시중을 들어주던 처녀 중에 눈썰미와 미모를 갖춘 다섯 명을 선발했다. 그녀들에게 가지고 온 재봉틀 사용법을 가르치기 시작한 것이다.

군복까지 납품하던 섬유회사인 오성물산 생산부장 출신인 조성만은 앞으로 많은 군복과 각종 깃발이 필요할 것이라는 것을 알았기 때문이었다.

이미 제국군 계급장은 대한민국에서 쓰던 계급장 표식을 그대로 사용하기로 하였고, 장군 계급 중에 준장이 없어졌기 때문에 소장을 별 1개, 중장을 별 2개, 대장을 별 3개, 총장을 별 4개로 표시하면 되었다.

그렇게 생활한 지 보름도 채 되지 않았지만, 백성들은 혹시라도 근처에 이상한 옷차림을 한 천족장군들이 나타나면 두려워하는 것이 아니라 일부러 달려와 엎드려 절을 하며 공경하는 마음을 표시했다.

천족장군들도 말은 통하지 않았지만 절을 하는 그들을 일으켜 세우면서 미소를 짓거나 어깨를 토닥거려 주는 것으로 친근감을 표시했다. 그럴 때마다 그들은 감읍의 눈물을 보이며 몸 둘 바를 몰라 하는 것이었다.

첫 번째 전쟁

시간의 경계를 넘어 천족장군들이 이 시대로 온 지도 벌써 한 달이 가까워지고 있었다. 그동안 가장 고생이 컸던 사람들은 한글을 가르치는 홍석훈, 조성만, 김민수, 장지원이었다.

자음과 모음을 가르치는 것은 그나마 쉬운 편이었으나, 단어를 가르치는 것은 몇 배나 힘이 들었다.

薯童房乙(한자)→몃둥방을(신라 말)→서동방을(한글)

이런 방식으로 가르칠 수밖에 없었으니 힘든 것이야 말해서 무엇하랴! 다행히 하루가 다르게 간단한 문장쯤은 읽고 말하는 군사들을 보면서 힘들어도 힘들다는 것을 잊을 수 있었다.

실상 어떻게 보면 힘든 것은 천족장군들만이 아니었다. 군사들 역시도 낮에는 군사훈련과 수시로 공사장에 차출되었고, 밤에는 늦도록 한글 공부에 매달려야 하니 힘든 것은 매한가지였다.

게다가 자신들이 모시던 변품을 비롯해 무은과 해론도 잠잘 때를 제외하곤 군사훈련에서부터 한글 공부까지 자신들과 똑같이 행동하고 있는 판국이니 한시라도 긴장의 끈을 풀었다가는 예외 없이 호통을 당하기가 일쑤였다.

군사훈련은 조영호와 우수기가 담당하고 있었다. 특히 특전사 교관 출신이면서 특수전의 전문가인 조영호는 군사들이 말을 알아듣기 시작하자 훈련의 강도를 높여 갔다.

그가 담당하는 특수훈련은 나이가 있는 장수인 변품은 말할 것도 없고, 젊은 무은이나 해론조차도 힘에 겨워할 정도로 혹독했다.

그렇지만 그들의 열성만큼은 대단했다. 훈련을 하다가 잠시 휴식 시간이라도 있을라치면 부하 군사들이 보고 있는데도 전혀 거리낌이 없이 어젯밤에 배운 한글 단어들을 땅에 써 보며 외우는 정도였다. 그렇게 장수들이 더 열성인 이유는 아침마다 이루어지는 회의에서 천족장군들이 나누는 대화 내용을 알아듣지 못하니 답답함을 해결할 방법은 스스로 한글을 깨우치는 길 뿐이라는 것을 알았기 때문이었다.

조영호와 우수기는 강철의 지시에 따라 틈틈이 실전을 겸하여 그들을 데리고 인근 지역으로 탐색을 나갔다. 원래 신라 북한산주 영역은 현대로 말하면 서울을 포함한 경기도와 충청북도 일부였다. 그러니 그들이 나가는 지역은 모두 군주였던 변품이 다스리던 곳이었다.

변품은 어느 곳에 가건 그 지역이나 마을에서 영향력을 행사하고 있는 대인(大人)들과 촌장들을 불러 앞으로 이곳은 신라 땅이 아니라 배달국 땅이라고 말하고 배달국에 대한 설명을 자세히 해 주었다.

원래 명망이 있던 그의 말에 배달국의 영향력이 미치는 땅은 점점 넓어져 갔지만, 그 지역을 다스릴 배달국 관리가 파견되지 않았기 때문에 아직까지는 확실하게 통치력이 미치는 것은 아니었다.

지금 국원소경(國原小京)에는 당성에서 도주했던 백룡이 머물고 있었다. 그는 북한산주 군주이던 변품의 직속 부하 중에 1명으로 변품이 망명하던 순간에는 함께 있질 않고 당성 안에 남아 있었다. 그런데 한발 앞서 군사들과 함께 돌아온 같은 계급인 무은과 현령인 해론으로부터 자신의 상관인 변품이 생전 보지도 듣지도 못하던 무리에게 투항했다는 소식을 접하고는 뒤도 돌아보지 않고 그곳을 떠나온 것이다. 그렇게 해서 도착한 곳이 바로 국원소경이었다.

국원소경은 신라의 왕도인 서라벌이 남쪽으로 치우쳐 있는 약점을 보완하기 위해 전대(前代) 왕인 진흥왕이 충주에 설치한 지방행정기관이었다. 지금은 북한산주의 관할에 속하지만, 진흥왕이 처음 서라벌에서 진골 출신들과 가야 계열 백성들을 이주시켜 국원소경을 설치할 때는 준 독립적으로 군사와 행정을 관장하게 했었다.

백룡은 도착하자마자 국원소경 최고 관직인 사대등(仕大等)의 직관에 있는 김술종에게 자초지종을 털어놨다. 처음 그 말을 들은 김술종은 무슨 뜬금없는 소린가? 하는 눈빛으로 백룡을 쳐다보았다.

하늘을 날아다니는 정체불명의 괴한들 얘기하며, 북한산주 군주인 변품의 성품과 충성심을 잘 알고 있는 그로서는 변품이 투항을 했다는 말이 도무지 믿어지질 않았다. 그렇다고 진골 출신이면서 대감이라는 직관에 있는 백룡의 말을 일방적으로 묵살할 수도 없는 노릇이었다.

그래서 서라벌 도성으로 보고를 올리기 전에 일단 당성으로 정탐을 보내 보기로 했다. 아니나 다를까, 정탐을 하고 돌아온 군사들이 이구동성으로 고하는 말은 백룡이 말한 그대로였다. 김술종은 서둘러 조정으로 장계를 올렸다.

국원소경의 사대등인 김술종의 보고서를 받아 본 신라 조정에서는 아마도 해적들이 상륙해서 횡포를 부리고 있는가 보다 하는 정도로 생각했다.

매년 한두 번 정도는 해적들이 출몰해서 바닷가에 있는 마을을 약탈해 왔었기 때문에 이번에도 3천 정도의 군사를 보내 그들을 소탕하면 충분하리라 여겼다. 신료들 중에는 전에도 그랬듯이 토벌군사들이 도착하면 이미 그들은 사라지고 없을 거라는 안일한 생각에 젖어 있는 자도 있었다.

그때 마침 군사를 담당하는 병부령 김후직은 백제와의 남쪽 접경인 대야성(大耶城)*을 돌아보기 위해 서라벌에 없었다.

그는 돌아오자마자 배달국에서 돌려보낸 군사들의 입을 통해 번지고 있는 이상한 소문을 들었고, 거기다가 김술종의 장계 내용을 알고는 대경실색했다. 괴이한 소문과 김술종의 장계 내용이 한 치의 어긋남도 없었기 때문이다.

신라 조정은 당황하기 시작했다. 자신들이 중국 수나라와 교통하는 항구가 있는 당성을 들어 보지도 못한 배달국입네 하는 무리들에게 점거당한 것이 사실이라고 하니 기겁을 하지 않을 수가 없었

*대야성(大耶城): 당시 백제와의 접경인 경남 합천에 있던 성.

던 것이다.

게다가 변품을 따라 그들에게 투항한 군사가 3천이 넘는다고 하니, 처음에 생각했던 3천 명의 토벌군으로는 턱에도 차지 않는 일이었다.

신라 조정에서는 여러 번에 걸친 대책 회의를 통해서 하루빨리 당성을 토평하기로 하고 당성토평군을 구성키로 결정했다.

이 결정에 따라 진평왕은 당성토평군 군주에 대장군 임말리를, 장군으로는 김용춘과 김술종, 백룡을 대관대감에는 염장과 수품을 임명하였다. 그리고 그들에게 삼년산성 군사와 국원소경 군사 그리고 국원소경 근방에서 모병(募兵)하여 1만 2천의 군사로 당성을 토벌하라고 명했다.

진평왕으로부터 명을 받은 임말리 등은 급히 삼년산성으로 향했다.

만노군(萬弩郡)*의 세금천(洗錦川) 변에 있는 야로촌에서는 요란한 소리가 들리고 있었다.

'쟁―강! 쟁―강! 쟁―강!'

'뎅―강! 뎅―강! 뎅―강! 뎅―강!'

허름한 초가집 20여 호가 옹기종기 모여 있는 마을의 한복판에는 다른 집들과는 달리 여(呂)자 모양에 높은 굴뚝에서는 연신 연기가 피어오르는 커다란 집이 한 채 있었다. 집 모양도 모양이려니와 마을에 있는 여느 집들과 달리 쇠 담금질 소리까지 들리고 있으니 보통의 민가는 아니었다.

---

* 만노군(萬弩郡): 충북 진천 지역.

젊은 사내들이 불에 달궈진 쇠를 망치로 연신 두드려 대고 있는 이 집은 바로 공방(工房)이었다. 철광석에서 철을 뽑아내는 제철로(製鐵爐)와 여기서 만들어진 쇳덩이로 제품을 만들어 내는 대장간인 단야공방(鍛冶工房)이 함께 있는 곳으로는 신라에서 3번째로 큰 곳이었다.

이 시설을 운영하고 있는 사람은 금관가야국 후손인 한미굴이었다. 1백여 년 전까지만 해도 김해 지방을 다스리던 금관가야는 신라가 군사를 몰아 쳐들어오는 바람에 도성까지 함락되는 비운을 맞았다.

이때 국왕이던 구형왕이 신라에 항복하고, 조정 신하들과 장인들 역시 자의반 타의반으로 신라 도성이 있는 서라벌로 이주하게 되었다. 그러나 가야국 조정에서 벼슬을 하던 한미굴의 조부(祖父)는 서라벌로 가기를 거부하고, 가업(家業)인 철을 다루는 공방 일로 연명해 나갔다.

그 이후 1백여 년의 세월이 흐르자 가야국 후손들은 점점 신라국에 동화되어 갔고 벼슬을 받아 신라 조정에 출사하는 자들도 늘어만 갔다. 이럴 즈음, 가야 국왕이던 구형왕의 손자인 김서현도 벼슬을 받아 최전방인 만노군 태수(太守)로 부임하게 되었다. 태수는 그 지역에 군사와 행정을 책임지는 벼슬이었다.

그는 부임길에 한미굴을 찾아와서는 만노군에 군사들의 병장기를 손질할 사람이 없으니 그곳으로 와 주었으면 좋겠다는 간곡한 부탁을 하고 떠나갔다.

갑작스러운 제안에 한미굴은 당황스럽기도 하였지만, 나라가 망하지만 않았다면 가야국 국왕이 되었을 그의 부탁을 차마 거절할 수가 없었다.

더욱이 신라국으로부터 하급 벼슬이지만 좌군(佐軍)이라는 벼슬까지 받고 있던 한미굴은 나라에서 필요로 한다는데 모른 척 좌시할 수만도 없는 노릇이었다. 고심 끝에 그는 집안 권속들을 이끌고 만노군으로 이주해서 대장간인 공방을 설치하고, 쇠부리*를 시작했다.

그때만 해도 그곳은 고구려, 백제, 신라가 국경을 맞대고 있는 지역이었으니 자연히 병장기를 만들고 고치는 일감이 많을 수밖에 없었다. 늘어 가는 일감에 비례해서 자그마하던 공방은 차츰 커져 갔고 지금은 신라에서도 손꼽히는 큰 공방으로 발전한 것이었다. 이토록 공방이 커지게 된 데는 또 다른 이유가 있었다.

한미굴에게는 쇠동이라는 아들이 하나 있었는데 어릴 때부터 보고 자란 것이 쇠부리 일이라 그런지 쇠를 다루는 일에는 특출한 재주를 보여 왔다. 쇠를 다루는 과정을 깊이 연구하여 새로운 작업 도구도 만들어 내고, 작업 공정도 개선하여 주변을 놀라게 하곤 했다.

그러던 차에 공방에서 사용되는 재료인 철괴(鐵塊)가 품귀하여 일손을 놓는 일이 발생했다. 이에 화가 난 쇠동이는 공급이 원활치 않은 이유도 알 겸해서 철괴를 생산하고 있는 김해로 달려갔다.

그곳에 가서 알아본 결과 '앞으로 재료 공급에 구애되지 않고 물건을 만들자면 제철로가 필요하다' 는 결론에 이르렀다. 결심이 선 쇠동이는 한동안 그곳에 머물면서 제철로의 구조와 철괴를 만드는 과정을 꼼꼼히 살펴보기 시작했다.

다행히 그곳 사람들은 '설마 네놈이 뭘 수로 제철로를 만들랴!' 하

---

* 쇠부리: 쇠를 녹이고 다뤄 가공하는 모든 제철 작업(주조, 단조, 제강 등)을 일컫는 고유어.

는 마음에서 웬만한 것은 곧잘 대답을 해 주었고, 고로(高爐)*를 살펴보는 것도 허락했다. 이렇게 보고 주워들은 내용을 가지고 돌아와서는 공방 옆에 제철로를 만들기 시작했다.

드디어 완성된 제철로를 첫 가동하던 날, 철광석을 집어넣고 천지신명께 기도하는 마음으로 소나무 장작에 불을 붙여 때기 시작했다. 정말로 고로에서 쇳물이 녹아 나올까 조바심으로 기다리던 어느 순간, 펄펄 끓는 붉은 쇳물이 고로 구멍에서 콸콸 쏟아져 나왔다.

성공한 것이었다. 이것이 바로 공방이 커지게 된 결정적 동기였다. 조상 대대로 쇠를 다루는 일이 주업이던 한미굴은, 아들인 쇠동이가 이름값을 하는지 이렇듯 어릴 때부터 철 다루는 일에 특출한 재주를 보이자 늘 대견스럽게 생각해 왔다. 그런 그에게 아들인 쇠동이가 가슴이 덜컥 내려앉는 말을 했다. 바로 당성토벌군에 자원하겠다고 나선 것이다.

아들의 말에 자신도 자신이지만, 그날부터 부인인 쇠동이 어미가 몸져누워 식음을 전폐하다시피 하고 있으니 참으로 난감한 일이었다. 며칠 동안 시름에 젖어 있던 한미굴은 아들을 바깥채 툇마루로 불러 마주 앉았다.

"그래 꼭 가야겠냐?"

"아버지! 소자는 그네들이 이상한 병장기를 가졌다 하니, 그것을 꼭 보고 싶습니다. 보내 주세요."

"그건 소문에 지나지 않는단다. 우리 공방에 왔던 장군들도 괜한 헛소문이라고 하질 않더냐?"

---

* 고로(高爐): 높이가 높은 용광로.

"그렇지 않아요. 실제로 그것을 봤던 군사가 하는 말을 두 귀로 똑똑히 들었어요."

"대체 그걸 봐서 어쩔 건데……? 이곳에서 병장기를 만드는 일이 얼마나 중차대한 일인데 그러느냐? 게다가 조상 때부터 해 오던 일을 팽개치고 어디를 간단 말인고? 그만두거라."

"보내 주세요! 소자가 가서 그네들 병장기를 보고 와서 우리 신라 군사들이 쓸 더 좋은 병장기를 만들어 보렵니다."

"그렇게 꼭 가야겠느냐?"

"예! 우리 염장 장군님께 물어보니 제가 조위(造位) 벼슬을 받고 있어서 십장(什將)을 준답니다. 수하를 열 명씩이나 거느린다는 말씀입니다."

하고 어깨를 으쓱하며 자랑스럽게 말을 했다.

쇠동이가 성년이 되자 신라 조정에서는 얼마 전에 그에게 조위라는 최 말단 벼슬을 내렸었다. 물론, 그 벼슬을 내린 것은 이곳 야로촌 촌주 겸 수야장(首冶匠)인 아비 한미굴의 공을 봐서 내린 것이었다.

"어찌 고집이 쇠심줄인고? 정히 그렇다면 네 맘대로 해라. 대신 성질난다고 함부로 행동하지 말고, 장군님들 말씀 잘 따르고, 죽지 말고 돌아오거라. 알았느냐?"

"예! 알겠습니다. 아버지! 허락해 주셔서 고맙습니다."

도저히 설득이 안 된다고 판단되자 마지못해 허락한 한미굴은 자리를 털고 일어나 안마당을 가로질러 공방 쪽으로 어기적어기적 걸어갔다.

부모의 마음이 다 그렇듯이 속으론 안타깝지만, 한편으로는 원래 영악한 아이니 무탈하게 돌아올 거라고 스스로를 위로하면서 20여 명의 철간(鐵干)*들이 일을 하고 있는 공방으로 왔다.

당시에는 15세에서 60세까지 남자인 정남(丁男)은 부역의 의무가 있었다. 그중에 철을 생산하거나 다루기 위해 국가에 징집되거나 대대로 세습해서 종사하는 자들을 철간이라 해서 부역의 하나로 쳤다.

공방에서 일을 하고 있던 철간들은 수야장인 한미굴이 굳은 얼굴로 돌아오자, 눈치를 보면서 일에 열중하는 척했다. 그들도 공방 책임자인 수야장의 아들이 군대에 지원하려고 한다는 것을 이미 알고 있었기 때문이었다.

그들도 마음이 편한 것은 아니었다. 쇠동이가 어릴 적부터 공방을 들락거리며 성가실 만큼 물어보는 통에 진땀을 뺐던 경우도 한두 번이 아니지만 그 만큼 정이 든 것도 사실이었다.

그 덕분인지는 몰라도 이제 갓 성년이 된 지금은 자신들보다도 쇠의 물성(物性)을 더 잘 알아 자신들조차도 놀랄 때가 한두 번이 아니었다. 특히 일을 하려 해도 철괴가 없어 일을 못할 때가 많았는데 쇠동이가 제철로를 직접 설계해서 만든 후에는 철괴가 없어 일을 못하는 경우는 없었다.

이토록 영특함으로 귀염을 받던 쇠동이가 험한 전쟁터로 나간다 하니 그들 뿐 아니라 야로촌민들도 여간 서운해하지 않았다.

배달국이 있는 당성에서도 신라가 칼끝을 겨누고 있다는 사실을

---

*철간(鐵干): 신라에서는 모든 정남(丁男: 15세~60세까지 남자)에게 국가에 무보수 노동력을 제공하는 부역(賦役)의 의무가 있었는데 그중에 철을 생산하거나 다루기 위한 부역자나 대대로 세습되어 종사하는 자들을 말함.

모르는 사람은 아무도 없었다. 이미 한 달 전부터 백성들 사이에서는 신라군이 쳐들어올 것이라는 소문이 나돌기 시작했던 것이다.

그럼에도 태황제를 비롯한 천족장군들은 이런 소문을 듣지 못했다는 듯이, 아니 설사 들었다 하더라도 자신들과는 전혀 무관한 일이라는 듯이 평소대로 일상을 계속해 나갔다.

대개 전쟁을 앞두고는 성벽과 성문을 보수하고, 적을 막기 위한 임시 담장인 방책(防柵)을 세우고, 성 앞에 도랑을 파고 물이 흐르게 하여 적들이 쉽사리 다가오지 못하도록 해야 당연했다.

군사들 역시도 하고 있던 다른 일을 멈추고, 오직 전쟁을 대비해 진법을 연습한다든가 병장기를 수선하는 것이 시급한 일이었다. 그것도 부족하다 싶으면 인근 백성들을 징집하거나 급할 때 무기로 사용할 돌덩이들을 성안으로 나르게 하는 것이 통례였다.

그런데 배달국은 오히려 도로를 넓히고, 축대를 쌓고, 다리를 설치하여 적에게 유리한 일만 골라서 벌이고 있었다. 더구나 군사들도 낮에는 훈련을 한다지만 그것은 원래 해 오던 일이고, 아직도 밤에는 한가하게 글자 공부나 시키고 있으니 백성들이 머리를 갸웃거리는 것은 당연했다.

역시 하늘에서 왔다더니 세상사에 대해 몰라도 너무 모른다고 생각하면서 그래도 천장들인데 무슨 수가 있겠지 하고 믿고 있었다.

그러나 약삭빠른 자들은 이번 전쟁은 배달국이 틀림없이 패할 거라고 지레짐작하고 밤을 틈타 가족들을 데리고 신라 쪽으로 도주하고 있었다.

배달국에 충성을 다하고 있는 원막촌 촌주인 기근니 소위가 여러 번 배달국 장수들에게 이런 사실을 귀띔해 줘도 그들은 빙그레 웃기만 할 뿐, 신경을 쓰는 것 같지도 않았다. 그러자 오히려 안달이 난 촌민들이 스스로 파수를 서며 야반도주하는 자들을 붙잡아 치도곤을 놓고 있는 판국이었다.

이미 변품을 투항시킬 때, 천족장군들이 전쟁하는 모습을 본 적이 있던 그들은 신라군이 쳐들어온다는 소문에는 전혀 두려워하거나 흔들림이 없었다. 다만 몰래 야반도주하는 자들이 얄미울 뿐이었다.

그런 날들이 계속되던 어느 날 밤, 진봉민은 수항청 안에서 노트북 자료를 찾아보며 어떻게 나라를 꾸려 갈까 고민하고 있는 중에 갑자기 밖이 소란스러웠다. 무슨 일인가 궁금해하고 있는 차에 강철이 들어와 예도 차리지 않고 급한 목소리로 고했다.

"폐하, 화재가 발생했습니다."

"화재라니요?"

"예, 조창에 화재가 발생해서 지금 진화 작업 중에 있습니다."

진봉민은 놀란 눈으로 되물었다.

"아니 뭐요? 조창이라면 곡식을 보관하고 있는 창고가 아니요?"

"예, 그렇습니다."

"이거 큰일이군! 어서 나가 봅시다."

이곳 조창은 신라가 한강 유역의 백성들로부터 거둬들인 세곡을 보관하는 창고였다.

당성에 첫발을 디딘 진봉민이 제일 먼저 걱정했던 것이 식량이었는데 창고에 보관하고 있는 양이 넉넉하다는 말을 듣고는 얼마나 다행으로 여겼던가! 그런데 그곳에 불이 났다니, 아찔하지 않을 수 없었던 것이다.

그들이 성 밖에 있는 현장에 도착했을 때는 많은 백성들과 군사들이 나서서 진화 작업을 하고 있었다.

조영호가 그들을 발견하고 가장 먼저 달려왔다.

"폐하, 진화 작업이 급해서 소장이 미처 경호에 신경을 쓰지 못했습니다. 죄송합니다."

"아니요, 군사들의 훈련이 끝날 때까지는 경호에 신경 쓰지 말라고 내가 이미 말하지 않았소? 그런데 불길은 잡혔소?"

"예, 이제 거의 잡혀 가고 있습니다. 완전히 진화되고 나서 조사해 봐야겠지만, 다행히 일찍 발견하는 바람에 밖에만 일부 그을리고 창고 안으로는 번지지 않은 것 같습니다."

"그렇다면 다행이요. 이제 안심해도 되는 것이요?"

"예!"

"그럼, 이곳은 다른 분에게 맡기고, 조 장군은 방화를 한 자가 누구인지 알아보도록 하시오. 무슨 수를 써서라도 잡아야만 하오."

"알겠습니다!"

명이 떨어지자 그는 부리나케 자리를 떴다.

진화 작업이 마무리되고 있을 때쯤 헬기 1대가 동쪽 방향으로 날아가고 있었다. 헬기에는 조종간을 맡고 있는 장지원과 조영호 그리고 해론이 군사 2명과 함께 탑승해 있었다.

방화범을 잡으라는 지시를 받은 조영호는 급히 해론을 불렀다. 그러고는 백성들에게 수소문해서 방화범들이 어느 방향으로 도주했는지 알아보게 했다. 그렇게 알아낸 정보에 따라 급히 헬기가 이륙한 것이었다.

당성을 떠난 헬기가 4킬로미터쯤 왔을 때 어둠 속에서 다섯 명이나 되는 수상한 자들이 뛰다시피 걸음을 재촉하고 있는 것이 발견되었다.

저들이 틀림없다는 생각에 헬기를 급강하시키면서 라이트를 비추자 그들은 불빛을 피해 뿔뿔이 흩어져 도주하기 시작했다.

안 되겠다고 판단한 장지원은 그들을 향해 기관총을 발사하기 시작했다.

밤중에 헬기에서 발사하는 요란한 기관총 소리와 쏟아지는 총탄은 마치 벼락을 때리는 것처럼 보였는지 그들은 두려움으로 땅바닥에 털썩 주저앉았다.

헬기를 지면 가까이 접근시키자, 해론이 군사들과 함께 뛰어내려 재빨리 그들을 포박해 버렸다. 군사훈련의 효과가 제대로 나타난 것이다.

그들을 체포한 해론은 조영호에게 묻지도 않고 즉각 그들 하나하나에 대한 심문을 시작했다. 한시가 급한 판에 혹시라도 엉뚱한 사람들을 붙잡아 시간을 허비하는 것은 아닌가 하여 그 자리에서 심문을 시작한 것이다. 조영호 역시 마음은 급했지만 해론이 하는 대로 놔둘 수밖에 없었다.

체포된 자들은 해론의 집요한 심문에 꼼짝 못하고 자신들이 불을 질렀다고 토설(吐說)을 했고, 조영호는 서둘러 그들을 싣고 당성으로 돌아왔다.

그들이 다녀오는 동안 화재는 완전히 진화가 되어 있었다. 다행히 곡식에는 아무런 피해도 없다는 것이 확인되어, 안도의 한숨을 내쉬고 있던 배달국 장수들은 방화범들이 잡혀 오자 격분하여 즉결 처분을 주장했다. 그러나 진봉민은 개의치 않고 조용히 변품을 불렀다.

"장군은 저들이 방화를 저지른 이유와 관련된 자가 누구인지 내일 아침까지 알아내시오."

"예! 알겠사옵니다."

"자! 다들 수고하셨소. 그만하길 다행이오. 이제 모두 들어가십시다."

태황제가 말하자 장수들은 각자 처소로 발길을 돌렸다.

이튿날 아침, 회의를 시작하자마자 태황제가 변품을 쳐다보면서 물었다. 그동안 한글교육을 받아 온 변품은 요사이 웬만한 대화는 나눌 정도가 되었고, 쓸 줄도 알았다. 물론 그렇게 되기까지는 눈물겨운 노력이 있었기에 가능한 일이었다.

"변품 장군! 그래 방화범들은 조사해 보셨소?"

밤샘 조사를 했는지 얼굴이 푸석푸석하고 초췌해 보이는 변품이 대답했다.

"그렇사옵니다, 폐하! 명을 내린 자는 이곳에서 도주하여 현재 국원소경에 머물고 있는 백룡이고, 실제로 불을 지른 자들은 성하촌(城下村) 촌주와 촌민을 비롯해 몰래 숨어든 신라의 간자(間者)*들이었사옵니다."

"흠…… 역시 신라의 소행이군."

---

* 간자(間者): 간첩.

"예, 그 이유는 조만간 이곳으로 쳐들어올 준비를 하고 있는 신라가 사전에 우리의 군량곡을 없애 버리기 위해 그런 것이옵니다."

이미 예상 했었다는 표정으로 고개를 끄덕인 진봉민은 다시 물었다.

"그런데 어떻게 촌장까지 가담하게 된 것이요?"

"백룡의 명을 받고 온 세 명의 간자 중에는 촌장의 아들도 있었사옵니다. 그들의 사주를 받은 촌장이 이웃에 사는 촌민까지 포섭하여 함께 저지른 일이라 하옵니다."

사건의 전말을 알게 된 진봉민은 한참 동안 망설이다가 단호하게 처리하기로 마음을 정했다. 그래야만 앞으로 군사들이나 백성들이 적에게 이용당하는 일이 없겠다고 생각을 한 것이다.

"변품 장군은 들으시오!"

"예!"

"그들을 모두 참하여 효수(梟首)*토록 하시오. 또한 그들 중에 성하촌 촌장까지 끼어 있었다니, 참으로 괘씸한 일이요. 성하촌 촌민들이 소유하던 가축을 비롯한 모든 가산과 재물을 압수하고, 노비로 삼도록 하시오. 대신 그곳에는 원막촌 백성들이 들어가 살게 하고 압수한 가산과 재물도 그들에게 나눠 주도록 하시오."

참으로 냉혹한 처분이었다. 사실, 강철을 비롯한 천족장군들은 마음이 여린 태황제가 너무 관대하게 처리하지 않을까 내심 걱정하고 있었다. 그런데 예상을 뒤엎고 생각보다 엄한 처분을 내리자 놀란 것은 오히려 그들이었다.

---

*효수(梟首): 죄인의 목을 베어 높은 장대에 매달아 놓는 형벌.

반면에 태황제의 명을 받는 변품은 아주 당연하다는 표정이었다. 적과 내통한 자에 대하여는 여하한 변명이나 관대한 처분이 있을 수 없다는 것이 이 시대에 통용되는 법이었기 때문이다.

연좌제 역시 그랬다. 이때는 어느 마을에 역적이 나오면 그 마을을 향, 소, 부곡(鄕所部曲)이라는 이름으로 강등시켜 버렸다.

마을이나 지역이 향이나 소, 부곡으로 강등되면 그곳에 거주하는 백성들은 노비보다도 더 천하게 여겨졌고, 상대조차 해 주지 않는 정도였다. 그러니 촌민들에 대한 처분 역시 이 시대에 살고 있던 변품으로서는 전혀 혹독하다고 여기지 않는 눈치였다.

"폐하! 분부대로 거행하겠사옵니다."

"총리대신은 들으시오. 앞으로 적과 내통한 자는 이유를 불문하고 삼족을 참하고 구족을 노비로 삼으세요. 적을 이롭게 한 자도 참형에 처하고 삼족을 노비로 삼도록 하시오."

"알겠습니다! 그리고 아무리 봐도 불원간 신라군이 쳐들어올 모양입니다. 만약에 그들이 온다면 가져온 무기를 총동원해 배달국의 무서움을 확실히 보여 주는 것이 나중을 위해 좋을 듯합니다."

강철의 제안에 진봉민은 미간을 찌푸린 채 고개를 가로저으며 대꾸를 했다.

"총리대신 말씀도 일리가 있소. 하지만 앞날을 생각하지 않을 수가 없어요. 삼국에 있는 인구를 다 합친다 해도 수나라 인구의 반에도 미치지 못하는데, 그들을 모두 죽일 수는 없질 않겠소? 그 대신 모두 사로잡아 군노(軍奴)*로 삼도록 하십시다."

---

* 군노(軍奴): 군사 노예, 보통 포로로 잡힌 적군 군사를 군노로 삼는다.

생각해 보니 그것이 훨씬 좋은 방법이었다. 그렇지 않아도 요사이 일손이 모자란다는 생각을 하고 있었는데 그들을 노예로 만들어 활용한다면 일손 걱정은 안 해도 될 일이었다.

"알겠습니다. 그렇게 알고 준비를 하겠습니다."

"혹시, 하실 말씀이 있으신 분은 해 보시오."

그러나 더 이상 나서는 사람이 없었다.

강철이 막 폐회를 선언하려는 순간에 조영호가 입을 열었다.

"폐하! 소장이 한 말씀드리겠습니다. 이곳은 외국 상인들도 드나드는 항구로써 보안상 취약할 뿐만 아니라 어젯밤의 방화 사건을 보더라도 하루빨리 정보를 종합할 부서가 필요하다고 생각됩니다."

"정보 부서라……? 정보에 대해서는 우리 장지원 장군이 전공이 아니요?"

"그렇기는 합니다만, 우리가 하는 것보다는 이곳 사정에 밝은 분이 맡는 게 더 나을 것 같다는 생각입니다."

"그렇다면 혹시 생각한 분이 있으시오?"

"예! 소장이 어젯밤 일을 겪으면서 경험한 바로는 해론 소령이 그 방면에 능력이 뛰어나 보였습니다."

"흠! 총리대신 생각은 어떠시오?"

"소장도 조 장군의 의견에 전적으로 공감합니다. 다만 앞으로 만들 국가 조직을 생각해 본다면 소령 계급으로 정보를 총괄하는 것은 다소 무리라고 생각됩니다."

"소령이 맡는다고 뭔 문제가 있겠소만, 다른 분들의 생각은 어떠시오?"

진봉민이 이렇듯 일일이 의견을 묻는 이유는 이 사안이 장군들 간에 충분히 논의가 되지 않은 사안이라는 것을 눈치챘기 때문이었다. 다른 장수들도 정보 부서를 만드는 것이 시급하다는 데는 공감을 하고 있었지만, 소령이 책임자를 맡기에는 계급이 너무 낮다는 의견이 많았다.

모두의 의견을 듣고 난 태황제가 결론을 내렸다.

"말씀들을 듣고 보니, 같은 의견인 것 같소. 그렇다면 배달국에 정보사를 만들고 령(令)에는 무은 대령을 부령(副令)에는 해론 소령을 임명하겠소."

정보 부서의 명칭과 직관이 발표되자 모두 적절하다고 생각하는지 고개를 끄덕였다.

그렇게 아침 회의가 끝났다.

그 즉시 회의에서 거론된 방화 관련자들은 목이 잘려 효수되었고, 성하촌 백성들은 하루아침에 모든 재산을 몰수당하고 노비로 전락하는 신세가 됐다.

당성의 성문을 나서면 사신들이 묵던 사숙관을 비롯해 군창, 조창, 염창 등의 공공건물과 함께 마을 하나가 들어서 있는데 그 마을이 바로 성하촌이었다.

그렇다 보니 당성현 소재지 마을이면서, 가장 부유한 마을일 수밖에 없었다. 그런 마을 하나를 통째로 하사받게 된 기근니 촌주를 비롯한 원막촌 촌민들은 춤이라도 추고 싶은 심정이었다. 게다가 마을만이 아니라 성하촌 촌민이 가지고 있던 모든 재산까지 넘겨받은 기근니는 심사숙고 끝에 선박은 마을 공동소유로 결정하고 가옥과 재물은 촌민들에게 골고루 분배했다.

특히 딸들을 궁에 들여보내 천족장군들의 수발을 들게 하는 집들에 대해서는 노동력을 보충해 주기 위해 소나 말 같은 가축들을 분배해 주는 배려도 잊지 않았다.

태황제의 특별한 은혜를 받은 촌민들은 그날 이후 스스로 마을 이름을 충성촌(忠誠村)으로 고치고 나랏일에는 만사를 제쳐 두고 앞장섰다.

배달국에 정보를 관장하는 정보사가 설치되고 나서부터 신라의 움직임은 손바닥에 올려놓고 들여다보듯이 훤히 파악되었고, 더러는 분석까지 이루어지고 있었다. 이렇게 파악된 정보와 분석은 매일 아침 태황제가 주관하는 어전회의에서 보고가 되고 있었음은 물론이다.

또다시 한 달 여가 지난 4월 초가 되었다.

당성이 들어서 있는 구봉산을 비롯해 인근 봉화산과 청명산에는 진달래와 철쭉이 수줍은 모습으로 꽃망울을 막 터트리고 있었다.

지금 성안에 있는 넓은 연무장(鍊武場)에는 태황제를 비롯한 배달국 장수들과 3천 5백 명의 군사들이 모여 있었다. 그동안 이루어졌던 군사훈련과 한글교육을 끝마치고 수료식을 거행하고 있는 것이다. 거의 두 달 가까이 한글교육을 받은 군사들이 제법 말을 나누고 글자를 쓸 줄 알게 되자, 당초 계획보다 열흘 정도 앞당겨 수료식을 하는 것이었다. 군사교육 과정이 이미 사흘 전에 끝난 이유도 있었지만, 한시바삐 그들에게 맡겨야 될 임무가 있었기 때문이다.

교육을 이수한 3천 5백여 명의 군사들 중에서 군사훈련 성적이 우수했던 3백 명에 대해서는 그 자리에서 태황제가 직접 계급장을 달아 주었다. 일당백의 전투력을 갖춘 그들에 대해서는 별도로 특전군이라고 이름이 붙여지고, 부대 깃발과 함께 조영호의 지휘를 받게 되었다.

다음으로 한글교육 성적이 우수했던 5백 명에 대해서는 한글 강사의 자격이 주어졌다. 그들에게는 배달국의 영향권 내에 있는 여러 마을로 파송되어 백성들에게 한글을 가르치는 임무가 주어졌고, 나머지 군사들은 육군으로 편제되어 우수기가 지휘하게 되었다.

신라군 시절에 받았던 계급은 모두 무시가 되었고, 오직 배달국에서 실시한 군사훈련 성적과 충성도에 따라 계급이 새로 주어졌다.

물론 신라 골품제도 때문에 하급 군졸에 불과하던 자가 일약 장교로 임명되는 경우도 비일비재했다. 특히, 태황제가 직접 계급장을 달아 주고 현대 무기를 비롯한 개인 군장이 지급된 특전군은 단연 부러움의 대상일 수밖에 없었고, 그럴수록 그들의 사기와 충성심은 하늘을 찔렀다.

교관을 맡았던 조영호나 우수기는 말할 것도 없고, 그동안 가끔씩 훈련 모습을 지켜보았던 다른 천족장군들의 마음도 여간 뿌듯하지 않았다. 세상에 어떤 군사와도 비교할 수 없는 3천 5백에 달하는 정예군을 갖게 되었으니, 두려울 게 없다는 마음이었다.

속담에 까마귀 날자 배 떨어진다는 말이 있던가! 수료식이 있고 나서 사흘째 되는 날이었다.

정보사령인 무은 대령과 부령인 해론 소령이 급하게 강철의 집무실로 찾아왔다. 집무실이라야 조그마한 방 하나로 침실을 겸해서 쓰고 있었다.

"어서 오시오! 두 분께서 웬일이시오?"

이젠 충분히 의사소통이 가능할 만큼 한글을 깨우친 두 사람은 심각한 표정으로 입을 열었다.

"총리 각하! 저희 정보사에서 입수한 정보가 중대하고 시급하여, 내일 아침 조회 시까지 기다릴 일이 아닌 것 같아 급히 들었습니다."

"그렇소? 대체 무슨 일인데 그러시오?"

"국원성에 있던 신라군이 이곳을 향해 출정했다 합니다."

이미 예상해 왔던 일이라 담담한 표정으로 다시 물었다.

"으흠! 군사를 모집하고 훈련을 한다더니, 드디어 움직이는 모양이군. 그래 군사는 우리가 파악한 대로 일만 이천이 확실하오?"

"예, 군사는 일만 이천이 맞지만, 그 외에도 군량과 군수품을 나르는 치중대(輜重隊)가 칠천이 조금 넘는 것으로 파악되었습니다."

"음…… 치중대가 많은 편이군."

하고 강철이 혼잣말처럼 중얼거리자 무은이 맞장구를 쳤다.

"예, 치중대가 칠천씩이나 동원되는 것을 보면 상당한 기물(器物)을 동원하는 듯합니다. 어림잡아 치중대 두 명이 가축 한 마리를 끈다고 봐도, 삼천 오백 두의 소나 말이 동원되고 수레 역시 같은 숫자일 것입니다."

이때에도 소나 말을 이용해 짐수레를 끌게 했는데 한 마리가 끄는 것을 보통 수레라고 하고, 두 마리가 끄는 것을 특별히 이마(二馬) 수레라고 불렀다. 무은은 좁고 험한 길에 사용하기 편한 보통 수레를 기준으로 말한 것이었다. 덧붙여 수레의 반이 식량이라고 본다면 약 두 달 동안 먹을 양을 가져오고 있다는 계산이었다.

"오히려 그렇다면 잘되었소. 저들을 모두 사로잡아 군노로 삼을 계획인데, 먹일 식량까지 해결되니 말씀이요. 그런데 언제쯤이면 이곳에 도착할 것 같소?"

"사복홀(沙伏忽)*이나 구성현(駒城縣)*쯤에 와서 군사를 재정비한다 치더라도 열흘 이내로 당도할 것입니다."

사실, 강철은 이 시대에 쓰고 있는 지명을 잘 몰랐다. 그렇지만, 다행히 당성에서 가까운 곳의 지명은 그동안 파악해 뒀던 덕에 쉽게 알아들었다.

"알았소! 적들의 움직임을 놓치지 말고 파악해 주시오. 그리고 저들이 출정하였음을 내일 아침 조회에서 태황제 폐하께 고하시오."

"알겠습니다, 총리대신 각하! 소장들 물러가겠습니다."

정보사령인 무은과 부령인 해론이 돌아가자, 강철은 앞산에서 울고 있는 뻐꾸기 소리를 들으며 잠시 상념에 젖었다.

이제 곧 전쟁이 벌어진다. 자신들이 이곳으로 와서 치루는 첫 번째 대규모 전쟁인 것이다. 물론 현대적 장비로 무장한 제국군이 이기리라는 것은 분명하지만, 어떻게 이기느냐가 관건인 것이다.

다행히 군사들의 교육이 끝나서 안심이 되었다. 의사소통도 제대로 못하던 때가 불과 두 달 전인데, 이제는 일상적인 대화뿐만 아니라 회의까지도 자연스럽게 할 수 있을 만큼 발전했다는 것이 여간

---

* 사복홀(沙伏忽): 경기도 안성시 양성면.
* 구성현(駒城縣): 경기도 용인.

대견스럽지 않았다.

더욱이 친구이던 진봉민이 태황제가 되어 자신이 그 역할을 맡는다 해도 따라갈 수 없을 만큼 잘해 내고 있으니 그 또한 다행이 아닐 수가 없었다. 옆에서 지켜보는 자신조차도 안타까울 만큼 나랏일에 고심하는 진봉민의 모습을 볼 때마다 안쓰러운 마음이 드는 것은 사실이었다.

방화범들을 효수하라고 명하는 경우처럼 사람 목숨에 관계된 결정을 할 때에는 겉으로는 태연한 척하면서도 속으로는 무척이나 갈등한다는 것을 잘 알고 있었다. 김민수 역시도 묘판을 만들고, 가져온 씨앗들을 파종하느라 늦은 시간까지 얼마나 애쓰고 있는가!

귀한 씨앗이 뿌려진 묘판에 가지고 온 농업용 비닐을 덮어씌워 놓고는 사람뿐만 아니라 짐승들조차도 함부로 접근을 못하도록 울타리를 치고, 충성촌 촌민들을 시켜 교대로 지키게 하고 있었다.

홍석훈 또한 박영주와 함께 군항을 조성할 곳을 찾느라 여념이 없었다. 이렇듯이 천족장군들은 너 나 할 것 없이 각자 중요하다고 생각되는 일을 찾아 비지땀을 흘리고 있는 모습들이 주마등처럼 눈앞을 스쳐 갔다.

상념에 젖어 있던 강철은 퍼뜩 정신을 차리곤, 적을 목전에 두고 무슨 쓸데없는 생각이냐고 스스로를 탓했다. 이미 태황제는 저들을 사로잡아 군노로 활용하겠다고 밝혔었다.

강철은 노트북을 켜 놓고 현대에서는 경기도 화성으로 불리던 당성 지역의 지도를 세밀히 살펴보았다. 노트북에 저장해 온 현대 지도는 지금의 지형과는 상당한 차이가 있다는 것을 알게 된 후, 지금의 모습과 비슷하게 보는 방법을 최근에야 깨닫게 되었다. 바로 해군 출신인 홍석훈으로부터 현대 지도에서 바다의 수심을 1미터쯤 높이면 지금의 주변 지형과 비슷해진다는 말을 들었던 것이다. 그런 방법으로 지도를 보면서 전투를 벌일 적당한 장소를 물색했다.

이윽고, 눈에 들어온 한 곳! 그곳은 당성에서 7킬로미터쯤 떨어져 있는 남양천 변이었다. 남양천은 깊지 않은 개천이긴 하지만, 그래도 평지보다는 도주가 쉽지 않을 것이라고 판단했다. 어차피 최루탄을 쓰면 도주할 정신도 없겠지만 그래도 이번 전쟁은 자신의 책임 하에 수행되는 만큼 한 치의 오차도 없어야 했다.

그 역시 두근거리는 마음은 어쩔 수가 없었다. 현대에 있을 때도 기껏 대대 훈련이다 연대 훈련이다 해서 훈련이나 해 보던 자신이 실제로 적을 마주하고 실전을 치러야 한다는 생각에 강박감도 들었다. 게다가 전혀 겪어 보지 못한 생소한 옛 시대의 전쟁이 아니던가! 자신이 아는 이 시대의 전투 상식이라곤 지난 번 변품을 굴복시킬 때에 겪어 봤던 것이 전부였다.

그때를 생각하면 최루탄을 가져온 것이 얼마나 다행인지 몰랐다. 아무도 생각 못하던 최루탄을 가져가자고 제안했던 조영호가 여간 고맙지 않았다. 그때 증명됐듯이 경우에 따라서는 대포보다도 더 큰 효과가 있었고, 숫자도 넉넉히 가져왔기 때문에 물량에도 염려가 없었다.

이번 전쟁에 대한 작전 구상을 마무리한 그는 조용히 노트북을 덮었다. 그때서야 앞산에서 우는 뻐꾸기 소리가 다시 귀에 들어오기 시작했다.

며칠 후, 예상대로 신라군들이 구성현에서 진영을 정비하고 막 당성으로 향했다는 정보가 입수되었다.

그에 맞서 당성에서도 배달국의 모든 장수들과 제국군들이 모여 작전 회의를 겸하여 간단한 출정식을 가졌다. 태황제인 진봉민도 함께는 가지만, 이번 전쟁에 대한 모든 권한을 총리대신인 강철에게 맡겼다.

강철은 해론 소령에게 군사 5백 명을 주어 이곳 당성을 지키라고 명했다. 그런 다음 현대 군장으로 무장한 배달국 장수들은 제국군 2천 5백 명을 인솔하고 남양천으로 향했다. 그들과 함께 2대씩의 장갑차와 헬기 그리고 중기관총 한 정이 움직이고 있었다.

원래 현대식 군사훈련을 받은 제국군은 3,543명이었다. 그중에 한글 강사로 각 촌락에 나가 있는 5백 명과 성을 지키는 5백 명을 제외한 나머지 2,543명이 출진한 것이다.

그들 중에 실제로 무장을 한 것은 특전군 3백 명이 전부였고, 나머진 볏짚으로 꼬아 만든 새끼줄만 지참하고 있었다.

제국군이 당성을 벗어나 남양천 변에 도착하자 변품이 지휘를 맡은 제국군은 언월진(偃月陣)을 펼쳤다. 이 언월진(☽)은 상현달 모양으로 군사를 배치하는 진법(陣法)으로, 학이 날개를 편 모양인 학익진보다 양쪽 날개 끝부분에 위치할 군사를 좀 더 앞으로 전진시켜 배치하는 진이다.

사실, 언월진은 원래 적보다 숫자가 많을 경우에 유용한 진법이었다. 그렇지만 학익진이나 언월진이 적들을 감싸서 포획하기가 유리하였기 때문에 심사숙고 끝에 강철은 변품에게 언월진을 치라고 명한 것이다.

진의 양 날개 끝에는 각각 장갑차와 특전군을 나누어 배치했으며, 지휘부가 있는 중앙에는 중기관총이 위치해 있었다. 그중에 눈에 띄는 것은 양쪽에 스피커가 설치되어 있다는 점이었다.

제국군이 진을 친 곳은 신라군들이 개천을 건너와서 진을 칠 수 있도록 충분한 공간을 남겨 둔 위치였다. 진법에 따라 군사 배치가 끝나고 얼마 지나지 않아, 개천 너머에 당성토평군이라고 쓴 커다란 부대 깃발과 크고 작은 장군기(將軍旗)를 휘날리며 신라군 선두가 나타났다.

선두 바로 뒤에는 수뇌부로 보이는 말을 탄 장수들이 보였다. 그들의 군장(軍裝)은 전쟁터에 어울리기보다는 행사에나 어울릴 만큼 화려하고 장엄했다. 신라군은 제국군이 당성 안에서 농성할 것까지 염두에 두었는지 성을 공격하는 공성 무기까지 준비하고 있었다.

남양천 변에 도착한 신라군은 개천 건너편에 진을 치고 있는 제국군의 동정을 살피며 1시간이 넘도록 움직이질 않았다.

이윽고, 신라군들이 소규모로 남양천을 건너오기 시작했다. 그런데도 전혀 공격의 기미가 없자, 한편으로는 의아하게 생각하면서도 이젠 터놓고 대규모로 개천을 건너오기 시작했다.

지금 신라군을 총지휘하고 있는 것은 진평왕으로부터 당성토평군 군주로 임명받은 대장군 임말리였다. 그는 누구보다도 병법에 밝았기 때문에 이번 전쟁에서는 필연적으로 자신이 승리할 수밖에 없다고 확신했다.

그렇게 생각한 이유는 첫째로 병법에 보면 적보다 군사가 세 배가 많으면 필승이라고 했는데 자신들이 열 배나 많다는 점과, 둘째로 공격하기는 껄끄럽고 방어하기는 용이한 성안에 농성을 할 줄 알았는데 예상을 뒤엎고 소수의 군사로 성 밖으로 나와 평지에 진을 쳤으니 유리함을 버리고 불리함을 택했고, 마지막으로 강이나 개천을 건너오는 적은 앞뒤 따질 필요도 없이 무조건 공격해야 한다는 것은 군사를 부리는 자는 누구나 아는 상식인데, 이조차 모르는 자들이니 싸워 보나마나 자신들의 필승이었다.

그는 승전 장군이 다 된 것처럼 치중대까지도 모두 건너오라고 명을 내리고는 앞장서 의기양양하게 개천을 건너왔다. 역시 개천 건너편에서 본 대로 적들은 자신들보다 숫자가 적으면서도 언월진을 펼치고 있었다.

그는 코웃음을 치면서 사각방진을 펼치기로 결정했다. 사각방진은 이름 그대로 네모진 사각 형태로 어느 방향에서 공격해도 맞설 수 있는 평범하지만 단단한 전투 진용이었다.

"모두 들어라! 사각방진을 친다!"

임말리의 군령에 따라 사각방진을 치라는 북소리와 깃발 신호가 나부꼈고, 군사들은 신호에 따라 황급히 열과 오를 맞추어 방진을 형성하기 시작했다.

강철이 쌍안경을 통해 본 신라군들의 움직임은 신속하고도 질서정연했다. 저들이 예상보다 한 달씩이나 늦게 온 이유를 알아챘다.

그는 옆에서 쌍안경을 보고 있던 진봉민에게 말을 건넸다.

"폐하! 저들이 늦게 쳐들어온 이유가 진법을 연습하느라고 그랬나 봅니다."

진봉민도 고개를 끄덕였다.

"하하! 그러게 말이요. 꽤나 일사불란해 보이는구려."

"훈련을 많이 했다는 것이 여실히 나타납니다."

신라군 측 장수들 사이에서도 대화가 오가고 있었다.

말 위에 앉아서 사각방진이 갖추어진 것을 확인한 대장군 임말리가 역시 말을 타고 옆에 서 있는 백룡을 쳐다보면서 물었다.

"백룡 장군! 저 양 끝에 있는 괴이한 물건이 소문에 듣던 그 하늘을 날아다니며 불과 연기를 뿜어 댄다는 불새요?"

"글쎄요? 소장도 보지는 못한 터라 잘 모르겠습니다만, 불새는 날개가 달렸다던데 저것은 날개가 보이질 않는 것으로 보아 철마(鐵馬)인 것 같습니다."

"철마? 아, 말보다 험한 곳을 더 잘 다닌다는 그 철마 말이요?"

"예!"

"그럼, 불새라는 것은 어디에 있소? 안 보이는 것 같소이다."

"소장 눈에도 안 보입니다. 아마 어디 음습한데 숨어 있나 봅니다."

"흠, 그렇다면 일단 시위를 하면서 지켜보다가 싸움이 시작되면 궁수에게 저 철마라는 것을 공격해 보도록 하는 것이 어떻겠소?"

"그게 좋겠습니다. 불화살을 쓰면 더 좋겠지만, 지금 바람이 우리 쪽으로 부는 통에 그것을 쓸 수 없다는 것이 안타깝습니다."

"그러게 말이요."

백룡의 말에 대꾸를 하고 난 그는 말고삐를 거머쥔 채 적진을 향해 큰 소리로 외쳤다.

"네 이놈들! 들어라! 그 몇 명 안 되는 오합지졸로 감히 우리 대군에 맞서려고 한단 말이냐? 어서 무기를 버리고 항복을 하렸다! 그러면 목숨만은 살려 주겠노라!"

그러자 뒤에 있던 군사들이 '와아ㅡ!' 하는 함성을 질렀다.

이어 말을 탄 장수 하나가 몇 발자국 앞으로 튀어 나와 제국군 쪽을 향해 큰 소리로 외치기 시작했다.

"네 이놈들! 어디서 굴러먹던 도적놈들인데 감히 신라 땅에 와서 알짱대느냐? 어서 무릎을 꿇렸다!"

그러자 뒤쪽에 도열해 있던 군사들이 입을 맞춰 노래를 부르듯이 후렴을 붙이고 있었다.

"꿇렸다ㅡ 꿇렸다ㅡ!"

두 번 연속 후렴이 있고 나서 다시 장수가 외쳤다.

"네 이놈! 쥐새끼 같은 변품아!"

역시 군사들이 '쥐새끼ㅡ'를 두 번 읊어 대자 다시 장수가 말을 이었다.

"일국에 장수란 놈이 목숨이 아까워서 도적놈들에게 투항을 했더란 말이냐? 그래 도적놈들 밑구멍을 핥고 있으니 좋더냐? 개똥만도 못한 놈!"

말이 끝나자 군사들은 또다시 이구동성으로 후렴을 붙였다.

"개똥만도 못한 놈ㅡ 개똥만도 못한 놈ㅡ"

그러고는 무척 통쾌한지 '낄낄낄! 깔깔깔!' 웃어 대기까지 했다.

강철은 적들이 시위(示威)하는 모양새를 한참 동안 바라보면서 유치하기는 하지만 금방이라도 목숨이 왔다 갔다 할 전투를 눈앞에 둔 상황에서도 저런 여유와 낭만이 있다는 것이 참으로 신기하게 느껴졌다.

그런 생각을 하고 있던 강철은 문득 뒤쪽에서 흘러나오는 웅성거림 소리를 들었다. 2만에 가까운 신라군들의 희롱 소리에 묻혀서 잘 들리지는 않았지만 분명히 분노한 말소리였다.

그는 순간 뒤쪽으로 고개를 돌렸다. 아니나 다를까? 그곳에서는 화가 난 제국군들이 신라군 쪽을 향해 손짓 발짓으로 욕을 해대고 있었다.

참으로 가관이었다. '허허!' 하는 웃음이 절로 나왔다. 현대에서 엿 먹으라고 욕을 하면서 하는 행동과 똑같은 짓을 그대로 해대고 있으니 웃음이 터지지 않을 수가 없었던 것이다.

문득 한 생각이 스친 강철이 급히 변품을 불렀다.

"찾으셨습니까? 각하!"

"장군! 이것을 사용해서 저들을 마음껏 희롱해 보시오!"

말을 하면서 마이크를 넘겨주었다. 이미 마이크 사용법을 알고 있는 변품은 굳었던 얼굴을 펴며 시원스레 대답을 했다.

"예? 아하……! 알겠습니다. 각하!"

그렇지 않아도 적들이 하는 꼴을 지켜만 봐야 하는 그는 울화통이 터져 미칠 지경이었다. 그러나 태황제와 수장인 총리대신이 가만히 있는데 섣불리 나설 수도 없는 터라 속으로 끌탕만 하고 있던 중이었다. 그런데 이쪽에서도 맞대응을 하라는 지시가 떨어지자, 그는 기분이 날아갈 듯했다. 게다가 천둥처럼 큰 소리가 나오는 뇌성기(雷聲機)까지 사용하라고 하니 적들의 사기를 일거에 꺼꾸러뜨릴 생각만 해도 신이 났다.

그는 도열해 있던 자신의 군사들을 향해 손짓을 했다. 그러자 대열 속에 있던 10여 명의 군사들이 변품 앞으로 뛰어나와 군례를 올리고는 무엇인가 지시를 받더니 대열로 돌아가는 것이었다. 잠시 후, 대열로 돌아갔던 군사들이 50여 명에 가까운 군사들을 데리고 다시 나왔다.

그때부터 요절복통할 광경이 펼쳐지기 시작했다. 변품으로부터 마이크까지 넘겨받은 그들은 욕도 퍼부어 대고, 손짓 발짓을 섞어 가며 적을 매도(罵倒)*하기 시작했다.

그럴 때마다 제국군들 역시 그들의 선창에 맞춰 응원이라도 하듯이 고래고래 고함도 치고 몸동작을 따라하면서 맞은편 신라군들을 놀려 대고 윽박지르는 것이었다. 그러자 맞은편 신라 진영에서도 이에 질세라 2만 명에 달하는 군사들이 똘똘 뭉쳐 더욱 거칠게 시위를 하면서 맞대응을 하는 것이었다.

양쪽 진영이 첨예하게 벌이고 있는 팽팽한 신경전은 실제 전투만큼이나 긴장감과 박진감을 느끼게 해 주고 있었다.

어느 순간부터 숫자가 열 배나 많은 신라군이 확성기 소리를 앞세운 제국군들의 시위에 압도당하기 시작했다. 신라군 쪽의 목소리가 점점 사그라지더니 이윽고 더 이상 그들의 소리는 들리지 않았다.

앞에 나와 군사들을 선도하며 응원단장 노릇을 하던 군사들은 이겼다는 듯이 '와―' 하는 함성을 세 번 지르고는 시위를 멈추었다. 한두 번 해 본 솜씨들이 아니었다. 그들은 의기양양한 모습으로 변

---

* 매도(罵倒): 적을 꾸짖음.

품 앞에 와서는 마이크를 넘겨주고 대열로 돌아가는 것이었다.

이런 일련의 행동들을 지켜보면서 강철은 유치하다는 생각과 고대 전투의 낭만쯤으로 생각한 자신이 부끄러웠다. 바로 이런 행동들이 적의 기선을 제압하고 사기를 꺾기 위한 전투의 한 부분이라는 것을 깨달은 것이다.

처음 진을 쳤을 때보다 제국군들의 사기는 확연히 올라가고 신라군들의 모습은 왠지 주눅이 든 것처럼 보이는 것은 강철만의 착각이었을까?

마이크를 넘겨주는 변품에게 수고했다는 말과 함께 전열을 가다듬으라는 지시를 내렸다. 그리고 막 적진을 막 살피는 찰나에, 적의 진 중으로부터 궁사 하나가 앞으로 나와 하늘을 향해 화살을 겨누는 것이 뚜렷이 보였다.

강철이 영문을 몰라 고개를 갸웃하고 있을 때,

'쎄에에에에액—'

화살은 귀청을 찢는 날카로운 소리를 내면서 하늘로 솟구쳐 날아올랐다. 순간 '아! 바로 저것이 바로 전투를 시작하겠다고 적에게 알리는 효시(嚆矢)라는 것이로구나!' 하고 깨달은 그는 즉시 무전기로 명령을 내렸다.

"헬기! 헬기는 출동하라! 연막탄으로 적의 시야를 가린 후에 최루탄 공격을 시작하라!"

명령이 떨어지기가 무섭게 뒤편으로부터 헬기가 이륙하더니 곧바로 적진 가운데 연막탄을 쏘기 시작했다.

연달아 '펑! 펑!' 소리가 들판을 가득 메웠다.

신라군에 자원하여 입대한 쇠동이도 군사들 틈에 끼어 있었다. 적진으로부터 이상한 새가 머리 위로 날아오더니 귀청을 때리는 소리와 함께 자욱한 연기가 피어오르며 시야를 가렸다. 자신은 그래도 쇠부리일을 하면서 벌겋게 달아오른 쇳덩어리를 늘 쳐다보고 살아와서 남보다는 시력이 좋다고 생각했는데 자신조차도 지척을 분간하기가 어려웠다.

이때 옆에 있던 군사 하나가 쇠동이에게 말을 건넸다.

"십장님, 이게 뭔 조화래요? 눈에 뭐가 보여야 싸우든지 말든지 하지……."

"잠시 기다려 보거라. 우리 장군님들이 무슨 명령이 있으실 게다."

그 말이 끝나기 무섭게 쇠동이는 숨이 콱 막히면서 기침이 나기 시작했다. 주변에 있던 군사들도 덩달아 콜록대기 시작했다.

뿌옇게 연막이 덮인 신라군 진영에서 군사들의 기침 소리가 요란스럽게 들리기 시작하자, 그들을 바라보고 있던 대다수의 제국군은 얼마 전에 당해 봤던 고통이 되살아나며 몸서리가 쳐졌다.

30여 분에 걸쳐 계속되던 펑펑거리는 소리가 멈추었다. 그러자 언월진의 양 날개 끝 부분에 집결해 있던 방독면을 착용한 특전군들이 장갑차를 따라 각각 양쪽으로 빙 돌아 적을 에워싸기 시작했다.

이윽고 매캐하던 최루탄 연기가 서서히 걷히기 시작했고, 적진의 상황이 적나라하게 드러나기 시작했다. 적진은 그야말로 난장판이 따로 없었다. 그 자리에 군진이 펼쳐져 있었다고는 믿을 수 없을 만큼 대열은 흐트러져 있었고, 아무렇게나 나뒹굴고 있는 깃발과 병장기들 사이에 쪼그려 앉아 콜록대고 있는 군사들의 모습만 보일 뿐이었다.

이때 스피커에서 말소리가 흘러나왔다.

"포박하라!"

단 한마디가 떨어지기가 무섭게 앞으로 달려 나간 제국군들은 각자 가지고 있던 새끼줄로 널브러져 있는 신라군들을 묶기 시작했다. 이미 탈진 상태인 그들은 어느 한 사람 저항도 하지 못했다. 단 2천여 명의 제국군이 2만에 가까운 신라군을 제압하여 무릎을 꿇리는 데는 불과 20여 분밖에는 걸리지 않았다. 싱겁게 전투가 끝난 것이다.

포로들을 훑어보고 있던 변품은 장수들조차 일반 군사들과 함께 무릎이 꿇려져 있는 것을 보고는 천천히 그쪽으로 걸어 나갔다. 그러고는 그들에게 무슨 말인가 하더니, 일으켜 세운 다음 묶인 오랏줄을 풀어 주고는 태황제 앞으로 데리고 왔다. 장수들은 패장(敗將)으로서 예의를 갖추려는 것인지 변품을 따라오면서 투구를 벗어 들고 있었다.

태황제와 총리대신이 서 있는 앞에 이르자 다시 무릎이 꿇려졌다. 그들을 내려다보니, 눈은 벌겋게 충혈되어 있었고 눈물 콧물 자국으로 장수로서의 체통은 이미 구겨진 상태였다.

태황제의 옆에 서 있던 강철이 변품을 쳐다보면서 말을 했다.

"변품 장군! 잘하셨소. 비록 패장일지라도 목을 칠지언정 욕을 보이는 것은 옳지 않은 일이요."

태황제 역시 고개를 끄덕였다.

"총리대신 말씀이 맞소. 그래도 일국의 장수들인데 군사들과 똑같이 오랏줄에 묶다니 잘못한 일이요."

사실 변품으로서는 질책을 당할 것을 각오하고 한 일이었는데, 오히려 태황제와 총리대신이 잘했다고 하니 크게 감동했다.

"태황제 폐하! 소장이 맘대로 이들의 오라를 풀어 주어 죄를 청하려던 참이었사옵니다. 헌데 그리 말씀하시니 소장 몸 둘 바를 모르겠사옵니다."

"아니오, 오히려 잘하신 일이요!"

"하오면 앞에 꿇린 패장들의 이름을 아뢰겠사옵니다."

"그러시오."

태황제의 대답이 있자 그는 신라 장수들을 한 사람씩 소개했다.

"이자는 신라군 총지휘를 맡았던 대장군 임말리이옵니다."

임말리를 살펴보니 50대 중반 정도의 나이에 긴 수염을 기르고 무척이나 예리한 인상이었다.

"음!"

"폐하! 이자는 장군 김용춘이옵니다."

진봉민은 속으로 깜짝 놀라며 자세히 살펴보니 역시 50대의 매우 후덕한 인상을 한 장수였다.

김용춘이 누구던가! 바로 후대에 당나라를 끌어들여 백제와 고구려를 무너뜨리고 삼국을 통일한 신라 무열왕 김춘추의 아버지가 아닌가!

역사를 짚어 생각하던 진봉민은 얼른 표정을 갈무리하고 다음 사람을 쳐다보았다. 그러자 변품은 계속해서 장군 김술종과 백룡 그리고 대관대감인 염장과 수품을 연달아 소개했다.

신라의 군사 계급은 대장군, 장군, 대관대감, 제감, 소감, 졸병 순이었기 때문에 변품도 역시 그 순서대로 소개한 것이었다. 그들 중에 백룡을 소개할 때 진봉민의 눈길이 가장 오래 그에게 머물렀다.

'흠, 저자가 바로 변품이 투항할 때, 당성에서 도주해 곡식 창고에 불을 지르라고 명령한 자로군!'

소개를 다 받은 진봉민은 일단 포로가 된 신라 장수들을 일어나게 해서 한쪽에 서 있게 하고는 강철을 쳐다보며 말을 했다.

"총리대신은 변품 장군에게 마이크를 넘겨주시오. 내가 포로들에게 할 말이 있소."

"예."

강철에게서 마이크를 넘겨받은 변품이 통역할 준비가 되자 진봉민은 말을 시작했다.

야장 출신인 쇠동이도 제 손으로 만든 칼 한번 휘둘러 보지도 못하고 졸지에 손이 묶인 포로 신세가 되어 있었다. 만노군에 있는 야로촌 수야장인 아비가 그렇게 말리는 것도 마다하고 끝까지 우겨 전쟁터에 나온 벌을 받는 것 같기도 했다.

안개 속에서 산신령이 홀연히 나타나 부모 말을 잘 듣는 자는 복을 주고 안 듣는 자는 혼찌검을 내고 갔다는 어미로부터 듣던 옛날이야기도 문득 생각이 났다. 자신을 지휘하던 염장 장군님이 병장기도 빼앗긴 채 끌려 나가 이상하게 생긴 모자와 옷을 입은 자들 앞에 무릎을 꿇고 있는 것을 보면서 가슴속에서는 의분이 끓어올랐으나 어쩔 도리가 없었다.

다행히 무릎을 꿇고 있던 신라 장군님들이 일어서는 것을 보았다.

옆에서 수군거리는 소리를 들으니, 장군님들의 오랏줄을 풀어 준 사람이 자신도 이름을 자주 듣던 북한산주 군주님이었던 변품 장군님이라고 했다.

그 말을 들은 그는 도대체 뭐가 뭔지 갈피를 잡을 수가 없었다. 고개를 갸웃거리며 어째서 신라 장군님이 저들 속에 있다는 것인지 이해할 수가 없었다.

이때 귓속을 울리는 우레 같은 말소리가 들렸다. 얼른 고개를 들고 바라보니 커다란 나팔처럼 생긴 물건에서 소리가 나고 있었다.

"신라국 장졸들은 모두 들어라! 천제께서는……."

태황제 진봉민이 하는 말을 받아서 동시통역을 하고 있는 변품의 말이 스피커를 통해서 나오고 있다는 것을 알 리가 없는 쇠동이였다. 하지만, 천둥같이 들리는 말소리는 이상한 옷을 입은 자들 중에서 누군가 말을 하고 있다는 것을 나름대로 짐작할 수가 있었다.

하늘에 계신 하늘님의 명을 받았다고 했다.

이 땅으로 내려와 나라를 세웠다고 했다.

당성현에서 변품 장군님과 무은, 해론 장군님들이 하늘에서 내려온 것을 깨닫고 귀순했다고 했다.

삼한을 통일하고, 수나라까지도 영토로 삼겠다고 했다.

우리 모두를 노예로 만들겠다고 했다.

시키는 대로 말을 잘 들으면 해치지 않겠다고 했다.

말을 다 듣고 난 쇠동이는 오늘 일어난 일들을 다시 되짚어 보았다. 저들을 공격하려는 순간에 하늘에서 이상한 것이 날아와 요란한 소리와 함께 무엇인가를 떨어뜨리기 시작하고는 아무것도 보이질 않았다.

목구멍이 따끔거리고 기침이 나서 도무지 정신을 차릴 수가 없었다. 그 와중에 누군가가 팔을 꺾으면서 꼼짝 못하게 하고는 손을 묶고 있다는 것을 깨달았다. 안개가 걷히면서 어렴풋이 제정신을 차렸을 때는 신라 군사 모두가 손목이 묶인 채 무릎을 꿇고 있었다.

그게 전부였다.

하늘에 나타난 물체를 보았을 때 분명히 자기 눈에는 쇠라는 느낌이 들었었다.

'만약 그것이 쇠라면?'

아직까지도 신라 땅에서는 가야국 후손들만큼 쇠를 잘 다루는 사람이 없었고, 바다 건너 대국인 수나라 땅에서조차도 커다란 쇳덩이를 마음대로 날아다니게 할 수 있다는 말은 들어 본 적이 없었다.

쇠를 날아다니게 만들 수 있는 것은 필경 하늘에서나 가능할 일이 분명한데 어쩌면 이들은 정말 하늘에서 내려온 것일지도 모른다는 생각도 들었다.

머릿속이 복잡해졌다. 이때 누군가 어깨를 흔들어 얼른 정신을 차리고 보니 자신의 수하였다.

"십장님! 일어나라고 하지 않습니까? 어디론가 우리를 끌고 갈 모양입니다."

"일어나라고 했나? 내가 잠시 딴 생각 좀 하느라고……."

"예에…… 변품 장군님이라는 분이 일어나라고 했습니다."

"알겠다."

앞에선 군사들이 앞으로 움직이고 있었다. 쇠동이도 얼른 앞 사람을 따라갔다.

태황제는 변품을 불렀다.

"임말리를 비롯하여 신라국 포로 장수들에게도 말을 한 필씩 주어 타게 하시오."

"폐하! 소장 분부대로 하겠사옵니다."

변품은 명을 받자마자 포로 장수들에게 말을 가져다 주어 타게 했다. 그러자 임말리가 알 듯 모를 듯한 눈빛으로 태황제를 쳐다보았다. 이러한 모습을 지켜보는 천족장군들은 왠지 모르게 가슴이 뿌듯해져 왔고 강철의 마음은 더욱 그랬다. 모든 것이 정리되었다고 생각한 강철이 태황제를 쳐다보며 입을 열었다.

"폐하! 소장들은 군량미를 수습해 당성으로 귀환하겠습니다."

"그러시오. 그럼, 나는 먼저 돌아가겠소. 수고들 해 주시오."

하고는 헬기에 올랐다.

자업자득

2만에 가까운 포로가 도착한 당성 주변은 복잡하기가 이를 데가 없었다. 포로가 된 장수들은 임시로 초급장교 막사에 머물게 하고, 군사들은 공터에 모아 놓고 특전군에게 지키게 했다. 그 사이 배달국 장수들은 수항궁에 모여 회의를 시작했다.

총리대신 강철이 먼저 입을 열었다.

"폐하! 이번 전투에서 다행히 한 명의 적도 놓치지 않고 모두 포획하여 여간 다행스럽지 않습니다."

"하하하! 그러게 말이요. 총리대신을 비롯하여 제장들 모두가 애쓴 덕분이라 생각하오. 더욱 다행인 것은 저들이 곡식과 가축까지 넉넉히 가져오는 바람에 식량 걱정도 덜게 됐소."

"예! 소장은 오히려 가축들이 많아 어떻게 처리해야 하나 하고 걱정하고 있었는데, 다행히 김민수 장군과 변품 장군이 좋은 방안을 제시해 주어 해결할 수 있었습니다."

강철이 하는 말을 들은 진봉민은 궁금해하는 표정으로 물었다.

"그 좋은 방안이라는 게 뭐요?"

"예, 군마는 가까운 바다 건너에 있는 제부도에 비바람을 피할 수 있는 움막을 만들어 준 다음 방목하자는 의견이었고, 소는 원하는 백성들에게 관리를 맡기는 대신 거기서 낳는 새끼는 그 백성들의 몫으로 하자는 것입니다."

진봉민은 회의 탁자를 가볍게 치며 감탄했다.

"아하! 그거 정말 좋은 방안 같소. 하하하! 그럼, 포로들에 대한 좋은 의견도 있으셨소?"

"예! 포로들에 대해서는 홍석훈 장군이 군항 공사를 하겠다고 나눠 달라는 요청이 있었고, 소장 생각에는 여기서부터 국원소경이라고 불리는 충주까지 도로 공사를 시키는 것이 좋을 것 같습니다."

강철의 말에 진봉민은 옳다고 고개를 끄덕였다.

"아주 좋은 의견이요. 그러면 포로들을 둘로 나누면 되겠구려. 그 전에 우선해야 할 일이 있소."

진봉민이 우선해야 할 일이 있다니 모두 궁금해졌다.

"폐하! 그것이 무엇입니까?"

"흠! 전례대로 포로 중에 병약자, 외아들인 자로서 부모가 육십 세 이상자, 형제가 있더라도 칠십 이상의 노부모를 모셔야 하는 자는 모두 돌려보내시오. 그리고 그동안 내가 미처 생각하지 못했던 부분이 있었소."

"……?"

"이미 우리 제국군에 편제된 삼천의 군사와 이번에 포로가 된 이만여 명 중에는 쇠를 다룰 줄 아는 야장이라던가, 돌을 다룰 줄 아는 석공 등 각종 기술자들이 있을 것이요. 어떤 기술이던 특별한 재주를 가진 자를 찾아내도록 하시오. 그들에 대해서 천족장군들이 평가해 보고 기술의 종류와 고하에 따라 계급을 부여하시오."

"포로들도 말씀입니까?"

"그렇소! 이번에 포로가 된 자라 할지라도 군노로 삼지 말고, 그렇게 하는 게 좋을 것 같소. 군노에게도 노역이나 시키는 것이 능사가 아니라는 것은 잘 알 것이요. 초기에는 노역보다 한글교육에 주력해 주시오."

태황제의 말에 박상훈이 입을 열었다.

"폐하의 말씀이 당연하다고 생각합니다. 앞으로 우리는 기술 인력이 크게 부족하게 될 것입니다. 그러니 지금부터 대비를 해 나가야 할 것입니다."

"박 장군 말씀이 맞소! 구체적인 것은 총리대신이 제장들과 의논해 주시오."

"알겠습니다!"

강철의 대답이 있자, 진봉민은 고개를 갸우뚱하면서 잠깐 뭔가를 생각하더니 우수기를 불렀다.

"아, 우수기 장군!"

"예!"

"우리가 하늘에서 가져온 병장기로 몇 명을 무장시킬 수 있소?"

"개인장비는 약 사천 오백 명 정도가 무장을 할 수 있는 정도이고,

기관총 같은 공용 무기까지 하면 오천 명은 가능할 것입니다."

이곳으로 오기 전 그는 강철의 부하인 기계화부대 중대장이었고, 지금은 배달국의 모든 군사 장비를 관리하고 있었다.

"제장들도 보셨겠지만, 이번 전쟁을 치루면서 특히 특전군들의 활약이 컸다는 것은 다들 아실 것이요. 다만, 내 생각에 인원이 부족하다는 느낌이었소. 그래서 특전군을 좀 더 늘리면 어떨까 생각했소만……."

태황제의 말에 강철이 얼른 대꾸를 했다.

"폐하, 그렇지 않아도 그 일에 대해서는 조영호 장군과 논의가 있었습니다. 앞으로 특전군을 이천 명 정도로 늘릴 방안을 연구하고 있습니다."

"하하! 그렇다면 다행이요. 그리고 이 기회에 우선 급한 대로 몇 분에게 책임을 맡길까 하오. 과학 분야를 총괄할 과학 총감으로 박상훈 장군을, 광공업 총감으로 강진영 장군을, 농업 총감으로 김민수 장군을 임명하오. 다른 분들도 지원을 아끼지 말아 주시오."

"알겠사옵니다!"

"다들 바쁘실 텐데, 혹시 다른 말씀이 없으시면 이만 마치도록 하겠소."

회의가 끝나자마자 포로들 중에 고향으로 돌려보낼 자와 기술을 가진 자를 찾아내는 조사에 착수했다. 그 일은 주로 포로들과 대화가 필요했기 때문에 변품 장군을 비롯해 무은과 해론의 몫이었다.

포로들 중에 나이가 많거나 웬만큼 병약해 보이면 모두 귀향 대상자에 포함시키라는 총리대신의 지시가 있었기 때문에 그 숫자는 1천여 명에 달했다. 또한 기술을 가진 장인들의 숫자도 3백 명이 넘었다. 이렇게 조사된 장인들에 대해서는 한글교육과 기초 군사훈련만 시키기로 하였으며, 그 외의 시간은 기술을 활용하는 일에 종사하게끔 했다.

귀향 대상자들을 고향으로 돌려보내는 편에, 신라 국왕에게 경고 서찰 한 통쯤은 보내는 것도 좋겠다는 생각이 갑자기 들었다는 것이었다.

장지원의 얘기를 들어 본 강철은 아주 그럴싸하다고 생각하고 즉시 수항궁에 있는 태황제에게 보고를 했다.

태황제도 적극 찬성이었다. 다만, 앞으로 다른 나라의 국왕을 상대하는 것은 태황제가 다스리는 나라의 위상에 걸맞게 총리대신이 맡기로 했다. 이렇게 되어 강철은 필체가 좋은 무은에게 서찰을 쓰게 하여 귀향 군사 편에 신라 조정으로 보냈음은 물론이다. 그러나 그 서찰 하나가 신라 조정을 뒤엎는 사건의 발단이 될 줄은 그때는 아무도 몰랐다.

태황제의 명에 따라 포로가 된 장수들 역시도 한글교육 시간 이외에는 자유롭게 행동하도록 놔두었지만, 도주하겠다는 생각은 엄두도 내지를 못했다. 처음에는 그런 마음이 없지도 않았지만, 며칠 동안 배달국에서 생활하면서 섣불리 도망치려 하다간 언제 목숨이 날아갈지 모른다는 사실을 깨달았다.

밤마다 길을 훤히 밝히는 전기불도 봤고, 더욱이 성문 밖에는 아직도 곡식 창고에 불을 질렀던 자들의 목이 장대에 꽂혀 대롱거리고 있었다.

귀향자들을 제외한 포로들에게 부과된 노역은 군항 기반 공사와 당성에서 국원소경이 있는 충주 쪽으로 향하는 도로 확장공사였다. 물론 지금으로서는 간신히 평택 지역까지만 배달국의 영향력이 미치고 있었기 때문에 도로 공사의 1단계 목표는 그곳까지였다.

서라벌에 있는 신라 도성인 월성(月城)에 배달국 총리대신인 강철이 귀향 군사 편에 보냈던 서찰이 도착했다.

서찰 겉봉에는 '신라국주 김백정 친전' 이라고 쓰여 있는데다가 당성에서 가지고 왔다는 말에 곧바로 왕에게 전달됐다. 보통은 왕명을 출납하는 집사부(執事部)에서 먼저 살펴보고 내용의 중요성을 따져 왕에게 올리는 것이 관례였다. 하지만 이번만큼은 감히 사전에 열어보지 못하고 직접 올린 것이었다.

서찰을 읽고 난 진평왕의 진노는 집사부 관리들을 전전긍긍하게 만들 정도로 가히 상상을 초월했다. 왕은 대소 신료들을 급히 대전으로 들게 하라는 명을 내렸다.

신료들은 갑작스러운 회의 소집에 영문을 몰라 무슨 일인지 아느냐고 서로 물으며 삼삼오오 대전으로 몰려 들어갔다.

조원전(朝元殿) 안으로 들어선 그들은 깜짝 놀랐다. 평소와 달리 왕이 먼저 와서 노기 띤 얼굴로 옥좌에 앉아 있는 것을 본 것이었다. 그들은 불안한 표정으로 말없이 눈치만 살피고 있었다.

이윽고, 진평왕은 개회 절차도 없이 신료들을 내려다보면서 입을 열었다.

"모두 들으시오! 일전에 어떤 무리가 당성을 침탈했다 하여 그곳으로 토벌군을 보냈던 일은 경들도 잘 알 것이요. 허나 그들 모두가 포로가 되었다는 청천벽력 같은 소식을 접했소. 게다가 그들 무리 중에 수괴 하나가 과인에게 서찰을 보내 왔는데 그 내용이 무엄하기가 이를 데가 없소. 하여 짐이 경들을 급히 들라 한 것이요. 병부령은 그 서찰을 한 자도 빼지 말고 신료들에게 읽어 주시오."

진평왕의 말을 들은 조정 신료들은 얼굴색이 변하면서 웅성거리기 시작했다. 아무리 당성이 사신이 오가는 큰 나루라고는 하지만 이들이 볼 때는 궁벽한 작은 고을에 지나지 않았다. 그런 작은 곳에 근거를 두고도 신라국이 보낸 2만 대군을 포로로 잡았다 하니 대소 신료들은 기절초풍하지 않을 수 없었다.

왕의 명에 따라 병부령 김후직은 강철이 보냈던 서찰을 읽어 내려갔다.

'신라 국왕 김백정은 보시오. 본관은 배달국 태황제 폐하를 모시고 하늘에서 내려온 천장 중에 하나로서 총리대신 직관에 있는 강철이라 하오. 그대가 우리를 치라고 보냈던 2만 군사가 어찌 됐는지는 귀향시킨 군사들에게 하문해 보면 알 것이라 여겨 여기에 구구하게 적지는 않겠소. 다만 천명을 받들어 천하의 안위를 도모코자 하는 아국에 더 이상 적대행위를 하지 말 것을 엄중히 경고하는 바이요. 혹여 그러한 일이 또다시 있을 시에는 그대의 사직과 그대의 목숨으로 책임을 물을 것임을 분명히 밝히는 바이오. 그대들은 대국이랍시고 건방을 떠는 수나라에 사신을 보내 고개를 숙이고 의지하려 한다는 것을 이미 잘 알고 있소. 허나 민족의 자존심을 내팽개치는 행동을 또다시 한다면 아무리 후덕하신 태황제 폐하라 하더라도 그 죄만큼은 용서치 않으실 것임을 명심하시오. 배달국 총리대신 강철이 신

라 국왕 김백정에게 전한다.'

참으로 안하무인도 유분수였다. 이때에는 국왕의 이름자를 함부로 부르거나 쓰지 않는 것을 피휘라고 해서 이를 어기면 불경죄로 다스렸다. 이런 관례를 아는 진평왕은 혹시 병부령이 자신의 이름자인 '김백정'을 빼놓고 읽을까 싶어 한 자도 빼지 말고 읽으라고 일부러 이른 것이었다. 서찰은 시작부터 '김백정은 보시오'라고 쓰여 있으니 이런 대악무도(大惡無道)한 자들이 있나 싶었다.

병부령이 읽기를 마치자, 진평왕은 신료들을 내려다보면서 입을 열었다.

"들어서 알겠지만, 저들의 무도함이 가히 상상을 초월했다는 것은 경들도 알았을 것이오. 과연 그 죄를 어떻게 다스려야 할지 말씀들을 해 보시오."

운송 수단을 관리하는 벼슬인 승부령 칠숙이 먼저 나섰다.

"신 승부령 아뢰옵니다. 잡초도 크기 전에 빨리 뽑아야 하듯이 저 무도한 자들 역시 더 이상 세력을 넓히기 전에 전초제근(剪草除根)해야 할 줄로 아옵니다."

그의 말이 끝나자, 이번에는 조세를 관장하는 조부령(調府令)이 나섰다.

"폐하! 신 조부령 아뢰옵니다. 승부령의 말씀이 지당하나 지난해에 있었던 봄 가뭄과 여름 서리 피해의 여파로 보관된 세곡이 예년에 비해 크게 모자라는 형편이옵니다. 이러한 때에 또다시 대군을 동원하자면 군량미가 부족하지 않을까 걱정이 되옵니다."

아무리 화가 난다 하더라도 군사를 먹일 군량미가 부족하다면 군사 동원이 어려운 것은 사실이었다.

이번에는 강철의 서찰을 읽었던 병부령 김후직이 나섰다.

"폐하, 신 병부령 김후직 아뢰옵니다. 병부의 입장으로서는 그들만이 문제가 아니라 백제의 침입도 염두에 두어야 하기 때문에 군사를 움직이는 것은 심사숙고해야 할 문제라고 생각되옵니다. 하옵고 지난번 보냈던 토벌군이 모두 저들에게 포획되었다 하니 군무를 관장하는 신의 잘못도 크옵니다. 벌하여 주시옵소서."

진평왕은 병부령이 벌을 청하자 잘라 말했다.

"그 일은 병부령만 잘못이 있다고 할 수 없으니 더 이상 거론치 마시오."

그러자 이번에는 위화부령(位和府令) 조계룡이 나섰다. 위화부는 인사를 담당하는 부서로써 군사를 다루는 병부와 더불어 막강한 권한을 갖고 있었다.

"폐하! 저들의 방자함은 도저히 묵과할 수가 없는 일인 줄로 아옵니다. 하오나 신의 생각에도 조부령과 병부령의 의견 대로 좀 더 시간을 두고 준비를 단단히 한 다음 군사를 도모해도 늦지 않다고 보옵니다. 그보다 지난번 당성에서 저들에게 투항한 군주 변품과 휘하 장수이던 무은, 해론의 일족을 처벌하여 나라의 기강을 바로 세우는 것이 더 시급한 일인 줄로 아옵니다."

위화부령의 말에 신료들도 지당하다는 듯이 고개를 주억거렸다.

진평왕은 이번에는 아무런 말없이 서 있는 국무총리 격인 상대등 수을부를 내려다보며 물었다.

"상대등께서는 왜 아무 말씀이 없으시오?"

왕의 물음에 상대등은 기다렸다는 듯이 한 점 막힘없이 대답하기 시작했다.

"소신 상대등 아뢰옵니다. 우리 신라는 저들에게 이미 많은 군사와 물자를 잃었사옵니다. 이유는 적을 잘 모르면서 얕잡아 보아 그런 결과를 빚은 것이라 사료되옵니다. 승부령은 또다시 토벌군을 보내자는 의견이나 소신 생각에는 아무리 화가 난다 하더라도 일단은 군사를 조련하고 군비를 튼튼히 한 연후에 저들을 토벌하는 것이 옳다고 여기옵니다. 하여 위화부령이 아뢴 바 대로 역적의 일족을 처벌하여 나라를 배신한 대가가 어떤 것인지를 확실히 보여 주는 것이 우선이 아닐까 하옵니다."

이미 나이가 60줄에 든 상대등 수을부였지만 그는 후덕한 인품으로 조정 신료들의 존경을 받고 있었다.

또다시 위화부령 조계룡이 나섰다.

"폐하! 하옵고, 토벌군이 모두 포로가 되었다면 국원소경의 사대등이던 김술종 장군 역시 그렇게 되었을 터이고, 그곳을 지킬 군사도 없을 것이옵니다. 한시바삐 그곳에 다시 사대등을 보내고 군사도 보내야 할 것이옵니다. 마지막으로 당성을 토벌하면 후임 군주를 보낼 계획이던 북한산주는 이제 어떻게 해야 할지 난망이옵니다."

조계룡의 말에 병부령인 김후직이 말을 받았다.

"지금, 우리 병부의 입장으로서는 아리수 근방의 곡창지대를 포기해야 하는 아픔이 있지만 그래도 북한산주를 포기하고 그곳의 군사를 국원소경으로 옮겨야 된다고 사료되옵니다. 국원소경이 무너지면 이곳 도성이 위태로워지옵니다."

아리수는 현대로는 한강을 일컫는 말이었다.

김후직의 말을 들은 진평왕은 물론 조정 신료들도 신라가 위기를 맞았다는 것을 실감하기 시작했다.

분위기가 침침하게 내려앉고 누구도 먼저 입을 여는 자가 없었다. 한참 동안의 시간이 흐른 후에 처음보다는 한결 평정심을 되찾은 진평왕이 입을 열었다.

"모두 좋은 말씀들이요. 그럼, 병부령은 군사를 모아 조련에 힘쓰는 한편 국원소경을 지킬 방도를 마련해 보도록 하라. 조부령은 군량곡을 충분히 비축하는 방안을 강구토록 하고, 위화부령은 상대등과 의논하여 국원소경에 보낼 사대등에는 누가 좋을지 과인에게 천거토록 하라. 아울러 저들에게 투항한 변품, 무은, 해론의 구족을 참하도록 하라."

"분부 받들어 봉행하겠사옵니다."

진평왕은 속으로 울분이 터져 당장이라도 군사를 몰아 당성을 치고 싶은 마음이 굴뚝같았지만 경솔히 움직이지 않는 것이 현명하다는 신료들의 말에 노기를 속으로 삭히고 있었다. 그나마 속이 후련해지는 것은 그 무리에 붙은 자들의 일족을 처벌하기로 결정한 일이었다.

배달국 당성에 있는 수항궁에서는 여느 때와 마찬가지로 아침 회의가 열리고 있었다. 태황제가 제장들을 격려하는 인사말을 끝내자 평소대로 총리대신의 보고가 시작됐다.

"폐하, 팔천 명의 군노들이 하고 있는 도로 공사는 벌써 수원까지 진입했다고 합니다. 그리고 그동안 성내를 정비하며 기다리던 일만 명의 군노를 내일부터 군항 공사에 투입할 계획입니다."

"군항 공사라니! 그럼, 선착장을 만들 위치가 정해졌다는 말씀이오?"

"그렇습니다. 홍 장군이 최대 오천 톤 정도의 배가 접안할 수 있는 항만 시설을 만들 계획이라고 합니다."

강철의 보고를 듣던 태황제가 홍석훈에게 눈길을 주면서 물었다.

"오! 홍 장군!"

"네……"

"홍 장군이 자세히 좀 말씀해 보시오."

"예, 주변 여건이 저희가 하늘에 있을 때 알던 상태와는 많이 달라서 여러 번에 걸쳐 둘러보았습니다. 다행히 괜찮은 입지 조건을 갖춘 곳이 두 군데가 있어서 검토 끝에 한 군데를 정했지만 아직은 시멘트 산업이나 제철 산업 같은 기반 산업이 없어서 조선소는 나중에 만들기로 하고 우선 항구만 조성해 보려는 것입니다."

"그렇겠지요. 그래도 좋은 곳을 찾아냈다니 말만 들어도 흐뭇하오. 그런데 이곳은 지금도 국제적인 항구인 셈인데, 앞으로 군함을 정박시킬 곳과 백성들이 쓸 나루터와는 구분이 되어야 하지 않겠소?"

"그렇습니다. 소장이 살펴본 바로는 지금 이곳에는 두 개의 나루터가 있는데 마산 포구와 화량 포구라고 합니다. 두 곳은 모두 마산 수로라는 수심이 얕은 물길 옆에 만들어져 있어서 밑바닥이 평평한 평저선(平底船)은 문제가 없으나, 물에 잠기는 부분인 흘수가 큰 군함에는 부적합합니다. 그래서 염봉산 아래 전곡촌에 새로 군항을 조성할 계획으로 전곡항이라는 이름을 붙였습니다."

"전곡항이라면 들어 본 이름 같소만?"

"예, 그렇지만 지금 시대에는 아직 조성되어 있지를 않았습니다."

"그렇구려! 무슨 뜻인지 알겠소. 들판으로 알고 있던 지역이 지금은 바닷물이 들어와 있는 것을 나도 보았소. 고생이 되겠지만 수고해 주시오."

"알겠습니다!"

이들이 이곳으로 오기 전인 현대에서 보았던 전곡항은 이 시대에는 아직 조성되지 않았다는 말이었다. 사실, 이 시대에 사용하는 배는 작기도 하지만 물속에 깊이 잠기지 않기 때문에 구태여 물이 깊은 그곳에 나루터를 만들 이유가 없는 것은 당연했다.

홍석훈이 대답을 마치자 태황제가 다시 입을 열었다.

"이 기회에 몇 가지 당부 드릴 게 있소. 앞으로도 우리는 어쩔 수 없이 수많은 전쟁을 치러야겠지만, 가급적 인명을 아끼라는 것과 신라나 백제, 고구려를 막론하고 어느 나라에서 만든 것이든 역사 유물들이 훼손하지 않도록 노력해 주시오. 다음으로 먼 훗날을 생각해서 이 강산이 오염이 되지 않도록 신경 써 주시고, 더불어 백성들의 의식주 개선에도 힘써 주시오."

"폐하! 명심하겠습니다."

태황제의 당부에 망명 장수들은 그 의미를 잘 몰랐지만, 천족장군들은 당연한 말이라는 것을 잘 알고 있었다.

"마지막으로 한 말씀 더 드리겠소. 그동안 귀순하거나 포로가 된 군사들이 가지고 있던 무기를 모두 회수하여 농기구와 연장을 만들도록 하시오."

그 말을 들은 변품이 급히 나섰다.

"폐하! 그것은 부당한 분부시옵니다. 적들이 언제 준동할지도 모르는데 무기를 녹여 연모를 만들다니요? 오히려 있는 연모도 거두어들여 무기를 만들 판에 천부당만부당하신 분부시옵니다. 거두어 주시옵소서."

변품이 망명한 이후 여태껏 이렇게 간곡하게 의사 표현을 한 적이 없었다. 총리대신을 비롯한 천족장군들조차도 변품의 그런 모습이 놀랍기도 하고 웃음도 났다.

이때, 광공업 총감인 강진영이 넌지시 말했다.

"변품 장군! 폐하의 말씀이 옳아요. 사실, 우리 눈에는 지금 군사들이 들고 있는 병장기는 크게 쓸모가 없어 보이오. 곧, 우리 천족장군들이 하늘에서 쓰던 병장기와 같은 것을 만들 것이니 크게 걱정하지 않아도 될 것이요."

천족장군들이 모두 미소를 띄고 쳐다보자 머쓱해진 변품은 자신이 한글을 배운 지 얼마 되지 않아 너무 불경스럽게 말했나 싶어 당황하고 있었다. 그런데 강진영의 말을 듣자 자신이 경솔했음을 깨닫고는 깊이 고개를 숙이며 입을 열었다.

"폐하! 소장이 제대로 알지도 못하면서 무엄하게 나섰사옵니다. 벌하여 주시옵소서."

"하하하! 변품 장군, 장군은 잘못이 없소. 잘못이 있다면 장군에게 자세히 설명하지 않은 과인에게 있어요. 그러니 크게 괘념치 마시오."

"폐하! 망극하옵니다."

그 문제가 일단락이 됐다고 생각했는지, 민진식이 입을 열었다.

"폐하! 우리 배달국이 나라를 연 지 얼마 되진 않았지만, 상업과 무역에도 관심을 기울여야 될 줄로 압니다."

"옳은 말씀이요! 혹시 좋은 생각이 있으시오?"

"소장이 정보사령인 무은 대령에게 알아보니 마산 포구에 작은 상단(商團)이 하나 있다고 합니다."

"오! 상단이 있다 하셨소?"

당시에 상단이라 하면 일종의 무역회사였다.

"그렇습니다. 기벌포라든가 부소갑*에 있다는 상단보다 규모가 작다고는 하지만, 분명히 마산 포구에 상단이 있음을 확인했습니다. 다만 지금은 거의 활동을 하지 않는다는 말을 들었습니다."

"활동을 하지 않는다니? 그 이유는 무엇이요?"

"그들은 주로 인근 해역 사이를 오가며 장사를 하는데 간혹 중국에서 물건을 사 와 서라벌에 가져다 팔기도 했다고 합니다. 그런데 우리가 이곳을 점령한 이후 서라벌로 가는 길도 막히다시피 되었고, 우리가 자신들을 어떻게 대할지를 몰라 그렇다는 말을 들었습니다."

"허어, 그것 참! 결국 우리 눈치를 보고 있다는 말인데 오히려 도와주어야 할 우리가 그들의 생업에 방해가 된 셈이 되었구려. 그건 안 될 말씀이요. 총리대신!"

"예!"

"민진식 장군을 상업과 무역을 총괄하는 상업 총감으로 임명하고자 하는데 어찌 생각하시오?"

---

*부소갑: 개성 지역 중 해안 쪽 지역을 말함, 육지 쪽은 동비홀.

"폐하! 당연한 말씀입니다."

"알겠소! 내 생각에는 이 시대에 상업은 아직 미미할 것으로 판단해서 지난 번에 임명하지 않았는데 내 판단이 잘못된 것 같소. 국가가 부강하기 위해서는 생산도 중요하지만 그것을 유통시키는 것도 중요하오. 민 장군을 상업 총감에 임명하니 상단을 육성하고 교역을 통해 필요한 물자를 확보하는데 노력해 주시오."

천족장군들이 태황제와 나누는 대화를 듣고 있는 망명 장수들은 의아하기도 하고 놀랍기도 했다. 신하와 대화를 나누면서 군왕이 먼저 잘못을 인정하는 경우를 본 적이 없던 그들로서는 황제가 그러는 것이 너무도 생소해 보였기 때문이다.

"알겠습니다, 폐하!"

민진식의 대답이 있고 나자 총리대신은 참석자들을 바라보면서 입을 열었다.

"다들 들으시오! 폐하께서 계신 자리에서 총리대신으로서 한 말씀 드리겠소. 앞으로 계급을 떠나서 주장을 맡은 사람이 맡은 분야에서는 지휘권을 갖는다는 것을 명심하시오. 쉽게 말해 지금 상업 총감으로 임명된 민진식 장군이 상업 분야만큼은 다른 장수들에 우선해서 책임과 권한을 행사한다는 말씀이요. 아시겠소?"

그러자 모두 당연하다는 표정으로 대답했다.

"알겠습니다!"

이어 이일구에 의해 헬기에 대한 이름과 담당 조종사를 정하자는 제안이 있었다. 지금 배달국에는 수리온이라는 공격용 헬기 3대와 치누크라는 수송용 헬기 1대를 보유하고 있었다. 그중에 수리온 헬기

2대와 수송용 헬기는 연료 걱정이 없는 탄소 연료용 엔진이 장착되어 있었으나 수리온 헬기 1대는 아직도 유류용 엔진을 달고 있었다.

원래 수리온 헬기는 한국형 기동헬기(KUH) 개발 계획에 따라 한국이 개발하여 독수리를 의미하는 수리온이라고 명명한 무장 헬기이며, 치누크 수송 헬기는 미국이 개발한 것으로 치누크라는 인디언 부족 이름을 따서 명명되었기 때문에 치누크 헬기라고 불리는 것이다.

여러 의견이 나왔지만 변품이 처음 붙인 이름대로 '날아다니는 새' 라는 뜻인 비조기로 부르기로 결정했다. 수리온 헬기는 전투용 비조기 또는 비조(飛鳥) 1호, 2호, 3호기로 치누크 헬기는 수송용 비조기 또는 비조 4호기로 정하면서 헬기라는 용어는 쓰지 않기로 했다. 비조기 조종을 할 줄 아는 사람으로는 장지원과 이일구 그리고 조영호였기 때문에 비조 1호기는 이일구가 고정으로 조종을 맡고 나머지는 그때그때 상황에 따라 사용하기로 하면서 회의를 마쳤다.

자신의 집무실로 돌아온 강철은 군항 기반 공사를 총지휘하고 있는 홍석훈이 검토해 달라고 맡긴 군항 설계도를 살펴보고 있었다. 이때 정보사의 책임자인 무은과 부책임자인 해론이 찾아와 급히 보고할 일이 있노라고 했다. 조금 전에 회의가 있었음에도 말이 없다가 갑자기 보고할 일이 생겼다는 것은 그만큼 사안이 급박하다는 의미였다.

"그래? 무슨 일이요?"

"각하! 저…… 말씀드리기가…… 그러나 아시긴 아셔야 할 것 같아서……."

배달국의 정보를 총 책임지고 있는 무은이 망설이며 말끝을 흐렸다. 평소 깔끔한 모습대로 말을 명료하게 하는 무은이 말끝을 흐리는 모양새가 예사롭지 않다고 생각된 총리대신은 다그쳐 물었다.

"무슨 일인데 그러시오? 편히 말씀해 보시오."

"네, 실은…… 서라벌에서……."

"서라벌에서? 또 토벌군을 보낸다는 것이요?"

"그게 아니라, 변품 장군과 저희 식솔들을 처벌한다고 합니다."

"처벌을 한다? 그래 무슨 처벌을 하겠다는 것이요?"

"전례에 따라 구족을 모두 참수한다고 합니다."

"뭐요? 구족을 전부 죽이겠다고?"

"예!"

"허! 이자들이 제 무덤을 파고 있군. 변품 장군도 알고 있소?"

"아직 모르고 있습니다. 은밀히 보냈던 자들로부터 정보를 듣자마자 각하께 온 것입니다."

보고를 받은 강철은 문득 자신이 무심했다는 생각이 들었다.

"흐음…… 그래 언제 참수한다고 하오?"

"내일입니다. 내일 서라벌을 가로질러 흐르는 문천(蚊川) 가에서 목을 벨 것이라 합니다. 소장의 생각으로는 각하의 서찰이 도착하자 마자 결정된 것 같습니다."

"이런! 이런……! 결국 화풀이를 하겠다는 말이군. 알겠소, 더 이상 하실 말씀이 있으시오?"

"이상입니다."

"그럼, 지금부터 두 분은 군항 공사장에 나가 있는 홍석훈 장군과 박영주 장군을 제외한 모든 장수들에게 연락하여 즉시 궁으로 들어 오라 전하시오."

"넷! 알겠습니다."

그들이 물러가자 강철은 참으로 어이가 없었다. 두 사람은 자기 가족이 참수를 당한다는 것을 말하면서도 분하거나 원통해하기보다는 가족에 대해 말하는 것을 오히려 부끄러워하는 모습이 아니던가. 강철은 이 시대 장수들의 마음가짐을 엿봤다는 생각을 하면서 태황제가 있는 수항궁으로 향했다.

여러 생각에 골몰하던 태황제는 강철이 들어가자 반갑게 맞았다.

"어서 오시오, 총리대신!"

"예, 폐하! 급히 드릴 말씀이 있어 들었습니다."

"그래, 급한 일이라는 것이 무엇이오?"

"서라벌에서 우리 장수들의 가족을 처형하겠다고 합니다."

"뭐요? 그럼, 망명한 장수들의 가족을 말하는 게 아니요?"

"그렇습니다."

"언제 처형한다 하오?"

"내일이라 합니다. 그래서 급히 장수들을 소집해 놓고는 소장이 먼저 들어왔습니다."

"그럼, 어찌한다? 흠…… 무조건 구해야 하지 않겠소?"

"물론입니다. 그런데 문제는 설사 비조기를 보내 구해 낸다 해도, 구족이라면 인원이 많을 텐데 태워 오기가 어려울 것입니다."

"비조기로도 어렵다면 무슨 수로 내일까지 그들을 구해 낸단 말씀이요?"

진봉민이 낭패라는 표정으로 묻자, 강철이 고개를 갸웃하더니 대꾸를 했다.

"글쎄요…… 성공할지는 모르겠지만, 서라벌에 있는 진평왕을 사로잡아 올까 합니다."

"진평왕을 사로잡아요? 허어! 그게 가능하겠소?"

"제장들에게 더 좋은 방법이 있을지는 물어봐야 알겠지만, 제 생각에는 그 길밖에는 방법이 없을 것 같습니다. 조영호 장군을 보내면 해낼 것 같기도 합니다."

"흠…… 위험한 모험인데……."

"폐하! 두 차례 전투를 치러 본 결과, 최루탄과 연막탄을 사용한다면 가능할 것도 같습니다. 소장도 최루탄이 이렇게 요긴하게 쓰일 줄은 몰랐습니다만, 여하튼 그 수밖에는 다른 도리가 없습니다."

"사로잡은 다음에는 어떻게 하려는 것이오?"

"이곳으로 데리고 오면서, 왕을 도로 찾고 싶으면 우리 장수들의 일족을 무사히 돌려보내라고 요구할 생각입니다."

"호오!"

진봉민은 자신도 모르게 입에서 감탄사가 흘러나왔다.

이때 무슨 일인가 궁금해하는 얼굴로 제국군 장수들이 속속 들어오고 있었다. 군항 공사를 지휘하고 있는 홍석훈과 박영주를 제외하고 모두 모인 것을 확인한 강철이 입을 떼었다.

"제장들은 들으시오. 폐하께는 이미 말씀을 올렸기 때문에 본장이 설명을 드리겠소. 제장들을 이렇게 급히 소집한 것은 다름이 아니라 신라국에서 변품 장군을 비롯한 세 분 가족을 참수할 예정이라고 합니다. 시간은 내일이고, 문천이라는 냇가에서 집행한다는 정보요."

그 말을 들은 천족장군들은 누구라고 할 것 없이 모두 분노한 표정을 지었다. 그런데 막상 당사자인 3명의 장수들은 이미 각오를 하고 있었는지 담담하달 정도로 의연한 모습이었다. 오히려 박상훈이 참지 못하겠는지 먼저 입을 열었다.

"그렇다면 구출할 방도를 찾아야 되지 않겠습니까?"

그의 말에 성질이 급한 우수기도 분개한 표정으로 맞장구를 쳤다.

"당연합니다. 어떤 희생을 치르더라도 구해야 합니다. 백성을 보호해 주지 못하는 나라는 나라가 아닙니다. 하물며 우리 장수의 가족인데……."

그가 입에 거품을 물면서 열을 내는 것은 현대에 있을 때도 나라에서 자기 국민을 제대로 보호하지 못하는 꼴을 여러 번 봤기 때문이었다. 다른 천족장군들 역시도 그 말에 공감하고 있었다. 국민이 다른 나라에서 피해를 당해도 국익을 위해서는 어쩔 수 없이 참아야 한다는 이유로 제대로 말 한마디 못하고 넘어가는 경우가 어디 한두 번이었던가?

이번에는 가족이 없는 서러움을 잘 아는 고아 출신인 이휘조가 거들었다.

"그들을 구해 와야 한다는 것은 하나마나한 얘기입니다. 총리대신께서는 구체적인 방법을 생각하셨을 것으로 생각합니다만, 어서 말씀해 보시지요."

다들 자신들의 일처럼 나서는 모습에 미소를 머금은 강철이 입을 열었다.

"본장도 우리 장수들의 식솔을 다치게 할 수는 없다는 생각이오. 문제는 시간상으로 너무 촉박하다는 점이오. 나름대로 생각해 봤는데 비조기를 동원하는 수밖에는 뾰족한 방도가 없는 것 같소. 그래서 전투용 비조기와 수송용 비조기를 함께 동원하기로 하고, 이번에는 외부로 나가 있는 분들을 제외하고는 모두 수고를 해 주셔야 하겠소."

그 말에 모두 고개를 끄덕이며 대답을 했다.

"당연한 말씀입니다. 소장들이 어떻게 하면 되겠습니까?"

"일단, 수송용 비조기에 특전군을 동승시켜 서라벌로 가서 진평왕을 체포해 오려고 합니다. 물론 서찰 하나를 그곳에 남기고 와야겠지만……"

"서찰이라 하시면?"

"한마디로 말해 신라 국왕과 우리 장수들의 식솔과 교환하자는 내용이요."

이미 대충의 작전 계획을 알고 있던 진봉민이 말을 했다.

"진평왕만 데려올 계획이요?"

강철이 무슨 뜻이냐는 표정으로 태황제를 쳐다봤다.

"……?"

"그래도 일국의 국왕을 데리고 오는데 며칠 동안이라도 뒷바라지를 할 궁녀 한 명쯤은 데려오는 것이 어떨까 해서 하는 말이요."

전투용 비조기의 최대 탑승 인원은 5명이고, 수송용 비조기의 최대 탑승 인원은 35명이었다. 그러니 궁녀를 데려오려면 궁녀 수만큼 데리고 갈 군사가 줄어들기 때문에 그가 조심스럽게 한 말이었다.

말뜻을 알아차린 강철은 웃음 띤 얼굴로 대답했다.

"폐하, 이번 작전의 총사령은 아무래도 조영호 장군에게 맡기는 것이 좋을 것 같습니다. 또한 부사령으로는 변품 장군이 어떨까 합니다. 폐하께서 승낙하신다면 말씀하시는 부분은 두 분들이 알아서 하면 될 것입니다."

"과인도 두 분이면 잘해 내리라고 생각하오. 다만 이런 작전이 처음이라 위험하지 않을까 걱정이 되는 것도 사실이오. 단단히 채비를 해야 할 것이오."

그 말을 들은 조영호가 시원스럽게 대답을 했다.

"폐하! 걱정하지 마십시오. 소장이 만반의 준비를 하여 작전에 임하겠습니다."

드디어 작전이 결정되었고, 서찰을 누구 명의로 쓰느냐에 대해서는 의견이 분분했지만, 배달국 총리대신이 신라국 상대등에게 보내는 것으로 하였다.

그로부터 반 시간이 지나고, 무은에게 대필시킨 서찰이 마무리되자 출발 준비를 마친 조영호는 서찰을 품속에 갈무리했다. 공격용 비조기 조종은 이일구, 수송용 비조기는 장지원, 비조기의 기관총좌는 우수기와 민진식이 각각 맡았고, 직접 작전을 전개할 20명의 특전군이 조영호와 변품을 따라 비조기에 올랐다.

당성을 이륙한 2대의 비조기는 평택 상공을 지나 상주를 거쳐 출발한 지 1시간여 만에 경주 근방에 다다랐다.

수송용 비조기에 함께 타고 있는 변품이 조영호에게 말을 건넸다.

"장군! 아래 보이는 개천이 남천입니다. 우리는 곧 남천 변에 있는 월성에 도착할 것입니다."

이 근방의 지리를 훤히 꿰뚫고 있는 변품의 말에 조영호는 아래를 내려다보았다. 월성 근방의 집들은 대개가 푸른색 기와집이었고 질서정연하게 도시가 형성되어 있었다. 도성(都城)인 월성은 자연 지형을 이용하여 약간 높은 언덕을 따라 성벽을 둘러쌓았다는 것을 알 수 있었다.

일단 월성의 구조를 알기 위하여 월성 상공을 한 바퀴 돌았다. 성 내의 지반 높이가 성 밖보다 7~8m가량 높아 보였고 주변 하천을 해자(垓字)로 이용한 성곽이었다.

변품은 건축물과 시설물을 하나하나 손으로 가리키며 설명하여 주었다. 이때 아래에서는 요란한 비조기 소리를 들은 궁인들이 하늘을 올려다보고 있었다. 변품은 출입하는 궁문들을 설명한 다음, 내성에 있는 조원전·숭례전·평의전(平議殿)·내황전(內黃殿)·내전(內殿)·좌우사록관(左右司錄館)·영각성(玲閣省)·월정당(月正堂) 등 건물 배치를 빠르게 설명해 나갔다.

"변품 장군! 다른 건 알 필요 없고 왕이 있을 만한 곳은 어디요?"

"조원전과 내황전, 내전 이 세 곳 중에 있을 것입니다. 우리가 가장 먼저 찾아봐야 할 곳은 저기 제일 큰 건물인 조원전이고, 그다음으로 옆에 있는 내황전입니다. 마지막으로는 반대편에 있는 내전이 되겠습니다."

설명을 들은 조영호는 공격용 비조기에 연락을 취했다.

"여기는 비조 4호기, 작전을 개시할 예정이다. 1호기는 즉시 연막탄 살포를 시작하고 시야가 흐려지면 최루탄을 발사하라. 이상!"

"여기는 비조 1호기, 알았다. 연막탄과 최루탄 발사를 시작하겠다. 이상!"

이번 작전에서 연막 살포와 최루탄 발사는 움직임이 날렵한 공격용 비조기에 맡기고, 기내 공간이 큰 소송용 비조기에는 실제 작전을 전개할 특전군을 실었던 것이다. 무전 연락이 있기가 무섭게 공격용 비조기에서는 연막탄 살포에 이어서 최루탄이 발사되었다.

궁 안은 자욱한 연기에 휩싸였다.

"여기는 비조 4호기, 착륙하여 작전을 전개하겠다. 4호기가 착지하면 공중 엄호 개시하라. 이상!"

"여기는 비조 1호기, 알았다. 이상!"

수송용 비조기가 착륙하자마자 방독면을 쓴 조영호와 변품에 이어 특전군들이 뛰어내렸다. 변품은 특전군들의 엄호를 받으며 조원전 안으로 뛰어들어 갔다. 진평왕의 얼굴을 아는 사람은 그 밖에 없었기 때문이었다.

이곳저곳에서 기침 소리가 들리고 있었다. 변품은 콜록거리는 기침 소리가 들리는 곳마다 일일이 다가가 확인을 했지만 조원전 안에는 국왕이 없었다.

변품은 다른 건물로 향했다. 원래 특전군의 호위 하에 움직이기로 했던 변품은 급하다고 생각했는지 위험을 무릅쓰고 앞장서서 달려나갔다.

조영호도 내황전으로 가는 것이라고 추측하며 그의 뒤를 바짝 따라붙었다. 건물마다 방이 여러 개씩 있어서 찾기가 쉽지 않았지만, 아까와 마찬가지로 콜록거리는 기침 소리가 들리는 방마다 살펴보고는 또다시 움직이기를 계속했다. 내황전에서도 왕을 찾지 못한 변품은 이번에는 내전으로 향했다.

역시 방마다 들락거리며 확인하기를 계속했다. 이윽고 중앙의 큰

방에 이르자 안에서 굵은 기침 소리와 함께 누군가를 부르는 목소리가 들렸다.

급히 방문을 열고 뛰어 들어가니 그곳에는 두 사람이 있었다. 변품은 그들의 옷차림과 얼굴을 살펴보더니 체구가 큰 사람을 가리키며 조영호에게 신호를 보냈다. 고개를 끄덕인 조영호는 뒤따르던 특전군에게 그자를 데려가라는 신호를 보냈다.

그를 데리고 나가는 군사들의 모습을 잠시 바라보던 조영호는 품속에서 서찰을 꺼내 남아 있는 체구가 작은 사람 손에 쥐어 주었다. 그러고는 바로 직전에 살펴보았던 옆방으로 다시 들어갔다. 그곳에는 3, 4명의 궁녀들이 있었는데 그중에 1명을 가리키며 뒤따르고 있던 특전군에게 데려가라는 신호를 보냈다. 특전군은 일사불란하게 움직였다.

조영호가 전각(殿閣) 밖을 나서니 연막은 서서히 걷히고 있었고 하늘에서는 비조 1호기인 공격용 비조기가 선회 비행을 하고 있었다.

조영호가 비조기로 다가가자 이미 출발 준비가 끝났는지 비조기를 엄호하고 있던 특전군들이 마지막에 데리고 온 궁녀를 받아 올리고 있었다.

조영호는 비조기에 오르자마자 변품에게 물었다.

"변품 장군! 김백정이 맞소?"

"옛! 다시 확인해 봐도 확실합니다."

고개를 끄덕인 조영호는 밖에 있던 특전군들에게 전원 탑승하라는 신호를 보냈다. 비조기 주변을 경계하던 마지막 군사들까지 탑승이 끝나자 조종간을 맡고 있는 장지원에게 말했다.

"장지원 장군! 이륙해 주시오."

"옛! 알겠습니다."

이륙을 지시한 조영호는 무전기를 잡았다.

"여기는 비조 4호기, 작전 완료! 이륙 후 귀대한다. 이상!"

"여기는 비조 1호기, 알았다. 이상!"

이륙한 비조기에서 내려다보니 왕이 있던 내성에서 발생한 이상한 낌새를 알아챘는지 외성으로부터 많은 군사들이 몰려들어 오고 있었다.

변품이 손으로 바깥을 가리키며 말을 했다.

"장군! 저쪽 동쪽이 명활산성이고 서쪽이 서형산성, 남쪽이 남산 신성, 북쪽이 북형산성인데 적이 침입했다고 알리는 오 홰(炬: 가닥)의 봉수(烽燧)가 피어오르고 있습니다."

신라는 도성인 월성을 방어하기 위하여 동서남북에 산성을 쌓아 군사를 주둔시키고 있었고, 그곳에는 당연히 봉수대가 설치되어 있었다. 통상적으로 산꼭대기에 설치되는 봉수대는 이 시대에 가장 빠른 통신수단으로서 낮에는 연기로, 밤에는 횃불로 신호를 보내고, 평시에는 1개의 연기나 횃불이 피어오르지만, 위급한 상황에는 정도에 따라 2개에서부터 가장 위급한 상황을 알리는 5개까지 사용되는 것이다.

수송용 비조기의 조종간을 맡은 장지원은 월성 상공을 한 바퀴 돌고는 서서히 기수를 돌려 북쪽으로 향했다. 옆에는 비조 1호기가 날고 있었다.

약 10여 분이 경과하자 왕과 궁녀가 정신을 차렸는지 그들을 멀뚱히 쳐다보고 있었다. 조영호는 특전군에게 통역을 하라고 명했다.

옆에 앉아 있던 변품은 신라 국왕을 모시던 자신의 입장을 생각해서 통역을 시키지 않고 특전군에게 시킨다는 것을 알아차렸다.

"그대가 신라 국왕인 김백정이오?"

"……그렇소!"

"내가 누구인지 아시오?"

"모르오."

"본장은 천제의 명을 받고 하늘에서 내려온 배달국 장수 중에 한 명이오!"

"……?"

"그대는 아국 총리대신의 서찰을 받고도 자중하지 않고 무엄하게도 우리 장수들의 식솔들을 처형하려 했소. 틀린 말이요?"

그 말을 들은 진평왕은 여러 전쟁에 참전했던 왕답지 않게 몸을 떨며 얼굴이 사색으로 변했다. 그럴 법도 한 것이 수많은 전쟁을 치러 봤어도 이런 황당한 경우는 처음이었기 때문이었다.

"……."

"왜 대답을 못하시오? 어찌됐건 그대를 일국의 국왕으로 대우해 주라는 태황제 폐하의 명이 있어 본장은 더 이상 캐묻지 않겠소. 그렇지만 그대의 죄는 우리 태황제 폐하께서 손수 물을 것이니 그리 아시오."

"……."

변명하기가 궁색하던 그는 더 이상 힐문을 하지 않겠노라는 말을 듣고는 우선 마음이 놓였다.

웬만큼 정신을 차린 진평왕은 유리창을 통해 산천이 훤히 내려다 보이는 것을 보고는 그때서야 자신이 하늘을 날고 있다는 것을 알아차렸다.

그는 몰려오는 공포감에 어지러운 느낌까지 더해져 온몸이 경직되었다. 원래 그는 풍채도 뛰어났고, 역대 신라 왕들 중에서도 진흥대제 이후로 가장 용기와 결단력을 겸비한 훌륭한 국왕으로 인정을 받고 있는 터였다. 그런 그도 지금과 같은 황당한 경우를 당하고는 별수가 없었던 것이다.

당연히 그는 비조기뿐만 아니라 유리창도 본 적이 없었다. 이때도 유리가 있기는 했지만 장식에나 쓰는 보석으로 취급을 받고 있었고, 비조기 유리창처럼 투명하지도 않았다. 그런 정도이니 맑은 비조기 창을 통해 스쳐 가는 구름들을 보면서 그가 생각할 수 있는 지식의 폭은 한계가 있을 수밖에 없었다.

이들에 대한 소문은 자신의 귀로도 들었지만, 사실이라고 믿기에는 너무나 허무맹랑해서 냉소를 쳤던 그였다. 그러나 지금 진평의 마음속에서는 '아! 이들이 정말로 하늘에서 내려온 천장들이라는 소문이 사실이었구나!' 하는 생각 외로는 달리 생각할 여지가 없었던 것이다. 이런저런 생각에 젖어 있던 그가 무심코 옆자리를 보고는 고개를 갸웃거렸다.

말없이 앉아 있는 낯익은 얼굴을 발견한 것이다. 풍모로 보아 북한 산주 군주이던 변품이 맞기는 한 것 같은데 헤어진 지가 오래서인지 긴가민가하는 것이었다.

자기가 아는 변품은 의지가 굳고, 누구보다도 나라에 대한 충성심도 높아 고구려와의 접경 지역을 관장하는 북한산주 군주로 보냈었다. 그랬던 그가 신라국을 배반하고 이들을 따르는 이유가 분명히 있을 터인데 그 이유가 궁금했던 터였다.

그는 용기를 내서 조심스럽게 물었다.

"귀장은 혹시 북한산주에 있던 변품 군주가 아니시오?"

변품은 순간 어떻게 대답해야 할지 잠시 망설였다.

그러나 자신이 왕으로 모시던 분이 아니던가!

판단이 선 변품은 정중하게 대답했다.

"그렇사옵니다, 폐하!"

"맞구려, 변품 군주시구려! 장군이 저들에게 귀부하였다는 말은 이미 들었소. 헌데도 짐을 폐하로 불러 주니 고맙구려. 그런데 과인을 어디로 데려가는 것이요?"

"배달국 태황제 폐하께서 계신 당성으로 가고 있사옵니다."

"당성이라…… 그런데 나를 어째서 데려가는 것이요?"

"신라국이 배달국에 귀순한 장수들의 구족을 처단하려 한다는 말씀을 들으시고 진노하신 배달국 태황제 폐하께서 폐하를 데려오라 명하셨사옵니다."

"그랬었구려! 헌데 저들이 나를 어찌할 것 같소?"

이미 배달국의 작전 계획과 전략을 알고 있는 변품이었지만, 자신이 발설할 문제가 아니라고 판단한 변품은 고개를 가로저으며 대답을 했다.

"태황제 폐하께서 결정하실 일이옵니다. 소장도 알 수가 없사옵니다."

"음, 그렇겠구려. 그런데 어떻게 이렇듯 하늘을 날 수가 있는 것이요?"

"배달국 태황제 폐하께서 하늘에서 이 하계로 내려오실 때에 여러 가지 병장기를 가져오셨사온데 이것도 그중에 하나이옵니다."

"이것이 하늘에서 가져온 것이란 말이요?"

"그렇사옵니다. 이것뿐만 아니고, 온밤을 낮처럼 밝히는 번갯불 외에도 백 리 밖에서도 서로 말을 주고받을 수 있는 물건 등 수많은 병장기와 곡식 종자까지 가져오셨사옵니다."

"곡식 종자까지? 그런데 궁녀까지 데려가는 이유는 무엇이요?"

"태황제 폐하께서 명하시기를 그래도 일국의 왕인데 수발할 궁녀 하나는 필요하다고 하셨사옵니다."

그 말을 들은 진평왕은 고개를 갸웃했다. 어느 누가 포로가 된 적국의 왕에게 일부러 거느리고 있던 궁녀까지 데려다 수발을 들게 한다는 말인가? 도무지 이해할 수 없는 노릇이었다. 입장을 바꾸어 생각해 보아도 자신은 도저히 그렇게 하지 못할 것 같았다.

"……"

조영호는 그들의 대화 중에 진평왕의 안색이 자주 변하는 것을 보고 변품이 배달국에 대해 말해 주고 있다는 것을 대충 짐작했다. 문득 생각이 난 듯 조영호가 조종석에 앉아 있는 장지원에게 물었다.

"장지원 장군! 지금 우리 위치가 어디쯤입니까?"

"지형으로 보아 김천 부근인 것 같습니다. 어디 둘러보실 데가 있으십니까?"

"글쎄요…… 생각 같아서는 사비성을 한번 둘러보고 갔으면 합니

다만!'

"알겠습니다. 둘러보고 가도록 하겠습니다."

대답을 한 장지원이 비조기 기수를 좌측으로 꺾었다. 이어 비조 1호기에도 사비성으로 향한다는 연락을 취했다.

이 시대로 오면서 젊어진 지금은 장지원과 조영호가 비슷한 나이로 보이지만, 원래 조영호보다는 장지원의 나이가 많았다. 그렇지만 총리대신의 공표에 의해 모든 일에는 주책임자가 상관이 된다고 했으니 장지원은 이번 작전의 책임자인 조영호의 명령을 깍듯이 따르고 있는 것이었다.

"조영호 장군! 저기 사비성이 보입니다."

하늘에서 내려다보는 사비성의 전체적인 모습은 신라 월성에 비해 단아하다는 느낌을 받았다. 부소산 정상부에는 산성이 둘러 있고 부소산 자락에는 왕궁을 비롯한 가옥들이 질서정연하게 들어서 있었다.

더러는 2층처럼 지은 누상 가옥도 보였는데, 중심 부분에는 단층이나 2층이나 할 것 없이 기와집이 주를 이루었고 가장자리로 갈수록 초가지붕이 많았다. 그렇게 조성된 도시의 바깥 쪽에는 나성이라고 부르는 성곽이 하나 더 둘러쳐져 있었다. 전체적인 구조로 보면 남쪽과 서쪽은 사비수가 흐르고 외성의 성벽을 따라 수로를 파 놓아서 방어가 쉬운 이중구조로 되어 있었다.

이곳 사비성도 서라벌의 월성과 마찬가지로 성곽 외부에 해자라고 부르는 도랑보다 넓은 물길을 만들어 적들이 쉽게 접근하지 못하게 해 놓고 있었다. 현대에서 보던 것과 다른 점은 사비성 서쪽 구드래 나루에 크고 작은 수많은 배들이 모여 있다는 점이었다.

조종간을 맡은 장지원은 사비성 안을 거니는 사람들의 얼굴이 훤히 보일 정도로 비조기의 고도를 낮추었다.

변품이 진평왕을 쳐다보면서 말을 했다.

"폐하! 아래 보이는 것이 백제국의 사비성이옵니다."

그 말을 들은 진평왕은 고개를 돌려 창밖을 내다보면서 눈을 떼지 못하고 있었다.

사비성 안팎을 꼼꼼히 살펴보던 조영호가 입을 열었다.

"장지원 장군! 이제 돌아가십시다."

"예! 그런데 생각 같아서는 이참에 백제 왕도 데려가고 싶습니다. 하하하!"

그러자 장지원이 하는 말을 진담으로 알아들은 변품이 놀라며 말을 받았다.

"장군! 우리가 황명도 받지 않고, 계획에도 없는 일을 함부로 결행하는 것은 불가하지 않습니까?"

한글을 배웠다고는 하지만 아직 농담과 진담을 구분하지 못하는 변품을 보면서 조영호가 설명을 해 주었다.

"하하, 변품 장군! 장지원 장군이 한 말은 농이었소. 마음 쓰지 마시오."

"그렇다면 안심입니다만, 장수가 황명도 받지 않고 임의로 전쟁을 벌이면 그 죄가 작지 않기 때문에 소장은 놀랐습니다. 게다가 일국의 장수가 적을 앞에 두고 농을 하는 것도 삼가야 할 일이라고 생각합니다."

변품의 말을 들은 장지원은 속으로 뜨끔하면서 얼굴이 화끈거렸다. 조영호 역시도 일국에 장군이 된다는 것이 결코 쉬운 일이 아니라는 것을 다시금 크게 깨달았다.

"변품 장군 앞에서 본장이 실언을 했나 봅니다."

장지원이 뒤쪽에 앉아 있는 변품에게 정중하게 사과를 하자 변품도 손사래를 치면서 그렇게까지 사과할 일은 아니라는 듯 말을 받았다.

"장군! 아닙니다."

변품도 속으로는 역시 하늘에서 오신 천장들이라 하찮은 자신에게 조차도 본인의 실수를 즉시 사과하시는구나 생각하면서 더욱 존경심이 일었다.

이때 사비성을 주의 깊게 내려다보던 진평왕이 변품에게 물었다.

"변품 장군! 과인이 몇 가지 하문하여도 되겠소?"

윗사람이 아랫사람에게 물을 때 쓰는 하문이라는 말을 들은 변품은 진평왕에게 차갑게 대답을 했다.

"말씀하시옵소서! 다만 소장은 당성에 도착할 때까지만 과거에 폐하를 모시던 신하의 예로 대할 것이옵니다. 당성에 도착하는 순간부터는 배달국 장수로서 폐하를 대할 것이오니 그리 아시옵소서."

"알겠소, 그렇게까지 해 주는 것만 해도 과인에게는 고마운 일이요. 그럼, 묻겠소. 만약에 배달국이 신라를 치기 위해 온다면 신라는 사직을 보존할 수 있겠소?"

그 물음에 변품은 망설이지 않고 대답했다.

"불가하옵니다. 임말리 장군이 지휘하는 신라군 이만이 당성을 치러 왔을 때, 병장기 한번 휘둘러보지 못하고 이각(二刻)* 만에 모두

---

* 이각(二刻): 30분.

포로가 되었사옵니다. 소장 또한 군사 삼천을 데리고도 천족장군 단 네 분에게 일각 만에 패하였사옵니다."

"단 네 명에게 삼천 군사가?"

"그렇사옵니다. 그것도 병장기 한번 써 보지 못하고 그렇게 된 것이옵니다."

"으흠…… 그렇다면 저들이 당성에만 칩거하지는 않을 것이 아니요?"

"물론이옵니다. 배달국 태황제 폐하께서는 신라뿐만 아니라 백제와 고구려 나아가서 수나라까지도 평정하시겠다고 공언하셨사옵니다."

"수나라까지 말이요? 그게 어디 가당키나 하겠소?"

"폐하! 소장이 두 눈으로 본 바로는 지금 군사를 움직인다 하더라도 수나라를 파(破)하는 것은 여반장이라 여기고 있사옵니다."

배달국이 수나라를 무너뜨리는 것도 손바닥을 뒤집는 정도로 쉽다고 말하자 터무니없다는 듯이 평소의 습관대로 소리를 높여 말했다.

"그렇다면 어찌 궁벽한 당성에 처박혀 있는 것이요? 장군이 이들을 너무 과대평가하는 것이 아니요?"

진평왕은 말도 되지 않는 소리라는 듯이 언성을 높였다.

변품은 고개를 가로저으며 대꾸를 했다.

"태황제 폐하께서 이 땅에 강림하신 지 이제 석 달이옵니다. 게다가 백성들을 어찌나 아끼시는지 소장도 감읍할 따름이옵니다. 신하들이 당성 근처에 궁궐을 짓자고 하자 그러면 백성들이 힘들어진다고 나중에 백제의 사비성을 취하여 그곳을 근거로 삼겠다고 하실 정도이옵니다."

"사비성을…… 근거로 삼는다?"

"그렇사옵니다. 이제 폐하께서 당성으로 가 보시면 소장의 말이 허언이 아님을 익히 아실 것이옵니다."

"큼……!"

신음을 뱉은 진평왕은 더 이상 묻지 않고 깊은 생각을 하는 모양이었다.

그들이 오는 동안 신라 영토와 백제 영토의 큰 산봉우리에서는 다섯 줄기의 봉수 연기가 연이어 피어오르고 있었다.

이때, 당성에서 무전이 들어왔다.

"비조 4호기, 들리는가? 들리면 응답하라. 여기는 당성. 이상!"

"여기는 비조 4호기 들린다. 말하라. 이상!"

"이곳에서 신라 국왕을 맞는 의전관은 조성만 장군이다. 도착 즉시 인계하고, 변품 장군이 조성만 장군을 보좌케 하라. 이상!"

"알았다. 이상!"

그들이 오고 있다고 하자 당성에서는 의논 끝에 조성만에게 그들을 맞이하고 안내하는 의전관을 맡긴 모양이었다.

이윽고 당성에 2대의 비조기가 착륙했다. 역시 기다리고 있던 조성만 대장이 그들을 맞았다. 배달국은 최근에 거수경례 대신 가슴에 팔을 붙이는 군례로 인사를 통일을 했었기 때문에 그는 조영호를 향해 군례를 올리면서 인사말을 건넸다.

"장군! 수고하셨소. 본장이 의전을 담당하게 됐습니다."

"이미 연락을 받았습니다. 이들이 신라 국왕인 진평왕과 궁녀입니다. 인계하겠습니다."

조영호 또한 조성만에게 군례로 예를 차린 다음 두 사람을 인계했다.

"알겠소, 그리고 변품 장군은 먼 길을 다녀와서 피로하시겠지만 계속 본장을 좀 도와주시오."

"알겠습니다, 장군!"

조성만은 인계받은 비단 옷차림인 풍채 좋은 사람과 궁장을 한 여인을 보고는 입을 열었다.

"변품 장군! 통역을 부탁하오."

"옛!"

"본장은 배달국 육군 대장인 조성만이라 하오. 그대가 신라 국왕인 김백정이 분명하오?"

"그렇소이다."

"일단, 본장을 따라오시오."

원래 장수가 윗사람에게 자신을 낮추어 말할 때는 소장(小將)으로 칭해야 하지만, 자신들은 황제국의 장수이니 동등한 입장에서 본장으로 칭한 것이었다. 말을 마친 조성만은 앞장서 그들을 사숙관으로 안내했다.

"여기는 그대의 나라와 수나라 사이에 오가던 사신들이 묵던 곳이라 하오. 불편하더라도 여기에서 지내도록 하시오."

"……."

"그리고, 변품 장군!"

"예!"

"지금 한글교육과 군사훈련을 받는 임말리를 비롯한 포로 장수들이 이곳을 자주 드나드는 것은 바람직하지 않겠지만, 가끔 문안하는 것은 막지 말라는 태황제 폐하의 명이시오."

"그것은…… 좀 위험하지 않겠습니까?"

변품은 불안한지 이맛살을 찌푸리며 대꾸를 했다.

"태황제 폐하께서 그렇게 하라고 명하신 일이요. 물론 이들에 대한 의전은 본장과 장군 책임이지만, 경비는 정보사에서 맡기로 했으니 크게 걱정하지 않아도 될 것이요."

"예! 알겠습니다."

변품은 혹시 진평왕과 포로 장수들이 작당하여 무슨 일을 저지르지 않을까 걱정이 되었으나, 이곳 경비를 정보사에 맡긴다고 하니 그나마 안심이 되었다. 배달국의 모든 정보를 관리하고 있는 정보사령 무은과 부령 해론은 변품도 놀랄 만큼 그 분야에 탁월한 능력을 발휘하고 있었다.

북한산주 군주였을 당시 자신의 수하들이었음에도 그 정도의 첩보 능력이 있는 줄은 몰랐다. 그런데 어떻게 태황제는 그들의 능력을 간파하고 일을 맡겼는지 부하의 능력을 제대로 알아보지 못한 자신이 부끄러우면서도 한편으로는 그런 부하를 거느렸었다는 사실에 흐뭇하기도 했다.

한편으로는 자신의 가족을 죽이려다가 잡혀 온 진평왕이었지만, 변품은 그를 보면서 측은하다는 생각과 자업자득이라는 마음이 교차하고 있었다.

진평왕의 눈물

신라국 조정은 발칵 뒤집혔다. 국왕의 행방이 묘연해지고, 내관의 품속에 넣어져 있던 강철의 서찰을 읽으며 부르르 떨고 있는 수을부의 표정은 누렇다 못해 흑색으로 변해 갔다.

조원전에 모여든 신료들은 서찰을 읽고 있는 상대등의 모습이 심상치 않자 도대체 무슨 내용이기에 그러는지 궁금하기 짝이 없었다.

읽기를 마친 수을부가 떨리는 목소리로 입을 열었다.

"모두 들으시오! 황공하게도 폐하께서는 당성에 있는 무리들에게 납치되신 것 같소."

아직 수을부의 말이 채 끝나지 않았다는 것을 뻔히 알면서도 성격이 급한 칠숙이 물었다.

"저도 괴이한 물체가 하늘에 나타난 것은 보았지만, 몸이 불편하다고 일찍 퇴청하신 상대등께서는 언제 그 서찰을 받으셨소이까?"

따지듯이 묻는 칠숙의 말에 상대등인 수을부는 내심 불쾌했다. 승부령인 칠숙이 성격도 급하지만 이렇듯 상대등에게 무례하게 구는 이유는 따로 있었다. 평소 행동이 거칠고, 경박하다는 이유를 들어 자신을 승부령 벼슬에서 파직하자고 진평왕에게 수차 건의한 사실을 잘 알고 있었기 때문이었다.

수을부는 불쾌감을 내색치 않고 젊잖게 대답을 했다.

"폐하를 모시고 있던 내관이 서찰을 전해 주어 보게 된 것이요. 그 내관 역시도 정체불명의 괴인(怪人)들이 비몽사몽간에 서찰을 쥐어 주고 떠난 것이라 아는 것이 아무것도 없었소. 자! 다들 돌려 보시구려."

말을 마친 수을부가 서찰을 내밀자 승부령 칠숙이 먼저 낚아채듯이 서찰을 손에 넣고는 큰 소리로 읽어 내려갔다.

'배달국 총리대신이 신라국 상대등에게 전한다. 본장이 이미 그대들에게 경고를 했음에도 우리 배달국 장수들의 식솔을 해한다 하니 무엄하기가 이를 데가 없도다. 이에 하늘에서 온 천장이 어떤 것인지를 보여 주노라. 그대들의 국왕 김백정을 데려가니, 되찾고 싶으면 우리 장수들의 일족을 당성까지 불편함이 없도록 데려오라. 열흘 이내로 소식이 없으면 국왕은 물론 그대들의 목숨조차도 보존키 어려우리라. 명심토록 하라!'

읽기를 마친 칠숙은 손에 쥔 서찰을 흔들며 분개한 얼굴로 말을 했다.

"이런! 이런! 그래서 소직이 뭐라 했소이까? 다시 군사를 내어 하루빨리 저들을 토벌해야 한다지 않았소이까? 늦었지만 지금이라도 군사를 몰아 저들을 치고 폐하를 모셔 와야 할 것이요."

"……."

수을부가 누구인가? 일인지하 만인지상인 상대등이라는 최고의 벼슬에 있는 조정의 어른이었다. 그럼에도 불구하고 아래 벼슬에 있는 칠숙의 무례한 언동에 수을부는 긴 수염이 부르르 떨릴 만큼 노여움이 일었으나 꾹 눌러 참아 내고 있었다. 이러한 모습을 보다 못한 병부령 김후직이 정색을 하고 말을 했다.

"승부령은 조정의 어른인 상대등께 결례를 하시는 것 같소이다. 폐하께서 납치를 당하시는 황당한 변고가 일어났는데, 조정 대신들이 머리를 맞대도 시원찮을 판국에 뭐하자는 말씀이요?"

그의 말에 옳다구나 하면서 한 발 앞으로 다가선 칠숙이 삿대질을 해대며 말소리를 높였다.

"허어! 적반하장도 유분수구려. 말이 나왔으니 말이지 불궤한 무리가 도성 안에까지 들어와 폐하를 납치까지 해 갔는데 그것이 누구의 책임이란 말이요? 바로 군사를 관장하는 병부령 책임이 아니요? 헌데 군사를 내어 폐하를 구하자는 본관의 말이 틀렸다는 말씀이요?"

딱히 반박할 여지가 없는 말이었다. 외침을 막아 내고 경계를 해야 할 병부에서 불궤한 무리가 오는 것을 막아 내기는커녕 알지도 못했으니, 책임이 있는 병부령으로서는 입이 열 개라도 할 말이 없는 입장이었다.

"……."

김후직은 입을 다물고 슬며시 뒤로 물러날 수밖에 없었다. 분위기가 점점 험악하게 변해 가자 이번에는 위화부령이 나섰다.

 "왜들 이러시는 게요? 물론 칠숙 공의 말씀대로 외적을 막는 책임이야 병부령에게 있다고 치십시다. 허지만 이 자리에 있는 어느 누구인들 과연 하늘에서 날아오는 저들을 막아 낼 수 있었겠소? 모두 심사숙고하여 이 위기를 해결할 방도를 찾아야 하지 않겠소이까? 이 시각 이후 조정의 웃어른인 상대등께 예의에 벗어나는 언동을 하시는 분이 있으면 소관이 먼저 수수방관하지 않겠소이다. 흠!"

 신료들의 인사권을 쥐고 있는 위화부령인 조계룡의 논리정연한 말에는 칠숙조차도 반박을 하지 못했다. 더욱이 평소에 칠숙은 조계룡에게만큼은 한 수를 접어주고 있는 터였다. 이유는 칠숙이 낭도 시절에 화랑(花郞)이던 그에게 적지 않은 신세를 진 적이 있었고, 언행 또한 올바르고 성품이 어질었기 때문이었다. 물론 그런 인품을 보고 진평왕도 그에게 조정 인사권을 맡긴 것이었다.

 위화부령의 말에 용기를 얻었는지 다시 상대등 수을부가 말을 꺼냈다.

 "이제 나도 자리를 물러날 때가 되었나 보오. 이번 일이 해결되면 폐하께 사직을 청하겠소만 일단 코앞에 불은 끄고 볼일이니 이 난국을 어찌해야 할지 말씀들을 해 보시오."

 병부령인 김후직이 다시 나섰다.

 "병부령으로서 이런 말씀을 드리기가 송구스럽지만, 당성에서 변품 군주가 패한 것은 그렇다 쳐도 이후에 우리 대군이 토벌을 갔음에도 제대로 전쟁다운 전쟁도 치러 보지 못하고 다들 포로가 되었소이다. 설상가상으로 이번에는 우리가 두 눈을 벌겋게 뜨고 있는 서라벌에까지 와서 황공하게도 폐하를 납치해 간 것이외다. 그렇다면 군사를 동원한다 해도 폐하를 안전하게 구해 낼 수 있으리라는 보장은 없다고 보여집니다."

병부령의 말에 영객부령인 석품이 조심스럽게 입을 열었다. 영객부령은 외국 사신의 접대를 관장하는 직책이었다.

"병부령의 말씀에도 일리가 있소이다. 군사를 내는 것은 위험천만한 일이라고 봅니다. 병법에도 일 보 후퇴는 이 보 전진이라 했으니 지금으로서는 저들의 요구대로 역적들의 일족과 폐하를 맞교환하는 것이 현책이라고 생각하오이다."

영객부령이 말한 이후에는 아무도 말이 없자, 상대등인 수을부가 정전 안에 있는 신료들을 둘러보면서 말을 했다.

"또 달리 하실 말씀이 있으신 분은 없으시오?"

"……."

"그럼, 알겠소이다. 병부령과 영객부령의 말씀대로 역적들의 일족을 데려다 주고, 폐하를 모셔 오는 것으로 결정하겠소. 이제부터 그 방법을 의논해 주시오."

영객부령이 다시 나섰다.

"소직이 꺼낸 제안이니 먼저 말씀드리겠소이다. 소직이 맡은 영객부에서는 한발 앞서 저들에게 그 뜻을 전하겠소. 우리가 너무 많은 군사를 데려가면 저들의 의심을 살 것이니 폐하의 호위를 위해 일천 정도의 군사면 충분하리라 여깁니다만……."

영객부령의 말에 이번에는 예부령이 나섰다.

"예부령인 소직도 한 말씀드리겠소. 영객부령이 한발 앞서가서 우

리 조정의 뜻을 전하는 것은 좋은 방안이라 생각하외다. 하지만 일
천의 군사도 적지 않은 숫자인데 저들이 과연 가만히 있겠소?'

의전과 교육을 맡고 있는 예부령의 말이 끝나자 시시비비가 분명
한 위화부령이 나섰다.

"본관의 생각에는 어차피 저들의 요구대로 할라치면 군사를 일천
씩이나 데려갈 필요는 없다고 생각하오이다. 오백 정도면 충분하지
않을까 하오. 그리고 누가 가느냐 하는 것도 논의되어야 할 것이오."

위화부령인 조계룡의 말에 상대등 수을부가 어려운 결단을 내릴
때 자신도 모르게 나오는 버릇인 긴 턱수염을 손등으로 쓸어내리면
서 입을 열었다.

"그곳에 가는 것은 조정 신료들을 대표하는 본관이 가야 마땅할
것이요. 게다가 서찰도 나를 상대로 하였으니 그리하는 게 옳을 것
이요. 그리고 위화부령 말씀대로 호위 군사는 기마병 오백이면 적당
할 것 같소. 내가 다녀올 동안 위화부령이 나를 대신하여 조정의 대
소사를 관장하여 주시오."

"알겠소이다."

조계룡의 대답을 들은 수을부는 계속 말을 이었다.

"영객부령이 한발 앞서 가겠다는 말씀도 일리가 있으나 구태여 그
럴 필요까진 없을 것 같소. 폐하를 모시러 가는 길이니 옥새를 관장
하는 새주(璽主)*나 함께 가면 족할 것이요. 만에 하나 폐하께 무슨
일이 있으면 폐하의 아우이신 갈문왕 백반 공과 논의하여 주시오."

"알겠소이다."

---

*새주(璽主): 옥새를 보관하는 임무를 부여받은 사람.

"잘들 부탁하오. 그리고 마지막으로 승부령은 우리가 처벌하려던 변품 등의 일족을 모두 가마나 말에 태워 데려갈 수 있도록 준비해 주시오. 출발은 이틀 후에 하겠소."

승부령인 칠숙은 역적의 식솔들에게 가마나 말까지 대령해서 호사를 누리게 하는 것이 여간 불만스럽지 않았지만 어쩔 수 없다는 듯이 퉁명스럽게 대답했다.

"알겠소이다."

수을부는 일사천리로 일을 결정해 나갔다.

신라 국왕이 잡혀 온 지 닷새가 지나자 당성에서는 이러한 사실을 모르는 백성이 없을 정도로 소문이 파다했다.

그동안 사숙관에 묵고 있는 신라 국왕 김백정에게 배달국에 망명한 변품과 무은, 해론이 문안차 다녀갔고, 포로 신분으로 한글교육을 받고 있던 당성토평군 군주였던 대장군 임말리를 비롯해서 김용춘, 김술종, 백룡, 염장, 수품이 두 차례나 다녀갔다.

그렇지만 진평왕은 백룡을 제외한 나머지 장수들에게서는 예전에 자신을 대하던 태도와는 확연히 다른 느낌을 받았다. 망명한 장수들은 그렇다 쳐도 포로 신분이라는 그들도 역시 왕인 자신보다 배달국의 태황제란 자를 더 공경하고 있는 것이 분명해 보였다.

닷새가 지나도록 태황제란 자의 얼굴도 보지 못했지만, 변품의 안내로 전깃불이 켜진 당성의 야경도 보았고, 전에는 신라 군사였던 제국군들이 훈련하는 모습과 한글을 공부하는 모습도 볼 수가 있었다.

그렇게 시간이 지날수록 마음은 더욱더 착잡해져 갔다. 자신의 처지도 처지려니와 신라의 운명은 과연 어찌 될 것인가 하는 생각 때문에 잠을 이루지 못하는 날이 계속되었다.

드디어 자신이 이곳에 끌려온 지 아흐레가 되는 날 아침이었다. 변품만 오던 다른 날과는 달리 첫날 보았던 배달국 장수인 조성만이라는 자도 함께 왔다.

"신라 국왕은 배달국 태황제 폐하를 배알할 준비를 하시오."

조성만이 말할 때는 태황제를 뵐 준비를 하라고 말했으나 변품은 배알이라는 말로 고쳐서 통역을 한 것이었다.

"알겠소."

신라 국왕 김백정은 조성만을 따라 수항궁이라고 쓴 편액이 붙은 건물로 들어갔다. 수항궁은 당성 치소이던 수항청을 임시로 수선하여 태황제가 머무는 궁전으로 사용하고 있었으니 신라 도성에 있는 궁전들과는 비교도 할 수 없을 만큼 초라했다.

안에 놓인 상석에는 약관 정도의 나이로 보이는 자가 앉아 있었고 비슷한 나이 또래인 자가 옆에 시립해 있었다. 먼저 입을 연 것은 옆에 시립해 있는 자였다.

"어서 오시오, 처음 뵙겠소이다. 본장은 배달국 총리대신이오. 앞에 좌정해 계신 분이 배달국 태황제 폐하시오. 문후를 올리시오."

변품의 통역을 통해 전해지는 말에 따라 김백정이 허리를 굽혀 약식의 예를 올리려 하자 변품이 다급하게 큰 소리를 냈다.

"신라 국왕은 태황제 폐하께 부복하여 대례를 올리시오!"

매섭게 말하는 변품을 힐끗 본 신라 국왕은 잠시 머뭇거리다가 마지못한 듯이 무릎을 꿇고 큰절로 문후를 올렸다.

"신라 국왕 김백정, 배달국 태황제 폐하께 문후를 올리옵니다."

"일어나시오."

"예!"

예를 올린 김백정은 자리에서 일어나 두 손을 모아 배꼽 부근에 대고는 허리를 약간 굽히고 섰다.

"과인이 배달국 태황제요. 어찌 됐건 일국의 왕에게 이렇듯 험한 일을 겪게 해서 과인도 안됐다는 생각이오. 허나 이미 총리대신이 은인자중하라는 경고 서찰을 보낸 것으로 아는데, 이를 무시하고 우리 장수들의 일족을 해치려 하였으니 그 죄가 작다고 할 수 없소."

"……."

"생각 같아서는 공의 목숨을 거두어야 마땅하나 이번만큼은 반성의 기회를 주고자 하오. 다행히 공의 신하들이 우리 장수들의 식솔들을 데려오고 있다 하니, 약조대로 귀공을 돌려보내 드리리다."

"……!"

"그러나 돌려보내기에 앞서 귀공에게 세 가지 다짐을 받을까 하오. 첫째로 국원소경과 하슬라 사이의 북쪽은 배달국의 영토로 할 터인즉 그리 알도록 하시오. 아시겠소?"

국원소경은 충주를, 하슬라는 강릉을 일컫는 당시의 지명이었다.

"……?"

한참 동안 대답이 없자 통역을 하는 변품이 대답을 재촉했다.

"태황제 폐하께서 하문하셨소! 신라 국왕은 어찌 답이 없으시오?"

"알겠사옵니다."

"두 번째로 공이 서라벌로 돌아가면 보름 내로 순철 오만 근(斤)을 이곳으로 보내시오."

순철은 제련된 쇳덩어리를 말하는 것으로 당시의 도량형으로는 한 근이 222g이니 5만 근이라 하면 약 11톤 정도가 되는 적지 않은 양이었다. 신라에서 생산되는 물량을 망명한 장수들로부터 들어 알고 있던 그가 일부러 적지 않은 양을 보내라고 한 것은 배달국이 필요로 하기도 했지만, 가능한 병장기 생산을 막으려는 의도였다.

"그 많은 양을 보름 내로는 마련키 어렵사옵니다. 한 달의 기한을 주소서."

"음, 그렇게 하시오. 마지막으로 앞으로 백제국과 전쟁을 벌이는 일은 없도록 하시오."

그 말에는 김백정도 불만스러운 표정을 지으며 따지듯 되물었다.

"하오면, 백제국이 신라 땅을 침범해도 참으라는 분부이신지요?"

김백정이 위태로운 지경에 처해서도 일국의 왕이라는 본분을 잃지 않고 자신의 생각을 당당하게 말하는 것을 보자 진봉민은 새삼 그가 다시 보였다.

"백제국에도 경거망동을 삼가라고 엄히 경고를 할 것이요. 그래도 듣지 않는다면 과인이 그에 합당한 대가를 치르게 할 것이니 그 점은 염려하지 않아도 될 것이요."

"……."

"이제 나가 보시오. 내일이면 서라벌로 돌아갈 수 있을 것이요. 먼 길 편히 돌아가도록 하시오."

수항궁을 물러 나온 김백정은 곰곰이 생각해 보았다.

태황제라는 자가 요구한 철이야 그런대로 문제가 없다지만, 신라 영토의 삼분지 일을 내놓으라고 하니 그것만은 도저히 용납할 수 없는 일이었다. 국원소경과 하슬라 사이의 북쪽 땅이 어떤 땅인가! 선대 진흥왕이 고구려와 백제로부터 어렵사리 빼앗은 땅이 아니던가? 특히 국원소경의 북쪽 아리수 하류의 땅은 동맹을 맺었던 백제를 배신하면서까지 얻어 낸 땅이었다. 그런 피 같은 땅을 내놓으라니 자신이 어떨결에 그러겠노라고 대답은 했지만 도저히 받아들일 수 없는 요구였다.

일단 이 위기를 벗어난다면 나라의 명운을 걸더라도 일전을 불사해야겠다는 각오를 다지며 사숙관으로 돌아왔다.

사숙관에는 아직 포로 상태인 임말리와 김용춘이 와 있었다.

"다들 바쁘실 텐데 장군들이 어쩐 일이시오?"

"다행히 내일 서라벌로 환궁하신다는 소식을 접하고 송별 문안을 드리려 왔사옵니다."

문득 이들의 마음을 떠봐야겠다는 생각이 든 진평왕은 은근한 목소리로 말을 건넸다.

"장군들이 이토록 마음을 써 주니 고맙소. 헌데 돌아가는 짐은 기쁘다기보다 오히려 마음이 무겁구려."

"어인 일로 심려하시옵니까?"

"배달국 태황제가 국원소경과 하슬라 사이의 북쪽 땅을 내놓으라는구려."

"……."

"그 땅이 어떤 땅이요? 선대왕인 진흥대제께서 고구려와 백제로부터 천신만고 끝에 얻어 낸 땅인데 그것을 내놓으라니 말이 되는 소리요?"

진평왕이 울분을 토하듯이 말을 하자 임말리가 입을 열었다.

"폐하께서 잘 다독거리시면 신료들도 다 이해를 할 것이옵니다. 조정 신료들 중에는 일전을 불사하자고 주장하는 자도 있을 것이나, 만에 하나 그렇게 되면 신라의 종묘사직은 보존할 수가 없사오니 부디 통촉하시옵소서."

임말리의 말에 김용춘도 옳다고 고개를 끄덕이며 덧붙였다.

"폐하! 당장 나라를 바치라고 하지 않은 것만 해도 그나마 다행이옵니다. 부디 자중하시고, 배달국을 거스르는 일이 없도록 하시옵소서."

김용춘이 누구던가? 윗대 왕이었던 진지왕의 아들이고 자신과 같은 신라 왕족이 아니던가! 그런 그가 오히려 나라를 바치라고 요구하지 않은 것이 다행이라고 하다니 이자가 도대체 신라 왕족이 맞는가 싶었다.

너무나 서운한 마음이 든 그는 참지 못하고 한마디 씹어뱉었다.

"그대들이 정녕 신라 장수들이 맞기는 한 것이요?"

"폐하! 황공하오나 이들이 하늘에서 내려온 천장들이라는 것이 확실한데 어찌 인력으로 하늘을 거스를 수 있겠사옵니까? 소장들 역시 신라 장수들임에는 틀림이 없사오나 배달국에 대항하는 것은 어리석은 일이라는 것을 깨달았사옵니다."

"허허허! 장군들의 뜻은 알겠소. 그만 돌아들 가 보시구려."

진평왕은 허탈하게 웃으며 그들에게 더 이상 마주하기가 싫다는 표정을 숨기지 않았다.

"예, 폐하! 편히 환궁하시옵소서. 소장들 물러가겠사옵니다. 부디 옥체 보중하시고 자중자애하시옵소서."

임말리와 김용춘 장군이 망설이지도 않고 물러 나가자 진평왕은 맥이 빠지고 앞일이 암담해 보였다.

'이를 어쩐단 말인가? 나라에 대한 충성심이라면 저들을 당할 자가 없었는데 저들조차도 저렇게 말을 하니 일전을 불사한다는 것도 결코 쉬운 일이 아니질 않는가!'

하고 혼자 생각을 하면서 왜 하필 자신이 종묘사직을 이어받고 있는 지금 이런 일들이 일어나는지 착잡한 마음을 금할 수가 없었다.

이튿날, 배달국 장수들의 식솔과 진평왕을 교환하는 장소는 남양천으로 결정되었기 때문에 진평왕과 궁녀는 변품의 안내를 받으며 비조기에 올랐다.

당성에서 떠날 때, 배달국 총리대신이라는 자와 지난 열흘 동안 한 번도 보지 못했던 배달국 장수라는 자들이 여럿 나와서 자신을 전송해 준 것이 그나마 위안이 되었다.

남양천에 도착하자마자 양쪽 대표가 마주했다. 신라 쪽의 대표인 상대등 수을부와 배달국 쪽의 대표인 천족장군 조성만이 통역을 통해 간단한 교환 절차를 협의했다.

협의된 절차에 따라 1백여 명에 이르는 장수들의 식솔들과 진평왕의 맞교환이 순탄하게 진행되었다.

교환이 끝나자, 진평왕은 반가워하는 수을부와 새주인 미실의 영접을 받으면서 평소 자신이 타던 어가(御駕)에 올랐다.

네 마리의 말이 끄는 어가는 왕이 타는 수레답게 무척이나 호화롭게 치장되어 있었고 격조도 있어 보였다. 남양천을 출발한 어가는 5 백 명에 이르는 군사들의 호위를 받으며 자신들의 영토인 사복홀로 향하고 있었다.

얼마쯤 왔을까? 멀리 앞쪽에서 두 필의 말이 어가 행렬 쪽으로 쏜살같이 달려오고 있었다.

그들이 다가오자 호위하던 군사들이 그들을 막아섰다.

"웬 놈들이냐?"

"이 행렬이 폐하의 어가 행렬이 맞습니까?"

"그렇다! 그걸 알면서도 감히 어가를 막았다는 말이더냐?"

그러자 타고 있던 말에서 내린 그들은 급히 말을 했다.

"상대등 어른을 만나게 해 주시오. 서라벌에서 온 급한 전갈이요."

앞에 소란이 일어난 것을 감지한 수을부는 타고 있는 말을 행렬 앞으로 몰고 나가 큰 소리로 물었다.

"무슨 일인데 감히 어가를 멈춘 것이냐?"

"상대등 어른! 이자들이 서라벌에서 급한 전갈을 가져왔다고 하옵니다."

선두에 섰던 장수가 고하는 말을 듣고는 나타난 자들의 행색을 살펴보니 분명 신라 군사들로 타고 왔던 말에는 전령을 나타내는 깃발이 꽂혀 있었다.

"그래? 내가 상대등이니라. 누가 보냈더냐?"

그러자 군례를 올린 전령은 공손히 두 손으로 서찰을 넣은 전통(箋筒)*을 바쳐 올리며 대답을 했다.

---

* 전통(箋筒): 서찰을 보관하는 긴 원통.

"예! 위화부령께서 보냈습니다. 서찰은 여기 들었습니다."

전통을 받아 든 수을부는 뚜껑을 열고 서찰을 꺼내 읽기 시작했다.

'위화부령 조계룡이 상대등께 고합니다. 상대등께서 길을 나신 사흘 후, 승부령 칠숙과 영객부령 석품 등이 계교를 꾸며 병부령을 감금하고 병권을 빼앗은 다음 조정을 장악했습니다. 그런 다음 그들은 진안 갈문왕인 김국반을 새로운 왕으로 옹립하였습니다. 소직은 감금되어 있던 병부령을 구출하여 급히 월성 북쪽에 있는 북형산성으로 몸을 피하였으나, 이곳 군사는 일천에 불과하여 얼마 버티지 못할 것입니다. 일단 서라벌로 오시는 어가 행렬을 멈추시고, 적절한 대책을 강구하시기 바랍니다.'

서찰을 다 읽은 수을부는 서찰을 가져온 군사에게 물었다.

"너희들은 어디 소속의 전령들이냐?"

"소인들은 북형산성의 전령들입니다."

"흠…… 알겠다. 잠시 기다려라."

말을 마친 수을부는 지필묵을 대령시켰다.

'서찰은 잘 받았소. 별도의 명이 있을 때까지 가능한 북형산성을 사수하시오. 부득이할 경우에 목숨만은 보전하시오. 상대등 수을부.'

서찰을 다 쓰자, 전령에게 넘겨주면서 명을 내렸다.

"한시 바삐 위화부령에게 전하라!"

"옛!"

서찰을 받아 든 전령들이 급히 말에 올라 다시 남쪽으로 사라져 갔다. 그들이 사라지는 것을 확인한 상대등은 말머리를 돌려 어가가 있는 곳으로 다가가 말에서 내려서는 안쪽을 향해 낮은 목소리로 아뢰었다.

"폐하! 신 상대등 아뢰옵니다. 급히 아뢰올 말씀이 있어 주변을 물리겠사옵니다."

"무슨 일인데 그러시오? 알겠소, 그리하시오."

"어가 주변에 있는 자들은 잠시 비켜서 있도록 하라."

"예!"

상대등 수을부의 명이 있자, 어가 주변에 있던 자들이 멀찍이 물러났다.

"폐하! 일단 서찰을 읽어 보시옵소서. 안으로 들이겠사옵니다."

말을 한 수을부는 어가 옆면에 달린 창을 반쯤 열고는 서찰을 들이밀었다. 그리고 난 수을부는 한시가 급하게 느껴져 안절부절못하고 있었지만, 안에서는 아무런 기척도 없었다.

드디어 어가의 문이 활짝 열리고 굳은 표정의 진평왕이 밖으로 나왔다.

"허어! 도대체 짐이 자리를 비운 지 며칠이나 됐다고 이런 일이 일어난다는 말씀이요? 게다가 자신들의 국주가 도성 한복판에서 적들에게 잡혀갔으면 부끄러운 마음에서라도 근신을 해야 마땅한 일이거늘…… 쯧쯧쯧! 신하라는 자들이 그 틈을 타서 난을 일으키다니 하늘 아래 이런 경우가 도대체 어디 있단 말이요?"

"망극하옵니다."

"상대등의 생각으로는 어찌했으면 좋겠소?"

"폐하! 일단 국원소경으로 가셔야 할 줄로 아옵니다. 그곳에 있는 군사와 가까운 삼년산성에 있는 군사로 반역 도당들을 토벌하는 것이 옳을 줄로 아옵니다."

"그것도 쉬운 일이 아니요. 이미 배달국을 치러 보낼 때에 삼년산성 군사 반을 덜어 냈기 때문에 지금 삼년산성에는 백제국을 견제할 최소한의 군사만 남아 있을 것이요. 그러니 그곳의 군사를 함부로 움직일 수도 없고…… 그보다도 어쩌면 이미 반란군 쪽에 섰을지도 모를 일이요."

"하오시면……?"

"흠…… 방법이 아주 없는 것은 아니요. 다만 그것이 올바른 결정이냐 하는 문제일 뿐이요."

"무슨 말씀이시옵니까?"

"배달국에 부탁을 하는 것이요."

"배달국이라니요? 그들이 폐하의 청을 들어주겠사옵니까?"

"아마 쉽지는 않을 것이요. 하지만 이번에 그들이 과인에게 요구한 것이 있소. 그들의 요구가 헛되지 않으려면 짐의 청을 들어줘야 할 것이요."

"그들의 요구라 하시면?"

"국원소경과 하슬라 사이의 북쪽을 내놓으라는 것과 순철 오만 근을 달라는 것이었소. 또한 백제와 전쟁을 하지 말라는 요구였소."

"폐하께서 그곳에 머무시는 동안 많은 것을 살피셨을 텐데 과연 그들이 하늘에서 내려온 자들이 맞기는 맞사옵니까?"

"짐이 본 바로는 틀림없는 것 같소. 게다가 김용춘 장군이 손국(遜國)*을 거론하였을 정도이니……."

---

* 손국(遜國): 순순히 나라를 들어 바치는 것.

"아니? 손국이라 하시면 나라를 들어 바친다는 말인데, 감히 용춘 공이 그런 불충한 말을 입에 담았다는 말씀이옵니까?"

"그렇소! 물론 과인에게 손국하라는 말은 아니었소. 저들이 우리 의 땅을 요구한다고 말해 주었더니 나라를 바치라고 하지 않은 것만 도 다행이라고 하면서 그들의 요구대로 따르라는 것이었소."

"아니? 그런 일이……!"

"일단 당성으로 어가를 돌리시오!"

"폐하! 좀 더 생각해 보시고 결단하시는 것이…… 늑대를 피하기 위해 호랑이 굴로 들어가시는 것은 아닐는지요……?"

"흠…… 그 말씀도 일리가 있기는 하오. 하지만 지금 돌이켜 생각 해 보니 임말리 장군이나 김용춘 장군이 한 말이 옳은 듯하오. 지금 은 저들이 나라를 이룬 지 얼마 되지 않아 자중하고 있지만 곧, 군사 를 일으킬 것이오. 그렇게 되면 어차피 사직은 보존하기 어려울 것 같소."

"……!"

"왜 말씀이 없으시오?"

"폐하! 그렇다면 백제와 손을 잡아 보는 것이 어떻겠사옵니까?"

"백제와?"

"예!"

"백제와 손을 잡자? 흠, 백제도 지금쯤 어떤 움직임이 있기는 할 것 이요."

"아니? 그럴 만한 연유가 있사옵니까?"

"그렇소! 과인이 저들에게 잡혀 올 때, 과인을 태운 괴조(怪鳥)가

사비성 하늘을 거쳐서 당성으로 왔소이다. 그러니 사비성에서도 괴조에 대해 수소문 중에 있을 것이요."

"그런 일이 있었사옵니까?"

"그렇소이다! 흠…… 백제와 손을 잡는다? 백제와……?"

"그렇사옵니다. 더욱이 그들이 하늘을 날아다니는 괴조를 보았다면 대화는 의외로 쉽게 풀릴 수도 있습니다."

진평왕은 갈등이 되었다. 우선 백제와 손을 잡은 다음 그들을 이용해서 조정을 다시 장악하고 배달국에 함께 대항하는 것이 나을지? 아니면 나라를 바칠 각오로 배달국에 도움을 청하는 것이 나을지? 쉽게 결론을 내릴 수가 없었다.

한참을 망설이다가 드디어 결심을 한 진평왕이 입을 열었다.

"일단 백제와 손을 잡아 보십시다. 상대등께서는 우선 만노군과 국원소경으로 군사를 보내 그곳이 반정 세력에 가담했는지 살펴보게 하시오. 우리는 사복홀로 가서 그곳에서 구체적인 방책을 생각해 봐야겠소."

"알겠사옵니다."

진평왕이 탄 어가는 사복홀로 계속 전진해 나아갔다. 다행히 그곳은 작은 고을이어서 그런지 아직 반정 세력의 손이 미치지 않았다. 그곳에 도착한 진평왕은 만노군뿐만 아니라 국원소경과 삼년산성까지도 반정 세력의 수중에 들어갔다는 것을 알고는 낙심천만이었다. 반정 세력의 행동이 이토록 신속하다니 놀라웠다.

이제는 백제에 손을 내미는 수밖에는 별 뾰족한 도리가 없었다. 다행히 그들이 도와주기만 한다면 반정 세력을 몰아내는 것쯤이야 크게 어렵지는 않겠지만 과연 그들이 도와줄 것이냐 하는 것이 미지수였다. 진평왕은 물에 빠진 자가 지푸라기라도 잡는다는 심정으로 서찰을 썼다.

'신라 국왕이 백제 국왕께 올립니다. 아국과 귀국 사이에 불미스러웠던 과거 일들에 대하여는 바다 같으신 마음으로 양찰하여 주시기 바라옵니다. 국주의 몸으로 잠시 조정을 비운 사이에 왕제(王弟)*라는 자가 조정을 장악하여 예도 갖추지 못하고 국서를 보내옵니다. 근래 하늘에서 내려왔다는 괴이한 무리가 나타나 우리 땅을 유린하였으며 불원간 귀국에도 같은 일을 자행할 것이라 여기옵니다. 이에 우리 두 나라가 서로 힘을 합쳐 저들의 책략을 막아 내는 것이 현책이라 여겨 국서를 보내오니 조속히 답을 주시기 바라옵니다.'

진평왕은 백제 무왕인 부여장에게 보내는 국서를 쓴 후 옥쇄를 찍어 백제 사비성으로 보내게 했다.

백제 사비성 안에 있는 정전인 벽해궁의 용좌에는 어전회의를 주재하고 있는 왕인 부여장이 앉아 있었고 단 아래에는 신하들이 늘어서 있었다.

훗날, 역사 기록에도 백제 무왕으로 알려진 부여장은 '풍채가 걸출하고, 흰 수염이 보기 좋게 안면을 장식하고 있었으며 기상도 엿보였다.' 라고 기록되어 있듯이 사실이 그랬다.

"더 하실 말씀이 있으신 분들은 고하여 보시오."

---

* 왕제(王弟): 왕의 동생.

"폐하! 소신 병관좌평 해수 아뢰옵니다. 얼마 전 우리 도성 하늘에 나타났던 두 개의 괴물체는 하늘에서 내려왔다는 자들의 천병기라고 하옵고, 그들은 신라 땅이던 당성을 빼앗아 그곳에 근거를 두고 있다고 하옵니다."

"천병기라 하였소? 그러면 하늘에서 가져온 물건이라는 말씀이요?"

"그렇다고 하옵니다. 저들은 당성을 취한 후에 신라에서 보낸 토벌군을 무찌르고 군사 이만을 모두 사로잡았다고 하는데 사실인 것 같사옵니다."

군사를 관장하는 병관좌평의 말에 정전 안은 신료들의 수군거리는 소리로 소란스러워졌다.

"그것을 어떻게 아셨소?"

"그 괴물체가 우리 도성에 나타난 후, 우리 쪽 첩자(諜者)*들을 시켜 은밀히 알아본 것이옵니다. 이미 신라국에는 저들에 대한 소문이 파다하다고 하옵니다."

"허! 그렇게 큰일들이 일어났는데도 어찌 우리는 까마득히 몰랐을꼬?"

"아뢰옵기 황공하오나, 그것이 불과 두세 달 사이에…… 그것도 신라국 변두리에서 일어난 일이라 미처 파악하지 못하였던 것이옵니다. 그래서 황급히 당성으로 첩자 여럿을 파견하여 그들의 정체를 파악 중에 있사옵니다."

"흠…… 알겠소. 하루속히 그들의 정체를 파악하고, 한편으로는

---

* 첩자(諜者): 간첩.

가잠성(柯岑城)*을 치기 위해 준비해 놓았던 군사를 빼서 당성 쪽으로 이동시키시오."

"폐하! 그렇지 않아도 대목악(大木岳)* 쪽으로 군사를 옮기는 것이 어떨까 생각하고 있었사옵니다."

대목악은 충남 천안을 일컫는 말이다.

"속히 그렇게 시행토록 하오!"

병관좌평의 말이 끝나자 이번에는 상좌평인 사택적덕이 한 발 앞으로 나와 허리를 굽힌 후에 입을 열었다.

상좌평은 내신좌평을 말하는 것으로 백제 육좌평의 우두머리였기 때문에 내신좌평이라 하지 않고 보통 상좌평이라고 불렀다.

"폐하! 신라 조정에서 상대등 칠숙이란 자가 소신에게 서찰을 보내왔사옵니다."

말을 마친 사택적덕이 소매 속에서 서찰을 꺼내 두 손으로 공손히 바쳐 올렸다. 옥좌에서 반쯤 일어나 서찰을 받아 든 무왕은 천천히 서찰을 읽어 내려갔다.

"아니! 이 서찰 내용대로라면 신라 국주가 배달국에 포획되어 가고 서라벌에는 새로운 왕이 등극했다는 말이 아니요?"

"그렇사옵니다. 서찰에서 살펴보신 대로 신라 국왕이 배달국에게 포획되어 간 후에 정변을 일으켜 왕제인 국반을 국주로 옹립하였다고 하옵니다. 신라국에서는 당분간 서로 적대 행위를 하지 말고, 배달국 무리를 공동으로 치는 조건으로 만노군에서 왕봉현에 이르는

---

* 가잠성(柯岑城): 경남 거창, 합천 근방에 있는 성.
* 대목악(大木岳): 충남 천안.

땅을 우리에게 넘겨주겠다고 하옵니다."

만노군은 충북 진천을 왕봉현은 고양시 행주산성 인근을 일컫는 이 시대의 지명이다.

"땅을 주겠다고? 그들을 어찌 믿을 수 있단 말이요? 전대에 우리와 동맹을 맺고 고구려를 쳐서 빼앗은 열여섯 개 성 중에 우리가 갖기로 했던 여섯 개 성마저도 도로 뺏어 갔던 자들이 아니요? 신의(信義)라고는 눈곱만치도 없는 자들을 어찌 믿을 수 있단 말이요?"

"폐하! 소신도 그런 점을 우려하고 있사옵니다. 게다가 서찰도 국서가 아니고 상대등에 새로 올랐다는 칠숙이란 자가 소신에게 보낸 서찰이라 더욱 미심쩍은 것은 사실이옵니다."

"짐의 생각도 상좌평과 같소."

이때 밖으로부터 숙위부 관리가 상좌평인 사택적덕에게 서찰을 전달했다. 상좌평은 왕명을 출납하는 직책이었기 때문에 그에게 서찰을 가져온 것이었다. 사택적덕은 서찰을 보낸 자와 받는 자를 적은 피봉을 확인하자 계단 앞으로 나가 말없이 왕에게 서찰을 올렸다.

서찰을 받아 든 부여장은 피봉을 뜯어 내용을 살피기 시작했다.

'신라 국왕이 백제 국왕께 올립니다…….'로 시작되는 신라 왕이 보낸 국서였다.

서찰을 읽고 난 백제 무왕은 얼굴에 흐뭇한 미소를 머금고 입을 열었다.

"허허……! 신라국에 정변이 일어난 것이 확실한 모양이요."

사택적덕이 궁금한 듯이 되물었다.

"무슨 서찰이옵니까?"

"신라 국주인 진평의 국서요. 자신이 자리를 비운 사이에 조정에 정변이 일어났다는 것과 배달국이라는 무리에 함께 대응하자는 내용이요. 조정좌평은 이 국서를 읽어 보도록 하오."

그나마 나이가 적은 조정좌평에게 서찰을 내리며 읽어 보라고 명하자, 단 앞으로 나간 조정좌평 부여망지는 왕이 내려 주는 서찰을 받아 소리 내어 읽어 내려갔다.

서찰 내용을 다 들은 상좌평 사택적덕이 입을 열었다.

"폐하! 그렇다면 신라국의 신구 세력 모두가 우리에게 손을 내미는 것이 아니옵니까?"

"하하하! 그렇소. 내용으로 본다면 새로운 세력 쪽이 우리에게 더 유리한 조건을 제시한 셈이요."

왕으로부터 시작해서 정전 안에 있는 신료들은 각자 나름대로 앞으로 백제가 어떻게 처신하는 것이 좋을지에 대해 궁리들을 하기 시작했다.

얼마의 시간이 흐르자, 내법좌평인 왕효린이 먼저 입을 열었다.

"폐하! 내법좌평 왕효린 아뢰옵니다. 그들은 양쪽 모두 당성에 있는 배달국에 공동 대응하자는 제안이옵니다. 다만, 정변 세력 쪽은 땅을 떼어 주겠다는 것이 다르옵니다. 허나 그 또한 속뜻을 살펴보면 그들이 내놓겠다는 땅은 이미 배달국이라는 무리가 장악하고 있는 지역이옵니다. 결국 우리를 이용해 자신들의 위협을 제거하자는 차도살인지계(借刀殺人之計)*에 지나지 않는다고 보옵니다."

"음, 일리가 있는 말씀이요."

---

*차도살인지계(借刀殺人之計): 남의 칼을 빌려 살인함.

"소신 병관좌평 해수 아뢰옵니다. 저들이 우리를 이용하려 한다는 것은 분명하나 한편으로 생각하면 어차피 우리도 배달국이라는 무리를 상대해야 할 시점이 오리라고 보옵니다. 그렇다면 우리 역시 독자적으로 그들을 상대하기보다는 신라국과 함께 막는 것이 더 현책이옵니다. 문제는 어느 쪽 손을 들어주느냐 하는 것인데 진평의 손을 들어준다면 정변을 일으킨 세력까지 제거해 달라고 할 것이옵니다. 이러한 정황을 살필 때 소신은 반정 세력의 손을 들어주는 편이 더 유리하다고 사료되옵니다."

해수의 말이 끝나기 무섭게 이번에는 달솔인 부여사걸이 한 발 앞으로 나와 입을 열었다.

"폐하! 부여사걸 아뢰옵니다."

"사걸 공, 말씀해 보시오."

"병관좌평의 말씀도 일리가 있으나, 소신은 정통성을 갖고 있는 진평 쪽과 손을 잡는 것이 유리하다고 보옵니다. 그렇게 되면 병관좌평의 말씀대로 진평은 정변 세력을 몰아내는데 우리의 힘을 빌리려 할 것은 불문가지이옵니다. 그때 진평을 도와준다는 명분이 있으니 우리 군사가 신라 도성인 서라벌까지 당당히 갈 수가 있사옵니다. 그 기회에 서라벌 도성을 뺏거나 그렇게까지는 못하더라도 정난 평정을 도와주고 나서 그에게 더 큰 것을 요구할 수도 있을 것이옵니다."

그 말을 들은 왕과 신하들은 부여사걸의 계책이 대단히 신통하게 여겨졌다.

"흠……."

이때, 상좌평인 사택적덕이 조용히 입을 떼었다.

"폐하! 사걸 공의 말대로 한다고 해도 우리에게 상당한 이득이 있을 것으로는 생각되옵니다. 허나 한편 생각하면 이미 병권을 비롯한 조정의 모든 힘은 반정 세력으로 넘어갔을 것이옵니다. 이런 상황에서 진평을 복권시키자면 우리는 반정군과 여러 차례 부딪쳐야 할 것이옵니다. 결국 배달국 무리를 상대하기도 전에 우리도 적지 않은 피해가 있을 것이라는 점이옵니다. 하여 소신의 생각에는 정변 세력쪽 제안을 받아들이는 편이 피해 없이 이득을 챙길 수 있다고 사료되옵니다."

평소에도 이해타산에 밝고, 술수에 능한 상좌평이었다. 그런 그가 이번 일에도 철저하게 득실을 따져 고하자 더 이상 좋은 방책은 찾을 수가 없었다.

"흠…… 옳은 말씀이오. 더 하실 말씀이 있으시오?"

"……."

"없으신가 보구려. 자! 모두 들으시오. 공들의 말씀을 들어 보니 모두 훌륭한 의견들이오. 허나 아국의 피해 없이 이득을 챙기자는 상좌평의 말씀이 가장 상책인 듯하오. 칠숙이란 자의 서찰은 국서가 아니므로 약조의 효력이 의문시되오. 상좌평은 그에게 서찰을 보내 왕의 국서를 보내라 하시오. 서찰을 보낼 때에 진평 쪽에서도 제안이 왔음을 알리는 것이 좋을 것이요. 마찬가지로 진평 쪽에도 국서를 보내되 우리가 정변 세력과 손을 잡았음을 분명히 전하시오."

"알겠사옵니다, 폐하!"

"재차 말하거니와 병관좌평은 배달국 무리들에 대한 정보를 소상히 알아보도록 하고, 군사도 신속히 이동시키도록 하시오."

"폐하! 분부 받들어 봉행하겠사옵니다."

어전회의가 끝나자, 백제국의 움직임이 바빠지기 시작했다.

지루하던 장마가 걷히고 뙤약볕이 내려 쪼이는 8월의 한낮임에도 강철이 머무는 당성의 총리 집무실에는 에어컨이 가동되어 실내를 시원하게 만들고 있었다. 그들이 떠나올 때 가져왔던 에어컨 중에 태황제가 머무는 수항궁에 1대가 설치되었고, 총리 집무실에 1대가 설치되어 있었다. 그곳에서는 강철과 정보사령인 무은이 앉아 대화를 나누고 있었다.

"진평왕이 백제와 손을 잡으려다 거절당했다는 말씀이요?"

"그렇습니다."

"허 참! 정보사령, 그렇다면 이제 오도 가도 못하게 된 진평왕은 어떻게 할 것 같소?"

"소장의 생각에는 우리 배달국에 망명하든가 아니면 수나라로 몰래 빠져나가던가 둘 중에 하나를 택할 수밖에 없을 것입니다. 게다가 서라벌에 있는 북형산성에서 농성을 하며 자신을 지지하던 위화부령과 병부령까지 항복해 버렸으니 고립무원의 처지가 됐습니다. 이제 그 길밖에 더 있겠습니까?"

"음…… 일리 있는 말씀이요. 신라와 백제의 움직임은 어떻소?"

"신라의 정변 세력은 백제와 결맹이 성사되자 백제를 견제하기 위해 배치했던 남쪽 군사들을 모두 만노군 쪽으로 이동시키고 있습니다. 물론 그것은 백제도 마찬가지입니다. 그들도 남쪽 가잠성 쪽에 있던 군사를 대부분 대목악으로 이동시켰습니다."

"두 쪽의 군사를 합하면 얼마나 되는 것이요?"

"신라군이 약 삼만 오천, 백제군이 약 오만 정도로 파악되고 있습니다."

"그들이 이곳으로 쳐들어온다면 언제쯤일 것 같소?"

"소장 생각에 지금 신라군은 군량미가 넉넉하지 않을 것입니다. 그렇다고 본다면 백제만 단독으로 움직일 리는 만무이니 올해 농사를 끝내고 군량미가 넉넉해지는 내년 초에 군사를 움직일 것입니다."

"우리 당성 내에는 특이한 움직임이 없소? 내 생각에는 간첩이 여럿 들어와 활동할 것 같소만……."

"그렇습니다. 신라와 백제뿐만 아니라 고구려의 첩자들도 들어와 있음을 확인하였습니다. 이미 저희 정보사에서는 저들의 움직임을 예의주시하고 있으니, 여차하면 잡아들일 것입니다. 그 전까지는 두고 보면서 역이용하는 것을 고려해 보고 있습니다."

무은의 말을 들은 강철은 이 시대에도 이런 역 공작을 알고 있다는 것이 신기하기도 하고 한편으로는 정보 책임자로서 탁월한 능력을 보이는 무은이 믿음직스러워 보였다.

"음…… 내가 태황제 폐하를 모시고 하늘에서 내려와 이렇듯 천명을 수행해 나갈 수 있는 것은 모두 정보사령과 같은 훌륭한 장수들의 덕분이오. 태황제 폐하께서도 아주 든든하게 생각하고 계시오. 앞으로도 충성을 다하여 배달국의 동량이 되어 주시오."

무은은 총리대신이 자신을 크게 칭찬하자 감복하여 입을 열었다.

"총리대신 각하! 소장은 하늘에서 오신 태황제 폐하를 곁에서 모시게 된 것만으로도 삼생의 광영으로 생각하고 있습니다. 앞으로도 더욱 분골쇄신하여 충성을 다할 것입니다."

"고맙소! 진평왕의 동정뿐만 아니라 신라와 백제의 움직임을 하나라도 놓쳐서는 안 될 것이니 잘 살펴보시오. 그럼, 바쁘실 텐데 이제 나가 보시오."

"예, 물러가겠습니다."

"아니, 잠깐……."

"예?"

"그래? 서라벌에서 온 가족들은 잘 지내고 있소?"

"총리대신 각하! 소장들은 이미 식솔들의 목숨을 포기하고 있었습니다. 그런데 전혀 생각지도 못한 방법으로 식솔들을 구해 주셔서 감사한 마음 이루 형언할 수 없습니다. 소장의 식솔들을 포함해서 모두 충성촌으로 들어가 촌민들과 함께 부역도 하고 성내 순찰도 하고 있습니다."

"아니? 장수들의 식솔들이 부역도 한다는 말씀이요?"

"그렇습니다. 요사이는 주로 농업 총감인 김민수 장군을 도와 농사를 거들고 있습니다."

"허허허, 참! 식솔들의 근황이 궁금해서 물었던 것인데 그런 일들이 있었구려. 잘 알았소. 이제 돌아가도 좋소."

"네, 각하! 나가 보겠습니다."

무은이 나가고 나서 잠시 생각에 젖어 있던 강철은 자리에서 일어나 태황제가 머무는 수항궁으로 향했다.

수항궁에는 수발을 들고 있는 충성촌 출신인 궁녀만 남아 있었다. 강철은 태황제 폐하께서 미행(微行)*을 나가셨다는 말을 듣고서야 아차 싶었다. 아침 어전회의가 끝난 후에 별도로 모였던 자리에서 상업 총감이 태황제를 모시고 상단을 방문하겠노라 말했었다. 그랬던 것을 깜빡 잊었다는 생각에 피식! 쓴웃음을 지으며 자신의 집무실로 되돌아왔다.

사복홀 치소에 머물고 있던 진평왕은 지난 며칠 동안 피눈물을 삼키며 울분을 달래고 있었다.

자신이 배달국에 붙잡혀 간 사이에 정변을 일으킨 역적들의 추대를 받고 동생인 김국반이 왕위에 올랐다는 말을 들었을 때까지만 해도 다시 복권할 수 있다는 실낱같은 희망이 없질 않았다. 오히려 자신을 도와줄 쪽으로 백제를 택할지 배달국을 택할지를 저울질할 만큼 여유까지 있었다. 그래서 자신이 왕좌에 다시 복귀하더라도 손해가 적다고 판단되는 백제에 손을 내밀어 도움을 청했던 것이었다.

그러나 백제 왕이 답장이랍시고 보낸 서찰을 받아 본 그는 망연자실할 수밖에 없었다. 신라에 새로 등극한 김국반이 땅을 떼 주기로 하였기 때문에 그쪽과 공수동맹을 맺고 배달국에 대응하겠다는 내용이었다. 결국 자신의 제안은 보기 좋게 거절을 당한 것이었다. 힘이 있을 때 자신 편이 생긴다는 세상 인심의 속성을 알 길이 없었던 그는 치밀어 오르는 울화를 삭히지 못하고 며칠을 뜬눈으로 밤을 지새웠다.

----

* 미행(微行): 옛날에는 황제나 왕이 궁을 은밀히 나가 나라 안을 살펴보는 것을 말함.

왕의 이러한 심정을 상대등인 수을부라고 모를 리가 없었고, 그 역시도 앞일이 막막하기는 마찬가지였다.

오늘도 폐하께서 아침 수라를 뜨는 둥 마는 둥 했다는 말을 새주인 미실로부터 전해들은 수을부는 조심스럽게 왕이 거처하는 방을 찾았다.

"폐하! 상대등께서 대령해 있사옵니다."

밖에 있던 궁녀가 고하는 소리를 들은 진평왕은 얼른 용안을 적시던 눈물자국을 지우고는 아무렇지도 않은 듯이 대꾸를 했다.

"어서 듭시게 하라."

"예."

대답에 이어 방문이 열리고, 수을부가 허리를 굽히고 들어와 절을 하면서 문후를 여쭈었다.

"폐하! 소신 수을부, 문후 여쭈옵니다."

"어서 오시오, 상대등! 혹시 무슨 일이라도 있소?"

"아니옵니다. 무슨 별일이 있겠사옵니까?"

"허, 허! 허기야 벌어질 일은 다 벌어진 셈인데 에서 무슨 일이 더 있겠소?"

진평왕인 김백정은 허탈하게 웃으며 대꾸를 하자 수을부는 몸 둘 바를 모르겠는지 떨리는 목소리로 입을 열었다.

"망극하옵니다, 폐하! 모든 일이 소신의 불찰이옵니다. 애초에 폐하께서 배달국으로 가자고 하실 때에 뜻을 받들었다면 오늘과 같은 망극한 일이 없었을 것을 소신이 망령되게 백제와 손을 잡자고 아뢰는 바람에 일을 크게 그르쳤사옵니다."

"그야 수을부 공이 모반을 평정한 연후에라도 우리 신라에 손해가 적을 쪽을 생각해서 과인에게 의견을 말했던 것이 아니겠소?"

"황공하옵니다."

"과인이 지난 며칠 동안 생각을 거듭해 보니 이런 변괴가 생긴 것은 하루아침에 이루어진 일이 아니라 나라를 다스리는 과인의 덕이 부족하여 비롯된 일이라는 것을 깨달았소."

"……?"

"돌이켜 생각해 보면, 전대 왕인 진흥대제께서 이루신 것처럼 크게 영토를 넓히지도 못하였으면서도 지난 십오 년 전에 백제의 아막성 침공을 무사히 막아 냈던 일과 그 이듬해(서기 603년)에 고구려가 북한산성을 침입해 왔을 때에도 과인이 직접 일만 명의 군사를 지휘하여 그들을 크게 물리쳤다는 알량한 자만심으로 옳은 말에 귀를 기울일 줄 몰랐다는 점이요."

"……?"

"수을부 공도 잘 아시겠지만, 그 한 가지 예가 이번에 모반을 일으킨 승부령인 칠숙이 전에부터 다른 조정 신료들로부터 배척을 당하고 있다는 것도 알고 있었고, 수을부 공 역시도 그가 경박스럽고 위험한 인물이니 파직해야 한다고 과인에게 수차례 주청을 했음에도 귀담아 듣지를 않아서 이 꼴을 당하게 된 것이요."

"폐하! 그것이 어찌 폐하의 탓이겠사옵니까? 폐하의 믿음을 저버린 그들의 죄가 크옵니다."

"아니요. 무릇 임금이란 자가 사람을 제대로 가려 쓰지 못했기 때문에 나라도 망치고 과인 스스로도 망치게 된 것이요. 모든 것을 잃고 난 지금에야 그것을 깨달았으니 그것이 아쉽고 통탄스러울 따름이요."

그 말을 듣는 수을부는 불과 두 달 전까지만 해도 그토록 위풍당당하던 왕의 모습은 온데간데없고 회한(悔恨)에 젖어서 부쩍 초라하게 보이는 왕의 모습에 눈물이 나면서 목이 메었다.

"폐하…… 망극하옵니다!"

"흠, 수을부 공."

"예, 폐하……."

"과인 생각에는 더 이상 이곳에서 시간을 지체할 수는 없을 것 같다는 생각이요. 그러니 공은 나가서 언제든지 떠날 수 있도록 채비를 해 주시오. 그리고 과인이 생각을 가다듬는 동안 이 근처에는 누구도 얼씬거리지 않도록 해 주시오. 그럼, 그렇게 알고 나가 보시오."

"예, 폐하! 분부 받들겠사옵니다."

대답을 한 수을부가 물러가자 진평왕은 다시 생각에 젖었다.

요사이는 날이 지나면 지날수록 자신의 신세가 더욱 처량하게 변해 간다는 것을 여실히 느끼고 있었다.

당성을 떠나 처음 이곳 사복홀에 당도했을 때만 해도 왕이 누추한 곳까지 납시었다는 사실에 감지덕지하며 몸 둘 바를 모르던 사복홀 현령과 관인들도 어느새 서라벌 조정의 소식을 들었는지, 요사이는 혹시 폐왕(廢王)을 이곳에 머물게 하다가 자신들에게까지 불똥이 튀지 않을까 염려하는 눈치가 역력해 보였다.

그렇지만 신라를 움직이던 기라성 같은 조정 대신들이 반정을 일으켜 자신을 왕위에서 내쫓는 마당에 이처럼 작은 고을의 벼슬아치에 불과한 자들에게 더 큰 충성심을 기대한다는 것이 어불성설이라는 생각에 못 본 척하고 있었을 뿐이었다.

이와 같은 일들이 모두 자신의 경솔함과 자만심 때문에 초래된 결과였지만 어떻거나 이제는 고구려로 가던지 배를 구해 수나라로 가든지 그도 아니라면 배달국에 몸을 의탁하는 도리밖에는 다른 방도가 없었다. 물론 목숨이나 연명하기 위해 떠날 양이면 차라리 이곳에서 칼을 물고 목숨을 끊느니만 못하다는 생각이었다.

적어도 자신이 끝까지 신임해 주었던 승부령 칠숙과 석품을 비롯해 피를 나눈 동생인 김국반이 모반을 일으킨 대가만큼은 꼭 치르게 하고 싶은 것이다. 여러 가지 경우의 수를 마음속으로 저울질해 보면서 어느 나라로 가는 것이 현명한 선택인가 장고(長考)를 거듭하던 그는 이윽고 핏발선 눈으로 혀를 깨물며 마음을 다졌다.

'어차피 지키지 못할 나라이고 사직이라면 차라리 하늘에서 내려온 천장들이 다스리는 배달국에 바치리라! 그리고 가까운 곳에서 그 역적들이 어떻게 망하고 죽어 가는지를 두 눈을 부릅뜨고 지켜보리라!'

결심을 굳힌 그는 수을부를 조용히 방으로 불러들였다.

—2권에 계속